Das Buch

»Wie kommt sie nur dazu, dem Schnee hinterherzulaufen?« Julia versteht sich selbst nicht mehr, als sie allein im Frühstücksraum des Hotels sitzt, während sich ihr Göttergatte längst auf der Skipiste tummelt; als sie beim Spazierengehen feststellen muß, daß im Mekka der Skifahrer für die Minderheit der Nicht-Skifahrer bestenfalls ein Trampelpfad zur Verfügung steht und daß Fußgänger auf der Loipe sehr gefährlich leben. Da ist es direkt eine Erleichterung, einem weiteren »Wesen vom andern Stern« zu begegnen, selbst wenn es sich nur um einen kleinen Jungen handelt, der seinen Eltern kategorisch erklärt: »Friedel will nicht Ski laufen!« So stapfen wenig später zwei unsportliche Angsthasen vergnügt durch den verschneiten Winterwald und unglaublichen Abenteuern entgegen, von denen sie sich niemals hätten träumen lassen. Nicht nur für Felix, den Ehemann, gerät die Welt bald in Unordnung...

Die Autorin

Amei-Angelika Müller wurde am 6. Februar 1930 als Tochter eines Pfarrers in Neutomischel bei Posen geboren; im Januar 1945 Flucht in den Westen, 1950 Abitur und anschließendes Jurastudium. Weitere Werke: ›Pfarrers Kinder, Müllers Vieh‹ (1978), ›Ich und du, Müllers Kuh‹ (1980), ›In seinem Garten freudevoll...‹ (1981), ›Sieben auf einen Streich‹ (1982).

Amei-Angelika Müller:
Veilchen im Winter
Roman

Deutscher
Taschenbuch
Verlag

dtv

Von Amei-Angelika Müller
sind im Deutschen Taschenbuch Verlag erschienen:
Pfarrers Kinder, Müllers Vieh (1759; auch als
dtv großdruck 25011)
In seinem Garten freudevoll ... (10883)
Ich und du, Müllers Kuh (10968)
Sieben auf einen Streich (11204)

Ungekürzte Ausgabe
November 1990
Deutscher Taschenbuch Verlag GmbH & Co. KG,
München

Erstveröffentlichung unter dem Titel
›Ein Drache kommt selten allein‹
ISBN 3-7936-0262-1
Umschlaggestaltung: Celestino Piatti
Gesamtherstellung: C. H. Beck'sche Buchdruckerei,
Nördlingen
Printed in Germany · ISBN 3-423-11309-X

Sein Niesen glänzt wie ein Licht,
seine Augen sind wie die Wimpern der Morgenröte.

Aus seinem Munde fahren Fackeln,
und feurige Funken schießen heraus.

Aus seiner Nase geht Rauch
wie von heißen Töpfen und Kesseln.

Auf seinem Halse wohnt die Stärke,
und vor ihm her hüpft die Angst.

Er macht, daß der tiefe See siedet wie ein Topf,
und rührt ihn ineinander, wie man eine Salbe mengt.

Auf Erden ist seinesgleichen niemand,
er ist gemacht, ohne Furcht zu sein...

Hiob 41, 10 ff.

Für Manfred

Inhalt

Felix weiß, was für seine Ehefrau das Richtige ist · Ein Sporthotel ist kein Opernhaus · Tapfere Männer und ängstliche Frauen · Traurige Gedanken im Winterwald und Ärger auf der Loipe...

Julia stapft durch den Winterwald. Mißmutig tut sie das und mit eiskalten Füßen. Zu Hause wehen laue Frühlingslüfte. Im Vorgarten blühen schon Schneeglöckchen – mindestens sechs hat Julia vor der Abreise gezählt. Hier liegt der Schnee meterhoch, und ein eisiger Nordwind streicht um ihre Ohren.

Wie kommt sie nur dazu, dem Schnee hinterherzulaufen und Winterferien zu machen, sie, die den Winter von Herzen haßt?

Julia krabbelt aus dem Graben, in den sie soeben gefallen, klopft zornig den Schnee von Anorak und Hose, gräbt die Hände noch tiefer in die Taschen und trottet weiter.

Felix ist schuld daran! Felix, der immer ganz genau weiß, was für seine Frau das Richtige ist.

»Nimm Vernunft an, Julchen«, so hat er gesagt, »wenigstens dieses Mal! Glaub mir, Winterferien sind das einzig Wahre, das Gesündeste, das Schönste! Nein, du brauchst nicht Ski zu laufen! Kein Mensch zwingt dich dazu. Du freust dich an der Sonne, atmest die reine Gebirgsluft, spazierst durch den verschneiten Winterwald. Ein Häslein hoppelt über deinen Weg. Ein scheues Reh lugt aus dem Tann...«

Ja, man sollte es nicht glauben, aber zu solchen Behauptungen hat er sich hinreißen lassen in seinem Missionseifer, ihr sonst so nüchterner Felix!

Von wegen Reh! Von wegen Häslein! Nichts dergleichen ist ihr bisher über den Weg gehoppelt! Nur Hunde, immer wieder Hunde! Sie kommen von vorn, sie kommen von hinten, kläffen und knurren und stürzen sie in Angst und Schrecken, denn gerade zu dieser Tiergattung hegt Julia kein rechtes Vertrauen.

Im Augenblick allerdings scheinen alle Hunde Mittagsruhe zu halten. Der Weg ist frei. Also kann Julia sich fragen, mit welchen Tricks Felix sie hierher gelockt hat.

Richtig, im Herbst hatte es angefangen, als nämlich Kläre

und Edwin aus Jugoslawien heimkehrten, braungebrannt wie die Neger und strotzend vor Gesundheit. Julia mußte zugeben, daß die zwei wirklich recht knusprig aussahen, aber Felix geriet ganz aus dem Häuschen vor lauter Begeisterung, warf verliebte Blicke zu Kläre hinüber und tat wahrhaftig so, als wären ihre sonstigen Mängel, gemessen an all der braunen Haut, zu einem Nichts zusammengeschmolzen.

Später dann, als die beiden Lieben endlich ihres Weges gegangen waren und Julia kummervoll in den Spiegel starrte, tauchte Felix hinter ihr auf, nickte vielsagend und sprach: »Ja, Julchen, von nichts kommt nichts! Aber Sonne und Schnee, das bräunt phantastisch! Da sieht man aus...«, Felix spitzte den Mund, um einen Kuß in die Luft zu hauchen, »grad zum Verlieben! Wie wäre es mit gemeinsamen Winterferien?«

So hatte sein Winterfeldzug angefangen. Und weil er ein hartnäckiger Mensch ist und außerdem der Meinung, man müsse Julia immer zu ihrem Glück zwingen, ward seinen Bemühungen schließlich Erfolg beschieden.

Nicht, daß Felix etwa in früheren Jahren auf Winterurlaub verzichtet hätte, nur weil seine Frau nicht Skilaufen konnte! O nein! Er war eben allein in die verschneite Bergwelt gefahren. Julia hatte sich zu Hause ein schönes Leben gemacht und rein gar nichts für ihre körperliche Ertüchtigung und Bräunung getan. Ein unhaltbarer Zustand, wie Felix fand.

Bunte Hotelprospekte mit blauem Himmel über weißen Bergen flatterten ins Haus. Freundin Hermine tauchte auf, betrachtete Julia mit ernsten Blicken und sprach: »Mädchen, siehst du schlecht aus! Richtig käsig!« Felix stand daneben, nickte, seufzte und sagte: »Meine Rede, Hermine, schon seit Wochen! Sie braucht Bergluft und Sonne und heilsame Bewegung!«

So also konnte es geschehen, daß Julia weich wurde, wider besseres Wissen ihrem Ehemann glaubte und gemeinsame Winterferien verlockend fand.

Doch angelangt im Winterparadies, im verschneiten Gaschurn, da war es nicht mehr verlockend, da war es nicht mehr heilsam, da war es ganz einfach zum Heulen.

Gestern abend waren sie angekommen, und als sie vom Parkplatz zum Hotel hinaufstiegen, da taten sie das in einem Rudel von Skiläufern. Die hatten ihre Ski geschultert, lachten, lärmten und rühmten sich ihrer großen Taten. Felix trug die beiden schweren Koffer, als wären sie federleicht. Er strahlte, er leuchtete.

»Morgen bin ich mit dabei!« So frohlockte er, und Julia hätte sich nicht gewundert, wenn er diesen Worten einen Jodler hinterhergesandt hätte, so freudig erregt war er.

Er trug die Koffer ins Zimmer, stellte sie ab, sprach: »Pack schon mal aus, Julchen, ich muß mich um die Ski kümmern!« und war verschwunden.

Julia packte aus und räumte ein. Weil Felix sich aber unverhältnismäßig lange um die Ski kümmerte, kleidete sie sich gleich fürs Abendessen um. Sie machte sich schön und zog den Samtrock an mit dem langen Schlitz und die durchsichtige Bluse. Als sie im Badezimmer letzte Hand an sich legte, stürzte Felix herein.

»Morgen früh um neun geht's los! Ich weiß schon alles über den Lift und die Abfahrten. Himmel, Julchen, wie siehst du denn aus?« Er stand in der Badezimmertür und betrachtete Rock, Bluse und Julia mit ungnädigen Blicken. »Wir gehen doch nicht in die Oper! Julchen, um Himmels willen, dies ist ein Sporthotel. Hier trägt man keine Abendroben! Nein, nicht mehr umziehen! Es ist egal, was du anhast. Ich sterbe vor Hunger!«

Er zog sie hinter sich her die Treppe hinunter, hinein in den Speisesaal...

Julia, draußen im Winterwald, schließt die Augen beim Gedanken an das Abendessen – an all die Rollkragenpullover und karierten Hemden, Cordhosen und Jeans, und wie man sie angeschaut hat, sie, mit dem langen Rock und dem Schlitz und der durchsichtigen Bluse. Sie weiß nicht mehr, wie sie an ihren Tisch gekommen ist und was sie gegessen hat, sie erinnert sich nur an die Gespräche von rechts und links und quer durch den Speisesaal. Nichts als Ski und Lift und Piste!

Sie sind früh ins Bett gegangen, denn:

»Morgen wird's anstrengend für mich«, hat Felix erklärt, »am ersten Tag ist das immer so. Außerdem muß ich früh raus...«

Kurz vor dem Einschlafen hat er ihr noch einmal das verführerische Liedlein ins Ohr gesungen: »Schlaf, Julchen, schlaf! Solange, wie du magst! Bis um zehn! Bis um elf! Den ganzen Morgen! Den ganzen Tag! Kein Mensch stört dich! Erst gegen Abend, wenn ich zurückkomme, mußt du aufstehen. Dann unternehmen wir was Schönes!«

O dieser Morgen! In grauer Dämmerung schrillte der Wecker. Felix fuhr aus dem Bett, stieß an jedes erreichbare Möbelstück und verschwand erst im Bad, als er wirklich alles getan hatte, um Julia aufzuwecken. Dann surrte der Rasierapparat, rauschte die Dusche, hustete er sich frei.

Er kehrte zurück, fand seinen Skihandschuh nicht und nicht seinen Socken, tappte im Dunkeln herum und tastete den Boden ab, bis Julia das Licht anknipste, damit es ein Ende nähme. Da war der Socken im Bett und der Handschuh darunter und Felix ein wenig ärgerlich, weil Julia wachte, anstatt zu schlafen. Trotzdem gab er ihr einen Kuß und den Rat, schnell wieder einzuschlafen, und trampelte aus dem Zimmer.

Draußen stampfte bereits die Kolonne der Skifahrer. Man unterhielt sich und lachte und nahm nicht die geringste Rücksicht. Wer hätte denn auch ahnen können, daß da noch jemand schlafen wollte, wo draußen doch Schnee und Lift und Skilehrer warteten.

Endlich polterten die letzten Nachzügler aus dem Haus.

In die Lücke, die sie gerissen, warfen sich die Stubenmädchen mit ihren Staubsaugern.

Julia hatte Ohropax in die Ohren gestopft und sich tief im Bett verkrochen. Sie war gerade am Einschlafen, da riß ihr das Stubenmädchen die Decke weg. Beide erschraken, sperrten die Augen auf und starrten einander an. Dann nahm Julia das Ohropax aus den Ohren. Das Stubenmädchen klappte den Mund zu, schluckte und fragte, ob die Dame nicht aufgestanden sei?

»In der Tat«, antwortete Julia, »ich bin's nicht!«

»San S' krank?«

»Nein!«

»Woll'n S' net Ski laufe?«

»Nein!«

»Was tun S' dann hier, bitt' schön?«

»Schlafen, spazierengehen ...«

»Schpazie ...«

Dem Stubenmädchen versagte die Stimme. Es packte den Staubsauger und entfloh. Draußen hob ein großes Flüstern an. Was da getuschelt wurde, verstand Julia nicht, aber als sie zum Frühstück ging, da las sie es aus den mitleidigen Blicken.

Das Frühstücksbuffet bot, außer reichlich Krümeln und Flecken, noch drei Scheiben Schwarzbrot, einen Rest Marmelade und Haferflocken. Aber unter Julias Serviette lag ein Mohnbrötchen. Sieh da, Sportsmann Felix hatte sie nicht vergessen! Mohnbrötchen aß sie nämlich für ihr Leben gern. Felix wußte das und hatte aus der morgendlichen Fresserei eines zu ihr hinübergerettet. Zum ersten Mal an diesem Morgen gedachte Julia seiner in Zärtlichkeit, und als nun gar ein Kellner herbeiflatterte und nach ihren Wünschen fragte, da schien der Morgen nicht mehr ganz so trostlos, wie er angefangen hatte.

Der Kellner brachte den Kaffee, schenkte ein und bemerkte dabei, daß die Dame spät dran sei. Die Skikurse hätten schon vor einer Stunde angefangen.

»Ich mache keinen Kurs«, sagte Julia und strich Butter auf ihr Brötchen, »ich laufe nicht Ski!«

Der Kellner brauchte gute zwei Minuten, bis er diese Nachricht hinuntergeschluckt hatte, dann stellte er die Kanne ab, eilte in die Küche und teilte dort die Neuigkeit mit.

Während Julia Kaffee trank und ihr Mohnbrötchen aß, lugten Küchenmädchen und Köche zur Tür herein. Sie warfen einen Blick auf das Geschöpf, das ins Skizentrum reiste, um nicht Ski zu laufen, dann zogen sie die Köpfe wieder zurück und schüttelten sie.

Julias Zimmer lag noch unberührt und unaufgeräumt. Aber das Fenster stand weit auf und ließ große Mengen heilsamer, aber kalter Bergluft ins Zimmer strömen. Julia zog einen weiteren Pullover über den Kopf und beschloß, jenen Spaziergang zu unternehmen, den Felix zu Hause so phantasievoll beschrieben hatte.

Eine Stunde stapft sie nun schon durch den Schnee. Die verschneiten Tannen sehen wirklich recht hübsch aus. Gegen die Luft ist auch nichts einzuwenden, außer daß sie unangenehm kalt ist. Die Sonne scheint, jedenfalls oben auf den Bergen, hier unten liegt alles in tiefem Schatten. Barmherziger Himmel, und das soll nun zwölf Tage so weitergehen! Von ferne hört sie das Jauchzen der Skiläufer, sieht, wie sie die Berge hinunterwedeln und in langer Schlange vor dem Lift stehen.

Jeder kann es, so denkt sie, nur ich nicht! Wirklich, ich bin eine Flasche! Mit mir stimmt was nicht!

Schon als Kind hat sie es erkennen müssen. Wie alt war sie damals? Vielleicht vier oder fünf. Da hat man sie warm eingepackt und gesagt: »Jetzt ist das Julchen groß genug, jetzt darf es Schlitten fahren!«

Die Geschwister hatten sich aufgeführt, als ob da draußen im Schnee das größte Vergnügen aller Zeiten auf sie warte. Julia aber hatte der Sache gleich nicht getraut. An Bruder Heinrichs Hand stand sie oben auf dem Hügel und blickte mit Grausen in die Tiefe. Dann riß sie sich los, um zu entfliehen. Aber schon wurde sie gepackt und auf den Schlitten gedrückt.

»Jetzt kommt Julchen dran! Julchen darf auch mal fahren! Gell, Kleines?«

Sie meinten vielleicht, sie heule vor Freude, aber nein, sie brüllte aus schierem Entsetzen, als sie nun hinter Bruder Heinrich und fest an ihn geklammert den Berg hinuntersauste. Rechts und links rückten andere Schlitten in bedrohliche Nähe. Tückische Buckel warfen den Schlitten hoch in die Luft und ließen ihn hernach wieder unsanft landen. Nein, Julia hatte von der ersten Fahrt mehr als genug. Unten angelangt und halbtot vor Schreck, rutschte sie eilig von ihrem Martersitz und versuchte, Bruder Heinrich zu entrinnen und in der Menge unterzutauchen.

»Hiergeblieben, Julchen!«

Er lief ihr nach und zerrte sie zurück zum Schlitten. Noch klang seine Stimme brüderlich milde: »Setz dich, Kleines, ich zieh' dich rauf! Nachher darfst du noch mal runterfahren!«

Tatsächlich, er zog sie den Hügel hinauf. Ja, das konnte Julchen gefallen! Das war ein Tempo nach ihrem Herzen, langsam ging es und gemächlich. Bruder Heinrich keuchte. Julia dagegen betrachtete mit Wohlgefallen die vorbeisausenden Schlitten. Sie beschloß, von nun an nur noch aufwärts zu fahren. Dies teilte sie oben Bruder Heinrich mit. Der aber reagierte mit Unverständnis.

»Bist du zu retten! Man fährt den Berg runter und nicht rauf! Julchen, du spinnst! Halt dich fest, es geht los!«

Diese Talfahrt gestaltete sich womöglich noch scheußlicher als die erste. Julia will sie nicht einmal in Gedanken ein zweites Mal erleben. So kam es schon am ersten Schlittentag zur Vertreibung aus dem Winterparadies normaler Kinder. Bruder Heinrich lehnte es ab, die kleine Schwester noch einmal auf sich und seinen Schlitten zu laden, und Julia liebte ihn dafür inniger als zuvor.

Nachdem sie sich einen schlittenlosen Weg durch die Kindheit erheult hatte, begann nach längerer Ruhepause der nächste Kampf, nämlich der gegen die Skier.

Alles war gutgegangen, bis Felix auf Julias Weltbühne erschien. Felix, der strahlende Sportsmann und Menschheitsbeglücker!

»Was, du fährst nicht Ski? Das gibt's doch nicht! Das werden wir aber ganz schnell ändern, Liebes! Dieses Glück mußt du einfach kennenlernen! Ich bring' dir's bei! Ja, ich glaube, das wird mir richtig Spaß machen!«

So kam es, daß unter dem Weihnachtsbaum ein sperriges Paar Ski mit Stöcken und sonstigem Zubehör den Weg zu wahrer Weihnachtsglückseligkeit verbaute.

Lieber Gott, laß es nicht schneien, so betete Julia aus Herzensgrund. Doch ihrem Gebet ward keine Erhörung beschieden. Noch in den Weihnachtsferien schneite es drei Tage lang. Dann verzogen sich die Wolken, die Sonne strahlte vom blauen Himmel, und Felix strahlte nicht minder.

Sie fuhren in den Schwarzwald, und während Julia in angstvollem Schweigen verharrte, sprühte Felix vor freudigem Drang, sie zu belehren.

»Du wirst es schnell lernen, es ist ein Kinderspiel«, so sagte er. »Tu nur, was ich dir sage, und du wirst sehen, es läuft!«

Es lief schlecht! Um ehrlich zu sein, es lief überhaupt nicht, und es war kein Kinderspiel, sondern eine Katastrophe. Dieser gemeinsame Tag im Schnee war eine harte Bewährungsprobe für die Liebe des jungen Paares.

Julia packte das blanke Entsetzen. Da stand Felix, behauptete, sie zu lieben, und wollte sie trotzdem erbarmungslos in den Tod schicken. Er schnallte ihr die Ski unter die Füße und forderte sie auf, einen steilen Berg hinunterzufahren, uneingedenk der Tatsache, daß dieser Berg von zwei Bäumen übersät war, die Julia magnetisch anzogen und auf deren einen sie dann auch wirklich prallte. Er hinderte sie nicht daran, kopfüber in den Schnee zu stürzen oder rücklings darin zu landen oder nach rechts und links zu kippen, bis sie denn rundum verbeult, verschrammt und zerschlagen war.

Und dies alles tat er mit überheblichem Lächeln und mit königlicher Geste, als schütte er das Füllhorn des Glückes über ihr aus. Daß dieses Lächeln nur noch gefroren in seinen Zügen hing, bemerkte Julia nicht.

Felix nämlich stand fassungslos vor so viel Angst und Ungeschick. Er meinte, irgendwann müsse er aus dem Alptraum erwachen, und Julia würde dankbar sein, wie es sich gehörte für einen Menschen, den der Himmel mit guten Gaben überhäuft, mit Sonne, Schnee, Skiern und Felix.

Als sie schließlich Julias Brille wiedergefunden hatten, ohne Gläser allerdings und arg verbogen, und als Julia erklärte, nun sei es genug, da hatte Felix ohne Widerrede die Ski abgeschnallt.

Sie fuhren heim in tiefstem Zerwürfnis. Nach einer Woche erst fanden sie wieder den Weg zueinander. Vom gemeinsamen Skifahren war nicht mehr die Rede.

Der Weg im Winterwald wird immer schmaler. Ein Trampelpfad, das ist alles, was im Mekka der Skifahrer für die Minderheit übrigbleibt! Die Pisten natürlich, die sind gewalzt und die Loipen gespurt. Dieser Pfad aber stammt vermutlich von einem Jäger mit seinem Hund. Wer weiß, wo Julia endet, wenn sie ihn weiterverfolgt? Bei einem Gasthaus sicher nicht und bei einem Café noch weniger, eher an einer Futterstelle mit Heu und Salzlecke. Ja, für das Wild wird bestens gesorgt – und für die Skifahrer auch, aber wer denkt an Julia? Wenn sie ein paar Zentimeter vom Pfad abkommt, dann steckt sie bis zum Hals im Tiefschnee, und wenn sie strauchelt und sich den Fuß verstaucht, dann kann sie hier in aller Ruhe erfrieren. Kein Mensch wird stören!

Gut, daß Julia so hart ist gegen sich selbst, sonst würde sie jetzt in Tränen ausbrechen.

Nun ja, ganz hoffnungslos erscheint ihre Lage nicht. Drüben in der Schneise kann sie eine Loipe erkennen. Schwarze Schatten rudern darüber hin. Vermutlich würde man dort ihre Schreie hören. Mit dem Erfrieren ist es also nichts. Schade, sie hätte es Felix gegönnt.

Mit Langlaufskiern hat sie es übrigens auch versucht.

»Langlaufen kann jeder, selbst die lahmste Ente!« So hat

Felix in seiner feinen Art gesagt. »Sogar Tante Emma hat damit angefangen, und jetzt läuft sie jeden Sonntag, wenn's Schnee hat. Ich sage dir, Julchen, Langlaufen ist bequemer als Wandern. Du gleitest mühelos dahin auf ebener Bahn, viele Kilometer lang durch den verschneiten Wald. O Julchen, ich glaube, das wäre das Richtige für dich!«

Julia kroch ihm natürlich wieder auf den Leim, glaubte seinen Behauptungen und kaufte Langlaufski, obgleich sie ihr sehr lang und schmal vorkamen.

Seitdem war sie auf so mancher Loipe herumgerutscht, aber die ebenen, die kilometerlangen, die mußten offenbar in anderen Landstrichen liegen. Julia jedenfalls hatte noch keine solchen kennengelernt, dafür genügend andere, die sich kurvenreich abwärts wanden und für Julia stets mit einem kapitalen Sturz endeten.

Sie hatte einen Tiroler Skilehrer, einen knorrigen Burschen, zum Weinen gebracht und ihren Felix zur Weißglut. Schließlich hatte sie die Langlaufski mitsamt den unkleidsamen Chaplin-Schuhen an eine Freundin abgetreten, die seitdem viel gesünder aussah und zehn Jahre jünger.

Ein Schlag, ein Schrei! Da liegt sie im Schnee, und zwar nicht allein, sondern rücklings auf einem zornig strampelnden und schimpfenden Individuum. »Was sirmelsch denn uff dere Loipe rom? Daube Nuß, daube! Des isch verbote! Älle Knoche hätt' i mir breche könne!«

»Ich auch! Ich hätte mir auch alle Knochen brechen können! Was fallen Sie mich von hinten an?«

»I di von hinte afalle? Daß i net lach'! I ben de Berg nunderkomme, do ka mer net oifach ahalte! Stand uff, los, los, da kommt nomal wer!«

Er kommt nicht mehr, er liegt bereits neben ihnen, befühlt seine Fußgelenke und wirft wütende Blicke auf Julia und den Sportsmann, in dessen Schoß sie gelandet. Dann legt er los: »Mensch, Kurtle, des kasch doch net mache! Oifach so in d' Loipe neisitze, grad do, wo's nundergoht!«

»Wem sagsch des, Schorsch! Moinsch, i hab' mi do freiwillig nag'setzt? Des Mädle do, des saudomme, des isch mer in d' Spur neig'loffe!«

Da sitzen die beiden Schwaben und schimpfen. Julia packt ein großer Zorn auf alle Männer und Skiläufer, besonders aber auf diese Schwaben. Sie rollt sich auf die Seite und aus der Loipe hinaus. Dann springt sie hoch, dreht sich noch einmal zu den beiden um, holt tief Luft und spricht: »Ich finde es unerhört, daß Sie mich umwerfen und sich nicht einmal entschuldigen! Und ich verbitte es mir, daß Sie mich mit ›Du‹ anreden! Ich habe nicht mit Ihnen Brüderschaft getrunken! Flegel!«

Nach diesen kräftigen Worten wirft sie den Kopf in den Nacken und stapft davon.

Kurt Vögele und Georg Beißweng schauen ihr nach.

»Do könnsch grad!« sagt schließlich Kurt Vögele.

»Was willsch mache?« meint Georg Beißweng. Dann rappeln sie sich auf, schütteln die Köpfe und laufen weiter. Der richtige Rhythmus allerdings und der freie, unbeschwerte Sinn wollen nicht mehr zurückkehren.

Julia aber fühlt sich besser, viel besser als vorher. Sie ist wieder auf dem Trampelpfad angelangt, den sie vorhin verlassen hat, und strebt nun heim ins Hotel. Dort warten Bücher und Gemütlichkeit auf sie. So Gott will, wird Felix bald erscheinen, ihr einen schönen Abend bereiten und sie reichlich entschädigen für alles versprochene Schöne, was sie im verschneiten Winterwald nicht gefunden hat.

Ein Sporthotel ist keine Kneipe! · Rote-Rüben-Soße auf grauen Flanellhosen · Streit beim Frühstück · Siegfried in Bedrängnis . . .

Erst mit der Dämmerung fallen die Skifahrer wieder im Hotel ein. Felix stürmt ins Zimmer. Sein Gesicht ist sonnenrot, seine Augen strahlen, sein Mund fließt über vor Begeisterung.

»Es war herrlich, unbeschreiblich, traumhaft!« Er läßt sich auf das Bett fallen und streckt alle viere von sich. »Aber jetzt bin ich fix und fertig! Ein warmes Bad! Ein gutes Essen und dann ab in die Heia!«

»Ja wie, ja was? Ich hab' gedacht, wir wollen etwas unternehmen! Du hast gesagt, wir würden uns einen schönen Abend machen! Du hast gesagt . . .«

Er zieht sich bereits aus, streut seine Kleidungsstücke umher und zeigt voller Stolz, wie schweißgetränkt, wie durch und durch naß sein Unter- und Oberhemd und überhaupt alles ist.

»Ohne Schweiß kein Preis! Ja, Julchen, beim Skifahren muß man sich anstrengen. Da kann man nicht den ganzen Tag herumhängen und faulenzen!«

Er verschwindet im Badezimmer.

Ganz ruhig bleiben, sagt Julia zu sich selbst, nur nicht aufregen! Heute ist sein erster Skitag, morgen wird alles anders aussehen. Wenn er aus dem Bad kommt, dann wird er mir einen Kuß geben und fragen, wie mir's ergangen ist. Dann wird er sehen, daß ich die verwaschenen Jeans anhabe und das rotkarierte Hemd und also wunderbar zu ihm und seinen Sportskameraden passe, nachher beim Abendessen.

Er kommt, verschwendet keine Zeit auf Blicke oder Küsse. Er faßt Julia am Arm und zieht sie zur Tür hin.

»Komm, Julchen, mach schon, mach schon! Was kramst du da noch rum? Du hast doch, weiß Gott, genug Zeit gehabt! Bißchen netter hätt 'st du dich schon anziehen können! Ein Sporthotel ist keine Kneipe. Nein, nein, nicht mehr umziehen, um Himmels willen! Es ist egal, wie du aussiehst!«

Wirklich, Julia bleibt die Luft weg. Sie ringt nach Atem. Kaum ist sie hinter Felix die Treppe hinuntergelaufen, kaum hat sie am Salatbuffet einen Teller ergriffen, da muß sie schon wieder nach Luft schnappen. Sie vernimmt Stimmen, die sie nie mehr in ihrem Leben hören wollte.

»Do hat's haufeweis Salat, Schorsch«, so hört sie sagen, »do kasch esse, soviel de magsch!«

»Scho recht!« antwortet die zweite Stimme. »Spätzle sott 's gebe ond Brote, des wär' mir fei lieber!«

Die Stimmen nähern sich Julia und dem Salatbuffet.

»Guck amol, wer do isch!« sagt Kurt Vögele zu Georg Beißweng.

Dann steht Julia ihren beiden »Freunden« von der Loipe gegenüber. Sie haben sich feingemacht. Graue Flanellhosen zieren ihren unteren Teil, flauschige Pullover den oberen, und Seidentücher die Hälse. Ach, wie schäbig wirken dagegen Julias verwaschene Jeans und das rotkarierte Hemd!

Georg Beißweng verkraftet die unangenehme Überraschung als erster.

»Grüß Gott«, sagt er artig, »so, sen Se au do?«

»Ja.«

»Holet Se au Salat?« ringt sich Kurt Vögele ab.

»Ja.«

»Heut mittag uff der Loipe, do hen Se besser schwätze könne!« stellt Georg Beißweng fest. Julia schließt die Augen und öffnet sie erst wieder, als Kurt Vögele ihre Hand packt.

»Sie, entschuldiget Se no, aber Ihr Rote-Rübe-Soß' sottet Se net uff mei Hos' tropfe lasse!« Er nimmt ihr den Teller aus der Hand und stellt ihn auf das Salatbuffet. Julia wirft einen Blick auf die graue Flanellhose.

»Vielleicht könnte ich...«

»Noi, bloß des net! I schaff's alloi!«

Kurt Vögele zieht sich zurück. Julia auch.

»Entschuldigung! Es tut mir leid!« ruft sie ihm hinterher.

»Scho recht!«

Felix sitzt bereits am Tisch vor seinem hochaufgetürmten Salatteller und möchte gerne essen.

»Was ist denn, Julchen? Wo bleibst du? Willst du keinen Salat? Nein? Du siehst ja richtig grün aus!«

Nach dieser Feststellung senkt er den Blick und macht sich daran, den Teller zu leeren.

Zwischen Suppe, Leberknödeln und Karamelpudding erfährt Julia, mit welchem Lift Felix auf welchem Berg gelandet ist. Sie hört Interessantes über die Beschaffenheit der Pisten und wie souverän Felix mit den Schwierigkeiten jeder einzelnen fertig geworden ist. Sie vernimmt, daß er auf der Terrasse des Bergrestaurants »Stoba Roba« einen erstklassigen Kaiserschmarrn gegessen hat samt den dazugehörigen Preiselbeeren und daß er morgen Semmelknödel mit Sauerkraut zu bestellen gedenkt. Übrigens will er sich nun doch einem Skikurs anschließen, natürlich einem für Fortgeschrittene. Man kann immer noch etwas lernen, außerdem bekommt man besseren Kontakt zu anderen Skiläufern.

»Wozu brauchst du Kontakt?« sagt Julia. »Du hast doch mich!«

»Ach ja, richtig! Wie ging es dir denn?«

Felix überkommt eine große Müdigkeit. Er reißt den Mund auf, um zu gähnen, und läßt sich im Stuhl zurücksinken.

»Wie wär's mit Schlafengehen?« fragt er.

Julia muß ihn am Arm nehmen und hinausführen, so müde ist er geworden.

Die beiden Schwaben am Tisch neben der Tür schauen ihnen nach.

»Mer sott se unter Aufsicht schtelle«, sagt der Schorsch und zieht an seiner Pfeife, »was moinsch, Kurtle?«

»Do kasch recht habe!« meint der.

»Ich reise ab!« sagt Julia im Dunkeln zu Felix hinüber. »Morgen fahre ich nach Hause, ich bin's leid!«

Vom andern Bett her kommt ein tiefer Schnarcher. Felix träumt bereits dem nächsten Skitag entgegen. Julia aber liegt wach und plant eine Zukunft ohne Ehemann. Morgen fährt sie! Für Felix läßt sie einen Brief zurück, einen gepfefferten! Die Augen sollen ihm tränen! Das Herz soll ihm bluten! Sie verschwindet aus seiner Nähe! Soll er doch mit einer Rodlerin Schlitten fahren oder mit einer Skiläuferin durchs Leben wedeln! Irgendwann wird er merken, was er verloren hat, dann aber wird es zu spät sein ...

Bei dieser Zukunftsvision angelangt, tritt Julia eine Träne der Rührung ins Auge. Sie stopft Ohropax in die Ohren, dreht sich auf die Schlafseite und entflieht ins Land der Träume.

Als sie aufwacht, ist das Bett neben ihr leer, und die Zeit weit fortgeschritten. An der Nachttischlampe lehnt ein Zettel mit den Worten: *Julchen, ich liebe Dich! Felix.*

Er muß sich Mühe gegeben haben und wie ein Mäuslein

durchs Zimmer und fortgehuscht sein, denn Julia hat nicht das geringste von ihm gehört.

»Ich muß ihm eine Chance geben«, beschließt sie unter der Dusche. »Einen Tag will ich noch bleiben.«

Diesmal stört sie kein Stubenmädchen. Man saugt offenbar um ihr Zimmer herum. Unten im Speisesaal empfängt sie der Kellner mit Gelassenheit und frischen Brötchen. Er lächelt milde, wie man es bei Menschen tut, die nicht ganz zurechnungsfähig sind, und füllt das Frühstücksbuffet mit neuen Leckerbissen. Unter Julias Serviette liegt wieder ein Mohnbrötchen. Der Kellner trägt auch noch eines herbei, hat er doch bemerkt, daß die Dame darauf besonders erpicht ist. Julia wird es warm ums Herz bei soviel Fürsorge. Sie hebt den Blick und stellt fest, daß sie nicht allein auf der Welt ist. Am Nebentisch sitzt ein Ehepaar und ein kleiner Junge. Gewitterwolken lagern über diesen dreien. Sie essen nicht, sie streiten, und zwar zwei gegen einen. Die Eltern betrachten den Buben mit grimmigen Blicken.

»Nimm den Daumen aus dem Mund, Siegfried!« brummt der Vater. »Warum willst du nicht Ski laufen, verflixt noch mal?«

Julia findet den Herrn abstoßend hager und kantig und duckt sich unter der Gewalt seiner Stimme tief über den Teller.

Jetzt hebt die Mutter den blondgelockten Kopf. Zwei grämliche Falten laufen von der Nase zum Kinn hinunter. Ach, wie geht mir's doch so schlecht! sprechen sie, und ähnlich äußert sich nun auch der Mund, hoch und klagend: »Alle Kinder laufen Ski, nur du nicht! Immer mußt du uns alles verderben! Im Kinderkurs ist es so nett. Warum willst du nicht hin?«

Der Kleine hat den Kopf auf den Teller gesenkt. Er starrt angestrengt durch die Brille, als gelte es, Krümel zu zählen.

»Friedel will nicht Ski laufen!« Er macht diese Feststellung, als ginge es um eine andere und nicht um die eigene kleine Person.

Na so was, denkt Julia am Nebentisch, da sitzt ja noch ein Wesen vom andern Stern.

Jetzt hebt das Bürschlein den Kopf, bringt die Brille mit einem geschickten Naserümpfen auf den höchstmöglichen Punkt, eine Kunst, die Julia auch beherrscht, richtet den Blick auf das grimmige Gesicht des Vaters, läßt ihn weitergleiten zu Mutters Kummerfalten und senkt ihn wieder hinab auf den Teller.

»Friedel will bei euch sein!« sagt er zu den Krümeln hinunter. Der Daumen rutscht in den Mund, zwei Tränchen tropfen auf die Brillengläser.

»Heute nachmittag bist du ja bei uns, verflixt noch mal!« donnert der Vater.

Julia fragt sich mit Kopfschütteln, warum der Kleine ausgerechnet bei diesen Eltern bleiben will.

»Jetzt fahren Mami und Papi Ski, und du gehst brav in den Kinderkurs, verstanden!« So spricht der Vater mit Bestimmtheit, und Julia hätte nicht gewagt, ihm zu widersprechen.

Aber, siehe da, der Kleine schaut durch die verschmierten Brillengläser zum Vater hinüber, schnauft tief auf und flüstert: »Friedel will nicht!«

Die Mami seufzt und hebt die Augen anklagend zur Dekke, von welcher ihr keine Hilfe kommt. Papi durchbohrt den widerspenstigen Sohn mit Blicken.

»Nimm den Daumen aus dem Mund, Siegfried! Wie oft soll ich dir das noch sagen? Es ist eine Schande!«

»Friedel, Herzchen!« flötet nun die Mami in anderer Tonart. »Skilaufen ist toll! Das lernt unser Friedel ganz schnell, dann kann er jeden Berg runtersausen.«

»Friedel will keinen Berg runtersausen.«

»Feigling!« schnaubt der Papi. »Schäm dich!«

Goldschatz, denkt Julia voller Zärtlichkeit und greift nach dem zweiten Brötchen, Kind meines Herzens, wie tust du mir so wohl!

»Siegfried!« Der Papi hat die Stimme gesenkt und spricht nun leise, aber scharf: »Damit das klar ist, mein Kind! Mami und Papi werden jetzt Ski laufen, deshalb sind wir schließlich hergekommen! Wenn du nicht augenblicklich brav bist und in den Kinderkurs gehst, schicken wir dich zurück zu Tante Gerda.«

»Friedel will nicht Ski laufen!« und, eine Nuance schriller: »Friedel will nicht zu Tante Gerda!«

»Ja, einen Tod muß man sterben!« knurrt der Papi.

Julia am Nebentisch stellt klirrend die Tasse nieder. Rabenvater! Rohling! Skifahrer! Diese starken Worte sagt sie nicht laut, nur in Gedanken, aber:

»Ich laufe auch nicht Ski!« Das kommt ihr nun deutlich

hörbar über die Lippen samt dem erklärenden Zusatz: »Weil ich nämlich genau solche Angst habe wie du, Friedel!«

Mami und Papi senken peinlich berührt die Köpfe. Was sollen sie mit der Erklärung der fremden Dame anfangen? Schlimm genug, wenn ein Kind Angst hat! Aber eine Erwachsene... Und daß sie es auch noch hinausposaunt, als wäre es eine Heldentat! Siegfried jedoch hebt lauschend das Köpfchen. Der Daumen fällt ihm aus dem Mund. Was hat die Tante gesagt? Daß sie Angst hat?

»Bist du auch hingeflogen?« fragt er hoffnungsvoll zu ihr hinüber.

Julia nickt.

»Und wie! Mir langt's!«

Da rutscht der Knirps eilig vom Stuhl und läuft zu dem Tisch der Fremden. Er zeigt seine Beinchen vor, weist auf Bäuchlein, Kopf und Po.

»Hier hat's mich hingehaut und hier und hier! Ich will nicht Ski laufen!«

»Da hast du wirklich recht!« bestätigt Julia. »Ich will's auch nicht!«

Sie blickt kampfeslustig zum Nebentisch hinüber. Das Spiel steht zwei zu zwei.

»Siegfried, komm sofort her!« befiehlt der Papi, aber seinen Worten ist kein Erfolg beschieden.

»Lassen Sie ihn doch bei mir!« sagt Julia in die spannungsreiche Stille hinein. »Wäre das nicht eine Lösung? Sie laufen Ski, und wir gehen spazieren. Wir werden uns schon nicht langweilen. Was meinst du, Friedel?«

Was soll er meinen? Er kennt die Tante nicht. Aber wenn er an Tante Gerda denkt... Dann ist die hier bestimmt besser. Jetzt schleckt sie sogar den Honig von ihren Fingern. Friedel registriert es mit Wohlgefallen. Er schaut hinüber zu Papi und Mami. Ob sie es wohl gesehen haben? Ja, sie haben! Aber sie sagen kein Wörtchen. Friedel klettert zu der Tante auf die Bank.

»Ich will auch Honig essen!« vermeldet er. »Wie heißt du? Julia? Machst du mir ein Brötchen mit Honig, Julia?«

»Tante Julia!« verbessert der Papi strengen Tones. »Es ist eine Tante, Siegfried!«

»Nein, ich bin keine Tante!« ruft Julia erbittert. »Genausowenig wie Sie eine sind! Ich kann die Tante-Sagerei nicht ausstehen!«

Sie klappt den Mund zu und staunt über sich selbst. Warum regt sie sich auf und sagt solche Sachen? Sie nimmt ein Brötchen aus dem Korb und wiederholt ihren Vorschlag.

»Lassen Sie ihn doch bei mir. Ich werd' ihn schon nicht fressen!«

Der Papi schaut befremdet.

»Das nehme ich an!« knurrt er. »Aber trotzdem ... Ich weiß nicht recht.« Er blickt zu seiner Frau hinüber und gibt die schwierige Entscheidung an sie weiter. »Was meinst du, Alice?«

Mami zuckt zusammen. Woher soll sie wissen, was sie meinen soll? Sie wird so selten nach ihrer Meinung gefragt, daß sie es sich abgewöhnt hat, eine zu haben.

»Aber Wilfried«, sagt sie in klagendem Ton und vertieft ihre Kummerfalten, »aber Wilfried, wenn die Dame keine Tante sein will, dann müssen wir das eben akzeptieren. Es ist ihr Problem ...«

»Red nicht dumm raus!« unterbricht sie der liebende Gatte. »Darum geht es ja gar nicht! Sollen wir das Angebot annehmen oder ablehnen?«

Julia sieht das Wichtlein neben sich und hätte es gern dort behalten.

»Sie brauchen sich keine Sorgen zu machen!« ruft sie eifrig. »Ich passe auf! Bei mir ist er ebenso sicher wie im Kinderkurs. Wir werden uns schon vertragen. Stimmt's, Friedel?«

Der Kleine nickt. Reden kann er nicht. Er hat den Mund voll Honigbrötchen.

»Sie wohnen hier im Hotel?« fragt der Vater. Schließlich muß er gewisse Sicherheiten haben. Er kennt die Person erst seit einer Stunde, und da hat sie sich seltsam genug benommen. Rein äußerlich wirkt sie vertrauenswürdig, aber das mag an der Brille liegen. Daß sie einen guten Einfluß auf seinen Sohn ausüben wird, kann Papi kaum annehmen. Aber Friedel fühlt sich offenbar zu ihr hingezogen. Es ist noch nie passiert, daß er derart zutraulich gegenüber Fremden ist. Sonst hängt er ja zu Papis großem Kummer beharrlich an Mamis Rockzipfel. Jetzt erhebt sich die Mami und geht zu Friedel hinüber. Sie legt die Hand auf sein Strubbelhaar.

»Ja Herzchen, willst du denn wirklich bei der Tante, Verzeihung, bei der Dame bleiben?«

Ihre Stimme klingt nicht etwa hocherfreut, eher vorwurfsvoll und bekümmert. Friedel hört augenblicklich auf zu kauen und schaut hoch in ihr Gesicht, als wolle er ergründen, was sie denkt. Nun bequemt sich auch der Papi herbei und dankt Julia für ihr außerordentlich freundliches Angebot. Er nähme es, auch im Namen seiner Gattin, dankbar an, obgleich es seinem Sohn gut getan hätte, die Angst zu überwinden und Ski zu laufen ... Er räuspert sich, will offenbar noch etwas hinzufügen, schluckt es aber hinunter und legt den Arm um seine Frau.

»Komm«, sagt er, »dann wollen wir mal!« Auf Friedels geneigtes Köpfchen läßt er die Worte fallen: »Benimm dich! Tu, was die Tante sagt!«

Mami beugt sich hinunter und umarmt ihren Sohn, als gälte es, Abschied für ewig zu nehmen. Papi muß sie tatsächlich umdrehen und fortziehen. Er tut es nach seiner Art mit zorniger Heftigkeit.

»Na komm schon! Verflixt noch mal!«

Kaum ist die Tür hinter ihm zugefallen, da faßt er sich an den Kopf.

»Wir haben uns nicht einmal vorgestellt, Alice!« ruft er. »Und wie sie heißt, wissen wir auch nicht!«

»Julia«, sagt die Mami, »so heißt nicht jede!«

Friedel hört die Tür klappen. Er sitzt da mit vollem Mund und weiß nicht, was er machen soll. Schreien, hinterherlaufen, sich an Mami festkrallen oder einfach sitzenbleiben und Honigbrötchen essen. Diese Julia kramt in ihrer Tasche herum. Was sucht sie denn? Zigaretten! Jetzt zündet sie sogar eine an! Friedel schluckt schnell hinunter, was er noch im Mund hat.

»Das darf man nicht!« spricht er weise. »Tante Gerda sagt, es ist ungesund. Die Mami darf's nur, wenn der Papi weg ist!«

»Na, jetzt ist er ja weg!« Julia bläst eine Rauchwolke zum Nebentisch hinüber. »Da können wir uns das erlauben. Aber, was machen wir nun mit dem Tag? Wollen wir ein bißchen im Schnee rumstapfen, oder was magst du?«

Im-Schnee-Rumstapfen mag Friedel. Die Stiefel hat er schon an. Mütze und Anorak hängen über dem Stuhl.

Es geschehen noch Wunder · Wenn Drachen niesen · Die Schminkdose der schönen Helena · Ein Drache kommt selten allein ...

Sie stapfen erst durch das Dorf, dann über Felder in den Wald hinein. Leider scheint es nur diesen einen Weg für Spaziergänger zu geben. Jede andere freigeschaufelte Straße endet bei einem Bauernhof. Jeder Bauernhof besitzt einen Hund, und jeder Hund hat es auf Julia abgesehen. So war es gestern gewesen. Julia denkt mit Grausen daran zurück.

Ach, daß doch heute ein Wunder geschehe! Daß eine gute Fee sich ihrer erbarme und sämtliche Hunde in andere Länder verbanne! Es geht ihr ja nicht nur um die eigene ängstliche Person, sondern auch und besonders um Jung-Siegfried, der frohgemut neben ihr trottet und nichts ahnt von der Gefahr, die auf ihn lauert. Nach allem, was sie bis jetzt mit ihm erlebt hat, kann sie nicht darauf hoffen, daß er im Augenblick der Not standhalten und knurrenden Hunden gefaßt entgegentreten werde.

Also hält sie vorsorglich Ausschau und spitzt die Ohren, damit ihr ja kein Bellen entgehe und sie rechtzeitig umdrehen oder abzweigen kann.

Aber waren die Hunde gestern in ganzen Rudeln unterwegs gewesen, so läßt sich heute kein einziger blicken. Das Wunder scheint eingetroffen, die gute Fee am Werke zu sein. Es begegnet ihnen weder Mensch noch Tier. Nur gedämpft klingt der Lärm der Piste zu ihnen herüber.

»Im Schnee stapfen ist doof!« bemerkt der Kleine. »Kannst du keine Geschichten erzählen, Julia?«

Und wie sie kann! Geschichten erzählen gehört zu den wenigen Tätigkeiten, die Julia wirklich gerne tut. Leider hat sie selten Gelegenheit, dieser Lieblingsbeschäftigung nachzugehen. Es fehlt am Publikum. Kinder hat sie keine. Felix hört sich lieber selber sprechen, und von den gemeinsamen Freunden ist nur einer gewillt, Julias Geschichten anzuhören, allerdings bloß dann, wenn sie ihm einen guten Kuchen dazu serviert.

»Halt die Luft an, Julchen!« So pflegt Felix zu sagen, sobald sie in Fahrt kommt. »Halt die Luft an und erzähl keine Märchen!«

»Hörst du gerne Geschichten, Friedel?«

»Freilich!« Der Kleine nickt. »Freilich hör' ich gern Geschichten!«

»Wer erzählt denn bei euch? Die Mami?«

»Die Mami?« Friedel traut seinen Ohren nicht. Nein, diese Julia denkt aber auch Sachen!

»Die Mami hat anderes zu tun!« spricht er mit Papis Worten und Tonfall.

»Ja, wer dann? Tante Gerda?«

Pah, jetzt muß Friedel aber wirklich lachen. Tante Gerda und Geschichten erzählen!

»Tante Gerda putzt!« sagt er, so, als sei damit alles erklärt.

Aber Julia läßt nicht locker.

»Wer erzählt denn dann?«

»Meine Platten! Ich kann schon alle auswendig.«

»Kennst du die Geschichte von Siegfried?«

»Nein, kenn' ich nicht. Aber vielleicht möcht' ich lieber eine and're hören ...«

»Wart's ab«, sagt Julia, und dann erzählt sie von Jung-Siegfried. Wie er in einer Burg wohnt mit dicken Mauern und riesigen Zimmern. Kalt ist es, und Licht gibt es auch keines, und wie ihm das gar nicht mehr gefallen hat. »Er sagt zu seiner Mutter:

›Ich will in die weite Welt hinaus und mein Glück versuchen!‹ Da weint die Mutter ...«

»Stimmt!« bestätigt Friedel. »Da weint sie!«

Julia kennt keine Pietät alten Geschichten gegenüber. Sie fängt an, wie es geschrieben steht, und läßt dann ihrer Phantasie freien Lauf. So versieht sie den alten Burgherrn, Siegfrieds Vater, mit einem kantigen Gesicht und schwarzem Bart. Er stampft brummend durch die Gänge und sperrt seinen Sohn in einen Turm ein, damit er hübsch brav zu Hause bleibe. Aber Siegfried läßt sich nicht einschüchtern. Er flieht in dunkler Nacht mit Hilfe eines Seiles und seines treuen Freundes Eginhard.

An dieser Stelle kommt Klein-Siegfried zu Fall. Er ist in ein Loch hineingestolpert, rappelt sich aber schnell wieder hoch und japst: »Ich hab' auch einen Freund, der heißt Peter. Wir sind auch mal geflohen ...«

»Toll! Wie habt ihr's denn gemacht?«

»Och, nur so ...« Der Kleine verstummt. An Siegfrieds Flucht gemessen, scheint seine, Friedels Flucht, eher beschämend verlaufen zu sein. Es lohnt offenbar nicht, darüber zu sprechen. »Hat er einen Hund?« fragt er statt dessen.

Julia schlägt sich an den Kopf.

»Natürlich hat er einen! Wie konnte ich das vergessen! Jeder Junge braucht einen Hund!«

»Stimmt!« Friedel nickt. Nach einer Weile sagt er: »Aber Tante Gerda kann Hunde nicht verputzen. Weißt du, was sie sagt?«

»Nein!«

»Entweder der Hund oder ich! Komisch, nicht?« Mittlerweile sind sie in den Wald gekommen und schreiten auf schmalem Pfad dahin.

In Julias Geschichte naht der Kampf mit dem Drachen. Siegfried nämlich, nachdem er Vaters Burg verlassen hat, zieht pfeifend seines Weges...

»Mein Peter kann auch pfeifen! Richtig laut! Wie 'ne Lokomotive!«

»Und du?«

»Ich lern' es nie, sagt der Papi... Erzähl weiter!«

»Ja, also Siegfried zieht seines Weges, und wen trifft er da im dunklen Wald?«

»Vielleicht einen vom Mars oder so. Ein Ufo!«

»Ach wo, was viel Tolleres! Denk dir, Friedel, stell dir das mal vor! Er trifft einen Drachen!«

»Was für einen Drachen? Ich hab' mal einen gehabt, und dann ist er weggeflogen. Da war der Papi aber wütend!«

»Nein, keinen Papierdrachen! Was denkst du denn? Einen richtigen, lebendigen Drachen!«

Und nun läßt Julia einen Drachen erstehen, zehn Meter hoch wie die Tanne dort drüben, mit buschigem Schweif, mit scharfen Zähnen und spitzen Krallen. Sie läßt ihn Feuer speien und wie ein Chamäleon die Farben wechseln, von rot zu blau, von grün zu gelb. Sie legt ihm sogar schwarze Fledermausflügel an, damit er fliegen kann, und sie ist noch lange nicht am Ende, als Friedel ihre Hand packt und »Julia!« flüstert, »Julia, da ist er!«

Tatsächlich, jetzt sieht sie ihn auch! Er sitzt vor ihnen auf der Waldlichtung, hoch wie die Tannen ringsum, mit scharfen Zähnen und spitzen Krallen, hat die Fledermausflügel weit ausgebreitet, bläst einen Feuerstrahl in die Luft und sagt: »Hallo!«

Da hat Julia sich nun vor Hunden gefürchtet, hat sogar

eine Fee herbeigewünscht, sie zu verscheuchen, und wer begegnet ihr? Ein Drache!

Es ist nicht einfach, einen Drachen zu verkraften, es ist, gelinde gesagt, eine Zumutung!

Julia und Siegfried müssen nach Luft schnappen, Ihnen, verehrter Leser, wird es ähnlich ergehen. Drachen in dieser Erscheinungsform sind bei uns nicht üblich. Man sieht keine! Wer es trotzdem tut, der hat nicht alle Tassen im Schrank.

Arme Julia! Armer kleiner Friedel! Da hat die Übermacht der Skifahrer sie offenbar um den Verstand gebracht. Die Schublade ist schon aufgezogen, hinein mit ihnen! Was fangen wir aber mit dem Drachen an?

Nun ist er einmal da, sitzt auf der Waldlichtung und speit Feuer.

Können Sie ihn hinnehmen, verehrter Leser, oder müssen Sie, klapp, Buch zu, die Lektüre beschließen?

Es sollte mich übrigens wundern, wenn Sie noch nie einen Drachen hinter Ihrem Rücken vermutet hätten. Sie haben nur nicht gewagt, sich umzudrehen!

»Gestatten Sie, daß ich näher komme?« fragt der Drache und schrumpft zur Größe eines Dreimeterbaumes zusammen.

»Nicht, daß ich etwas gegen Ihr Drachenbild hätte, Verehrteste, aber aus einer Höhe von zehn Metern kann man schlecht Kontakte pflegen.« Er unterbricht seine Rede, um Feuer zu speien, läßt sich noch etwas tiefer zu den beiden hinunter und fährt fort: »Sie haben das wirklich hübsch gemacht, meine Liebe. Manche Menschen lassen ihrer Phantasie die Zügel schießen, versehen uns Drachen mit sieben Köpfen und Schwänzen und anderem Firlefanz. Ich bin dankbar, daß Sie mir dergleichen erspart haben.« Der Drache wechselt von rot zu blau und von grün zu gelb, lächelt mit sämtlichen scharfen Zähnen zu Julia hinunter und fragt: »Entspricht es so Ihrer Vorstellung, oder hatten Sie sich den Farbwechsel anders gedacht? Ich weiß zwar nicht, wozu er dienen soll, aber wenn es Ihnen Freude bereitet, will ich ihn gern hin und wieder auf mich nehmen.«

Julia schüttelt den Kopf.

»Es war ja nur so eine Idee. Ich dachte, etwas Farbe im Schnee...«

»Eine naheliegende Überlegung. Hatschi!«

Dem Drachen fahren wahre Funkenbündel aus der Nase. Schnee stiebt von den Bäumen. Julia und Friedel kippen nach hinten. Aber sie landen nicht im Schnee. Sie sitzen auf einer grünen Wiese. Um sie herum blühen Anemonen, Veilchen und Narzissen. Friedel macht sich sofort ans Blumenpflücken.

»Für die Mami!« sagt er. »Sie freut sich.«

Julia zieht die hellblaue Wollmütze vom Kopf und schaut zu dem Drachen hinauf. Der wedelt ärgerlich mit dem buschigen Schwanz.

»Dieser Schweif ist lästig!« knurrt er. »Sie gestatten, daß ich mich seiner entledige. Er paßt zur Gattung der Tiere. Drachen sind keine Tiere! Hatschi!«

Diesmal hat er beim Niesen den Kopf gehoben, so daß die Funken gen Himmel fahren. Im gleichen Augenblick ist der Schwanz verschwunden. Dafür schwebt ein silberner Papierdrachen über der Lichtung und läßt seine Schnur bis zu Friedels Nase herunterhängen. Friedel fängt sie und hat nun einen Drachen, so schön, wie er noch nie einen gehabt hat, einen, der hoch und höher steigt, nicht in den Tannen hängenbleibt und nicht wegfliegen will. Wenn Papi ihn jetzt mit seinem Drachen sehen könnte, dann würde er nicht sagen: »Du bist ein selten blödes Kind!«

»Mein Phantasiebild gefällt Ihnen nicht«, stellt Julia fest. »Wahrscheinlich werden Sie die schönen Flügel auch ablegen wollen.«

»In der Tat, das will ich!« antwortet der Drache. »Diese Art ist aus der Mode gekommen. Ich bitte Sie, wer trägt heute noch Flügel im Fledermausstil?«

»Ich dachte, Sie würden vielleicht gerne fliegen ...«

Der Drache hebt hochmütig den Kopf und speit Feuer hinauf zu den Tannenspitzen.

»Ich brauche nichts Derartiges zum Fliegen und schon gar keine menschlichen Phantasieflügel. Wenn Sie mich jetzt für einen Augenblick entschuldigen wollen, ich habe zu tun. Hatschi!«

Damit ist er verschwunden und mit ihm Sonne und Frühlingswiese. Es schneit. Der Papierdrachen stürzt und steigt und zerrt an der Leine. Friedel muß sich auf die Schnur setzen, damit sie ihm nicht entwischt. Er sitzt also im Schnee, lutscht am Daumen und schaut vorwurfsvoll zu Julia hinüber.

»Warum ist er weg? Hast du ihn geärgert?«

»Ich weiß es nicht. Ich kenn' mich bei Drachen nicht aus. Komm, Friedel, du kannst da nicht sitzenbleiben. Du wirst dich erkälten.«

Hat nicht eben ein Hund gebellt? Wahrhaftig, jetzt erscheint er auf der Lichtung, ein großer, schwarzer Hund. Er sieht nicht freundlich aus. Er knurrt. Weit und breit ist kein Mensch und kein Drache zu sehen.

»Verschwinde!« ruft Julia. »Los, hau ab!« Sie kann es selber nicht glauben. Sie schreitet dem Untier entgegen! »Mach, daß du wegkommst!« Ja, so scharf geht sie auf einmal mit Hunden um. Jetzt steht sie vor ihm, Auge in Auge. Und jetzt klemmt der Schwarze den Schwanz ein, dreht um und tritt den Rückweg an. Julia hat gesiegt.

»Schon recht ordentlich, meine Liebe!« Mit einem gewaltigen Nieser kehrt der Drache zurück. Die Wolken verziehen sich und die Sonne scheint. Friedel nimmt den Daumen aus dem Mund. Julia putzt die Brille. Sie tut dies immer, wenn sie nicht weiß, was sie von den Dingen halten soll. Der Drache aber rückt näher an die beiden Menschen heran, schenkt dem kleinen Friedel ein schiefes Lächeln und beugt sich dann zu Julia hinunter.

»Ich habe mir erlaubt, Ihnen etwas mitzubringen, Verehrteste. Aus Griechenland, denn dort war ich soeben. Halten Sie Ihre werten Pfoten auf, wenn's beliebt!«

Julia sieht etwas zwischen seinen Krallen glänzen und fühlt es gleich darauf schwer in ihre Hände fallen. Ein ganz seltsames Mitbringsel ist das! Ein Döschen in Form einer Ente aus gelblich mattschimmerndem Material. Die Ente hat den Kopf nach hinten gedreht, als schaue sie sich über die eigene Schulter. Der Schnabel hält den Deckel der Dose. Wäre Julia neben lauter Firlefanz und Phantasie nicht noch ein Quentchen Verstand im Kopf verblieben, weiß Gott, sie hätte geglaubt, dieser Deckel sei aus purem Gold.

»Schminkdose in Form einer Ente. Bergkristall mit goldenem Deckel. Aus dem zweiten Grab des Gräberrunds von Mykene. Etwa 1250 vor Christus.« Der Drache leiert diese Information herunter wie ein Museumsführer, speit Feuer und fragt mit ein wenig mehr Wärme in der Stimme: »Gefällt sie Ihnen?«

»Wundervoll! Unbeschreiblich! Zauberhaft!«

»Das kann man wohl sagen«, bestätigt der Drache. »Es ist

ein hübsches Ding, und keine geringere als die schöne Helena hat es besessen. Sie kennen die Dame?«

»Die schönste Frau der Welt ... Du liebe Zeit! Und diese Dose hat ihr gehört? Wirklich und wahrhaftig?«

»Wirklich und wahrhaftig!« Der Drache nickt. »Ich dachte mir gleich, daß sie Ihnen gefällt. So etwas besitzt nicht Jede. Vielleicht finden wir noch eine brauchbare Schminke dazu. Nicht, daß ich etwas an Ihnen auszusetzen hätte, Menschliche Schönheitsideale sind für uns Drachen ohnehin fragwürdig, nein, ich möchte nur, daß dieses Döschen wieder benützt wird.«

Er wendet sich Friedel zu, so daß Julia in Ruhe seine Kehrseite betrachten kann. Die Fledermausflügel sind verschwunden, dafür läuft ein hoher Schuppenkamm vom Kopf herunter über den Rücken und endet in einem kurzen, aber gefährlich stacheligen Schwanz.

»Jetzt sehen Sie aus wie ein Saurier!«

Wirklich, das hätte Julia nicht sagen sollen! Der Drache wirft sich herum. Seine Augen glühen rot, sein Maul speit Feuer.

»Ich habe mit einem Saurier nicht das geringste zu tun!« faucht er. »Ich bin ein Drache und kein schwachsinniges Urzeitfossil! Es gibt mehr Drachen, als Sie ahnen, meine Dame! Wir lassen uns nur nicht von jedem sehen! Das wäre ja noch schöner!« Er schlägt mit dem Schuppenschwanz um sich, daß die Erde dröhnt. »Ärgern Sie mich gefälligst nicht! Auch ein Drache hat seine Empfindlichkeiten!«

Friedel, vor übergroßem Entsetzen, hat seinen Blumenstrauß fallen lassen, steht da, heult und lutscht am Daumen. Der Drache beugt sich zu ihm hinunter.

»Beruhige dich, kleiner Mensch! Sieh her, was ich für dich habe. Hatschi!« Er niest, und im gleichen Augenblick zischt etwas vom Himmel herab, knallt auf den Schnee, rappelt sich hoch, sitzt da und schaut um sich. Friedel verstummt. Nur sein Mäulchen steht weiterhin offen, der Daumen ist allerdings herausgefallen. Julia reißt die Augen auf und greift dann nach der Brille, sie zu putzen.

Neben dem großen Drachen sitzt ein kleiner. Ein Exemplar von abstoßender Häßlichkeit, froschähnlich, giftgrün, mit roten hervorquellenden Äuglein und spitzen Stacheln auf Kopf und Rücken. Es verzieht sein ohnehin schiefes Mäulchen so erbärmlich, so über alle Maßen kummervoll, daß Friedel den eigenen Jammer vergißt und einen Schritt näher kommt.

»Ach, du Armer!« sagt er.

»Huh!« heult das kleine Scheusal, schnellt sich hoch und sitzt oben auf der höchsten Tanne. Dort schaukelt es im Wind und läßt Schnee auf die grüne Wiese hinunterschneien.

»Komm sofort herunter, Kiki! Auf der Stelle!« befiehlt der große Drache. »Willst du wohl gehorchen?«

Nein, er will nicht! Er schaukelt weiter und heult dazu.

»Wenn's dein Papi sagt, mußt du kommen!« schreit Friedel zu ihm hinauf.

»Ich bin nicht sein Papi!« knurrt der Drache verdrießlich. »Ich bin nur sein Onkel, aber das langt mir schon. Er bringt mich zum Wahnsinn!«

Wumms, sitzt der kleine Drache wieder bei ihnen, streckt dem großen die Zunge heraus und macht: »Bäh!«

Friedel sieht es mit Entzücken.

»Du bist vielleicht ein Frecher!«

Der große Drache blickt grämlich zu Friedel hinunter.

»Nur wegen dir habe ich ihn auf mich geladen, damit du einen Freund hast. Mir bereitet es kein Vergnügen, ihn zu sehen. Er ist ein Satansbraten!«

»Ich mag Satansbraten!« Friedels Augen hängen voll Liebe an dem Geschöpf, welches die Augen verdreht und Feuer aus den Ohren bläst.

Sein Onkel seufzt und wendet sich Julia zu.

»Ich möchte mich in aller Form für meinen Neffen entschuldigen. Er ist ein unmöglicher Drache. Ich habe bereits alle Hoffnung aufgegeben, ihn positiv zu beeinflussen.«

Er dreht sich blitzschnell um und packt den mißratenen Neffen am Schuppenkragen.

»Willst du wohl aufhören, Feuer aus den Ohren zu blasen! Anständige Drachen tun das nicht! Wie oft soll ich es dir noch sagen?«

Der kleine Drache schnappt nach des Onkels Pfote, beißt kräftig zu und flüchtet hinter Friedels Rücken.

»Nun, was sagen Sie jetzt?« Der Drache hält anklagend seine Pfote unter Julias Nase, grünes Drachenblut tropft über die Krallen.

»Macht es wirklich unverletzlich?« fragt Julia. »Ich habe gelesen, daß Drachenblut . . .«

»Natürlich tut es das«, unterbricht sie der Drache, »aber

wogegen wollen Sie Ihre werte Haut schützen, meine Liebe? Gegen Schwerter, Spieße oder Küchenmesser? Nein, ich kann Ihnen zu keinem Blutbad raten, es ist unangenehm und sinnlos.«

»Aber wer es trinkt, versteht die Sprache der Tiere...«

»Ach, meine Liebe«, seufzt der Drache. »Schlagen Sie sich das aus dem Kopf! Drachenblut ist kein empfehlenswertes Getränk! Sie würden von morgens bis abends und die ganze Nacht hindurch nichts anderes hören als Jammern und Klagen über die Menschheit. Ein anderes Gesprächsthema gibt es zur Zeit nicht unter den Tieren. Das Lachen würde Ihnen vergehen!«

Er haucht ein sanftes Feuerchen über die Wunde. »Es ist ja bereits verheilt. Aber sehen Sie sich unsere Kleinen an. Mir scheint, mein Neffe übt keinen guten Einfluß aus!«

In der Tat! Dieser Neffe übt einen wahrhaft verderblichen Einfluß aus. Er schneidet Grimassen, verdreht die Augen und bohrt in der Nase. Friedel betrachtet ihn mit leuchtenden Augen. Jetzt streckt er sogar selber die Zunge heraus.

Der Drache registriert es mit sichtlichem Vergnügen. Dann legt er das Gesicht in würdevolle Falten und spricht: »Ich bin entsetzt! Wir müssen die beiden auf andere Gedanken bringen. Was würde Ihnen Freude bereiten, meine Liebe?«

Ach, da braucht Julia nicht lange nachzudenken.

»Ich würde schrecklich gern zuschauen, wie Felix Ski läuft, und sehen, wie es ihm geht und ob er glücklich ist!«

»Sehr glücklich!« knurrt der Drache. »Glücklicher, als Ihnen lieb sein kann. Die Ski hat er übrigens abgeschnallt. Er sitzt im Bergrestaurant und ißt Knödel.«

»Da will ich hin«, ruft Julia, »wenn Sie es möglich machen könnten!«

»Selbstverständlich kann ich das! Dergleichen ist ein Kinderspiel für einen Drachen. Ob es indes für Sie eine Freude wird, bleibt dahingestellt. Ich möchte es fast bezweifeln.«

»O doch! Das wird ein Mordsspaß! Nur sehen darf man uns natürlich nicht!«

»Meinen Sie, ich mische mich in sichtbarer Gestalt unter das skifahrende Volk?«

Der Drache packt seinen jaulenden Neffen am Kragen, läßt ihn ein Weilchen in der Luft zappeln und setzt ihn dann hinten auf seinen Schuppenkamm. Er winkt die beiden Menschen heran, niest, und alsbald liegt die Lichtung verlassen in der Sonne.

Tauwind auf »Stoba Roba« · Ein Semmelknödel schlägt aus der Art · Was es mit Julias Lachen auf sich hat · Galavorstellung über dem Abgrund und Konferenz unter dem Tisch …

Über dem Bergrestaurant »Stoba Roba« schwebt ein silberner Papierdrachen. Die Skifahrer auf der Terrasse heben die Köpfe. Kurt Vögele stößt Freund Georg in die Seite.

»Do, guck amol nuff, Schorsch!« Er zeigt mit dem Suppenlöffel auf das seltsame Phänomen. »Des isch amol a glatter Denger! Der schteht do kerzegrad ond hängt sei Schnur nunter. Der müßt' doch davofliege bei dem Wend do obe…«

Auch Georg Beißweng betrachtet den Drachen mit Verwunderung. Er schüttelt ungläubig den Kopf.

»Ha, so ebbes, do könnsch grad…«, sagt er und bricht schließlich in wahre Lobeshymnen aus: »Mensch, Kurtle, des isch amol a Prachtskerle! Den sott mer hebe, sonscht isch er he!«

»Z'erscht ess' i mei Flädlessupp'!« erklärt Kurt Vögele. »Wenn i was net leide ka, no isch's a kalte Supp'.«

Die beiden Schwaben wenden sich wieder ihren Tellern zu, die anderen Skifahrer auch. Ihre Zeit ist verplant. Erst essen, dann zahlen, dann wieder Skilaufen. Ein silberner Drachen ist nicht vorgesehen.

Auch Felix schaut nicht zum Himmel hinauf, hier unten gibt es Schönes genug. Zum Beispiel: Marianne. Seine Augen ruhen mit Wohlgefallen auf ihrer anmutigen Person.

»Es windet«, stellt sie soeben fest und fängt ihre Papierserviette wieder ein. »Ein richtiger Tauwind. Find'st du nicht auch, Felix?«

Marianne, ein äußerst attraktives Geschöpf, im hautengen, rosa Skianzug, blonde Locken auf dem Kopf und ein verführerisches Lächeln auf den Lippen, sitzt Felix am Tisch gegenüber. Das sportliche Pärchen rutscht seit dem Morgen gemeinsam über die Pisten, und zwar im Skikurs fünf. Sie duzen sich. Dagegen gibt es nichts einzuwenden, das ist in derlei Kursen üblich.

Jetzt hebt Marianne das reizende Näschen.

»Es riecht nach Veilchen! Find'st du nicht auch, Felix?«

Ja, Felix findet es auch, und er braucht nicht lange zu überlegen, woher der wundersame Duft stammt. Von Marianne natürlich, diesem rundherum appetitlichen Skihaserl! Felix beugt sich weit über den Tisch, nähert seine Nase ihrem blondrosa Köpfchen und schnuppert verliebt.

Da fährt erneut ein scharfer Windstoß über die Terrasse. Kurt Vögele legt den Löffel nieder, schiebt die Suppe von sich und zieht den Anorak aus.

»Wenn d' Supp' so heiß wär' wie der Wend, no wär's recht.«

»Ja«, nickt der Schorsch, »do kommsch ganz schö ins Schwitze!«

Felix fühlt nichts von Wind und Hitze. Seine linke Hand landet soeben auf Mariannes zartem Händchen, und weil sie dort offenbar wohl gelitten ist, bleibt sie liegen. Die Rechte dagegen führt die Gabel zum Teller, rührt ein Weilchen im Sauerkraut und piekst schließlich in den letzten Knödel.

Man sollte niemals zwei Dinge auf einmal tun, dies ist eine alte Weisheit, und sie bestätigt sich auch jetzt wieder. Der Knödel nämlich, als sei er nicht aus Semmeln und Eiern hergestellt, sondern aus Gummi und Plastikmaterial, widersetzt sich der zustechenden Gabel und zischt, wie von Geisterhand geleitet, hoch, ein wenig zur Seite und direkt auf das reizende Näschen der blonden Marianne. Die kreischt auf und reißt ihre Hand aus des Freundes zärtlichen Fingern, um die Nase zu schützen. Aber was hilft der beste Schutz, wenn das Unglück bereits geschehen ist? Die Nase befindet sich im Aufblühen und Anschwellen und entläßt sanft, aber stetig ein Rinnsal rotleuchtenden Blutes.

Man sollte meinen, daß Felix, der Urheber dieses Mißgeschickes, aufspringen, um Verzeihung flehen und mit einem Taschentuch liebevoll zu Hilfe eilen würde, aber nein, Felix tut nichts dergleichen. Felix spitzt die Ohren. Er vernimmt altvertraute Töne, sozusagen Heimatklänge. Felix hört Julias Lachen.

Wenn Julia lacht, dann strahlt die Sonne, dann springen Schlösser und Riegel. Wenn Julia lacht, schmettern Fanfaren und läuten Glocken. Jedermann, der es hört, freut sich daran, vergißt seinen Ärger und lacht mit.

Dieses Lachen hatte Felix verzaubert, noch ehe er Julia von Angesicht sah. Es war auf einer Party gewesen, der langweiligsten, die Felix bis dahin erlebt, und er war, was

Parties anbetraf, weiß Gott Kummer gewöhnt. Im Kreis der Geladenen, beim sanften Geplätscher ihrer Reden, hatte ihn eine große Müdigkeit überfallen. Er war in eine Sofaecke und gleich darauf in tiefen Schlaf gesunken. Da hörte er das Lachen. Erst noch im Traum, dann mit erwachenden Sinnen und schließlich hellwach und fasziniert. Auch die anderen merkten auf und ließen ihre Gespräche ruhen.

»Julia ist da!« riefen sie, steckten ihre Sardellenbrötchen in den Mund und drängten nach draußen. Felix, neugierig und angeregt wie selten, trabte hinterher. Draußen auf der Diele stand ein Brillenmädchen... lachende Augen... lachende Lippen. Keine Langeweile mehr und keine Müdigkeit, vergnügte Leute ringsumher.

Felix hatte die Person in den Arm genommen und sie seither nicht wieder losgelassen, außer zur Ausübung seines Berufes und zum Skilaufen.

Auf der Terrasse des Bergrestaurants »Stoba Roba« hört Felix nicht den Schmerzensschrei der blonden Marianne, auch nicht ihr anschließendes Lamentieren, obwohl es laut genug und für jedermann deutlich hörbar ist. Er springt auf und geht, wie von Magneten gezogen, zur äußersten Plattform der Terrasse hinüber, genau zu dem Platz, über dem der silberne Drachen schwebt. Aber Felix ist nicht an dem Drachen interessiert, er sieht ihn nicht einmal.

»Julia«, ruft er, »Julia, wo bist du?«

Statt Julia packt die rosane Marianne seinen Arm, zerrt daran und schreit: »Warst du das mit dem Tennisball? Das find' ich aber gar nicht witzig! Da, schau dir meine Nase an!«

Mit Nasen hat Felix gerade nichts im Sinn.

»Das Lachen eben, hast du's gehört?«

»Mir ist nicht nach Lachen zumute! Meine Nase blutet!«

Sie blutet zwar nicht mehr, ist aber, wie Marianne düster ahnt, zu einer rotglänzenden Knolle angeschwollen, die Mariannes Gesicht unvorteilhaft verändert.

»He, wie siehst du denn aus?« fragt Felix, und aus seiner Stimme klingt keine liebevolle Besorgnis.

Die aufblühende Neigung hat einen argen Dämpfer erlitten, es läßt sich nicht verhehlen. So schnell geht das. Eine geschwollene Nase, ein vertrautes Lachen, und schon ist der Zauber gebrochen. Marianne zieht den rosa Reißverschluß hoch, setzt die rosa Pudelmütze auf, rückt die rosa Sonnenbrille zurecht, ruft: »Ich fahr runter!« und ist weg.

Kurt Vögele und Georg Beißweng haben ihre Mahlzeit beendet. Sie fühlen sich rundherum satt und gestärkt zu neuen Taten. Beide heben ihre Augen auf zum Himmel. Der silberne Drachen steht noch immer über der Terrasse und glänzt in der Sonne.

»Mer sott en hole, sonscht fliegt er davo!« wiederholt Georg Beißweng seinen Vorschlag von vorhin.

Jetzt, nachdem er gesättigt, stimmt Kurt Vögele zu.

Sie marschieren zum Ende der Plattform hinüber, dorthin, wo die Drachenschnur etwa einen Meter über dem Boden hängt. Georg Beißweng schaut sich um. Nein, es ist niemand da, dem der Silberdrachen gehören könnte. Ein Mann nur lehnt an der Brüstung und schaut hinunter in den Abgrund, als suche er dort jemanden. Georg Beißweng ist weit davon entfernt, fremdes Gut an sich zu reißen, es widerspricht aber seinem Wesen, diesen schönen Drachen davonfliegen zu lassen.

»Sie«, ruft er dem Mann an der Brüstung zu, »Sie, isch des Ihrer?«

Der Mann, es ist übrigens Felix, schaut hoch und Georg Beißwengs Finger nach, zu dem Drachen hinauf. Er schüttelt den Kopf.

Da greift Georg zu. Im gleichen Augenblick strafft sich die Leine. Der Drachen zieht. Aber Georg läßt nicht los, er faßt auch mit der anderen Hand zu, denn was er einmal hat, das hält er fest.

Der Drachen steigt. Er zieht Georg Beißweng in die Höhe. Georg indes ist Tiefbauingenieur und hat für große Höhen wenig übrig.

»Kurtle!« schreit er. »Kurtle, heb mi!«

Natürlich greift Kurt Vögele zu, er läßt doch den Freund nicht davonfliegen. Aber was soll er mit seinen lumpigen sechzig Kilo ausrichten, wenn's schon den Zwei-Zentner-Mann Schorsch in die Höhe zieht?

»Laß los, Schorsch«, japst er, »laß en fahre!«

Aber da ist es bereits zu spät. Da hat sie der Drachen schon von der Plattform gezogen. Sie schweben über dem Abgrund, denn »Stoba Roba« liegt hoch. Georg Beißweng krallt die Finger um den Strick, Kurt Vögele klammert sich an des Freundes Beine. Beide starren angstvoll in die Tiefe.

»Noi so ebbes!« stammelt Kurt Vögele. »Noi so ebbes! Hättsch des denkt?«

»Kurtle, mir wird's schlecht!« stöhnt oben Georg Beißweng.

»Noi, Schorsch, bloß des net. Heb di! Heb di!«

Der Mann an der Brüstung steht erstarrt. Andere Skifahrer laufen herbei, aber es sind nicht mehr viele, die Mittagspause ist vorüber. Papi und Mami sitzen noch bei einer Tasse Kaffee. Sie springen auf und eilen zur Brüstung.

»Nein, es ist nicht zu fassen!« schimpft Papi. »Das ist schon kein Mut mehr, das ist Dummheit! Das sollte man verbieten! Diese jungen Leute...«

Da kommt der silberne Drachen zurück. Felix an der Brüstung, dem vorher Julias Lachen über dem Abgrund zu hängen schien, hört es wieder näherkommen.

Jetzt steht der Silberne über der Terrasse, jetzt senkt er sich langsam nieder. Kurt Vögele und Georg Beißweng landen wohlbehalten, wenn auch bleich, zwischen den Tischen. Kurtle hält den Stiefel des Freundes noch umklammert. Schorsch aber hat die Schnur fahren lassen, als sei sie eine giftige Schlange.

»Mensch, Kurtle«, keucht er, »do hen mer no amol Glück g'het!«

Papi kommt mit Riesenschritten. Es drängt ihn, seine Meinung kundzutun.

»Sie sollten sich schämen! So leichtsinnig geht man nicht mit seinem Leben um! Sie hätten tot sein können! Zerschellt! Zerschmettert! Dieser Drachen ist nicht geeignet, Menschen zu tragen!«

»Ha no«, antwortet Georg Beißweng mit schiefem Grinsen, »mir hen's ja überschtande! Mir lebet no!«

Und Kurt Vögele setzt hinzu: »Sie, des traut sich fei net jeder!«

Papi holt Luft zu einer passenden Entgegnung, da kommt Mami daher, lächelt süß und spricht: »Das war eine tolle Vorführung! Wirklich großartig! Nein, so etwas von Mut und Körperbeherrschung...«

Sie strahlt die beiden an, sie zerschmilzt direkt vor Bewunderung. Oh, wie muß Papi sich ärgern!

»Reiß dich zusammen, Alice!« knurrt er, wendet sich seinem Tisch zu und prallt zurück. Was schwebt darüber? Was ist säuberlich am Tischbein festgeknotet und glänzt in der

Sonne? Der Papierdrachen, der Stein des Anstoßes, der silberne Bösewicht!

»Nehmen Sie Ihren Drachen von meinem Tisch!« bellt er zu den beiden Schwaben hinüber. »Ich bin nicht interessiert.«

»Mir au net!« ruft Kurt Vögele zurück.

»Sie könnet en b'halte!« stimmt Georg Beißweng zu. »Mir wollet en nemme!«

Sie erheben sich mühsam, stehen auf zitternden Beinen. »Do könnsch grad!« sagt der eine.

»Was willsch mache?« der andere.

Dann wanken sie zu ihrem Tisch zurück und bestellen einen Obstler und noch einen und noch einen. Hierauf geht es ihnen besser, jedenfalls glauben sie es und fühlen sich fähig, den Berg hinunterzuwedeln.

Felix geht Julias Lachen nach. Er landet am Tisch mit dem Silberdrachen, bei Papi und Mami.

»Haben Sie meine Frau gesehen?« fragt er.

Papi würdigt ihn keiner Antwort. Er ist so schlechter Laune wie nur möglich. Da hat er nun den Drachen losgeknotet und fortzuziehen versucht, aber der Bursche kehrt immer wieder zurück, steht über dem Tisch und tötet mit seinem Rauschen Papis letzten Nerv. Mami dagegen läuft über vor Freude und Dankbarkeit.

»Was für ein wunderschöner Drachen!« schwärmt sie und schaut ganz verliebt zu dem Silbernen hinauf und dann ebenso verliebt hinüber zu den obstlerkippenden Schwaben. »Sind sie nicht reizend, diese beiden Kunstflieger, daß sie uns den Drachen ...«

»Es sind keine Kunstflieger!« unterbricht Papi. »Es sind dumme Jungen!«

Aber Mamis Begeisterung läßt sich nicht dämpfen. »Nicht wahr, Wilfried, wir nehmen ihn mit! Was meinst du, wie Friedel sich freut! Weißt du noch, wie ihm damals der Drachen fortgeflogen ist und wie du geschimpft hast?«

»Ich habe nicht geschimpft, ich habe nur die Wahrheit gesagt, daß er nämlich ein selten blödes Kind ist ... Aua, verflixt noch mal!«

Papi springt hoch und dreht sich im Kreis. Aber da ist niemand in der Nähe, nur dieser alberne Mensch, der unter den Tischen nach seiner Frau sucht.

»Warst du das, Alice?« fragt er streng.

Aber Alice hört ihn nicht. Sie winkt gerade zu den tollkühnen Fliegern hinüber, die schwankenden Schrittes die Terrasse verlassen. Alice kann es auch nicht gewesen sein. Sie sitzt auf der falschen Seite. Papi nimmt seine linke Hand in Augenschein. Jemand hat ihn gebissen! Jawohl, es ist zwar nicht zu glauben, aber jemand hat ihn gebissen, nicht bis aufs Blut, aber doch! Ein Hund? Eine Katze? Papi geht in die Hocke und guckt unter den Tisch. Dort trifft sein Blick auf Felix, der von der anderen Seite herunterschaut.

»Haben Sie mich gebissen?« fragt er.

»Nein! Ich suche meine Frau!«

»Unter unserem Tisch sitzt sie nicht!«

Jetzt taucht auch Mamis Kopf unter.

»Was macht ihr hier unter dem Tisch?«

»Frag nicht so dumm! Jemand hat mich gebissen!«

»Tatsächlich? Jemand hat dich gebissen? Na so was!« Mami lacht, hinter vorgehaltener Hand und unter dem Tisch, aber sie lacht! Sie lacht über Papi! Das ist die Höhe! Sie tauchen auf und betrachten sich nun aus der üblichen Stellung, nämlich über den Tisch hinweg.

»Wohnen wir nicht im gleichen Hotel?« fragt Felix. »In Gaschurn, im ›Schattenblick‹? Gestern abend habe ich Sie doch gesehen, am Nebentisch, mit dem kleinen Jungen, der immer Daumen lutscht. Ist das möglich?«

»Möglich ist alles!« knurrt Papi. Er muß erst Mamis Lachen verdauen. Es ist ihm noch nie widerfahren, daß sie ihn ausgelacht hat!

»Er lutscht übrigens nicht immer am Daumen, nur manchmal!«

»Das will ich gerne glauben«, meint Felix, »aber haben Sie vielleicht meine Frau gesehen?«

»Woher soll ich Ihre Frau kennen?«

»Sie ist nicht zu übersehen! Sie trägt eine Brille und hat ganz kurze Haare, sie lacht ...«

»Wilfried!« Mami trägt wieder Kummerfalten. »Wilfried, die Frau mit der Brille vom Nebentisch, hat die nicht unsern Friedel ...«

»Fährt Ihre Frau Ski oder nicht?«

»Oder nicht!« antwortet Felix. »Das ist es ja! Sie ist unten geblieben im Hotel. Aber vorhin hat sie hier oben gelacht! Ich habe es mit eigenen Ohren gehört!«

»Lächerlich!« Papi nimmt keine Notiz mehr von Felix. Er

fährt auf Mami los. »Was sitzt du noch hier? Rabenmutter! Kümmer dich um dein Kind! Los, mach schon, verflixt noch mal, wir fahren runter!«

»Immer bin ich schuld!« Mami ist zum alten Klageton zurückgekehrt. »Du hast es doch auch gewollt! Du hast gesagt, sie macht einen soliden Eindruck... Nur etwas verrückt...«

Zu weiteren Klagen kommt sie nicht, denn Papi zieht sie hoch und hinter sich her.

»Bei deiner Fahrerei sind wir mit dem Lift schneller unten. Los, los, verflixt noch mal!«

Sie stehen am Lift, die Ski geschultert, und warten auf die nächsten Sessel. Da endlich fällt es ihr ein: »Wilfried, der Drachen!«

»Hiergeblieben!«

Er läßt sie nicht los. Er schubst sie auf den nächsten Sessel, wirft sich auf den Sitz neben ihr und legt den Hebel vor. Dieser Drachen hat ihn heute schon genug geärgert. Er will ihn nicht haben. Mami verdrückt ein Tränchen.

»So, hat dich jemand gebissen?« fragt sie dann. »Tut es weh?«

»Nicht der Rede wert!« antwortet Papi, und dann verstummen sie für den Rest der Fahrt.

Unten angelangt, erwartet sie eine freudige Überraschung, jedenfalls was Mami betrifft.

Über ihnen schwebt der Silberne, rauscht im Wind und läßt seine Schnur direkt vor Mamis Nase baumeln. Was aber hängt unten an der Schnur? Ein Anemonensträußchen, leicht verwelkt zwar, aber immer noch schön.

Mami greift freudig zu. Papi knirscht mit den Zähnen.

Kurt Vögele und Georg Beißweng haben die Abfahrt hinter sich gebracht. Um es deutlich auszusprechen, es ist das reine Wunder, daß sie noch leben. Ganz so sicher, wie sie nach dem dritten Obstler gemeint hatten, waren sie doch nicht auf den Beinen. Georg hat nach drei Stürzen seinen linken Handschuh und die Lust am Skifahren verloren. Kurt ist mit einer Tanne zusammengeprallt und hat hinterher lange überlegen müssen, wer und wo er ist. Georg hat ihn aufgeklärt, trotzdem, ihre Verfassung ist nicht die beste. Sie trotten dahin, die Blicke zu Boden gerichtet, die Skier geschultert. Ihr einziges Verlangen steht danach, in der Sauna zu sitzen und die Obstler mitsamt den anderen unverdaulichen Tagesresten auszuschwitzen.

Kurt Vögele hebt den Blick, bleibt stehen und packt Georg Beißweng am Ärmel.

»Mensch, Schorsch«, flüstert er, »guck amol do vor ons! Des hältsch im Kopf net aus!«

Schorsch richtet gehorsam den Blick nach vorn und fährt zurück.

»Noi!« stöhnt er. »Noi, des gibt's doch net!«

Vor ihnen gehen Papi und Mami, und über den beiden schwebt der Silberne. Seine Schnur ist locker um Mamis Handgelenk geschlungen. Kein Zerren, kein Hochziehen, keine Spur von Bosheit, die braven Menschen nach dem Leben trachtet.

»Kurtle«, würgt der Schorsch schließlich heraus, »'s hat koin Wert! Wenn i alloi g'wese wär', no hätt' i denkt, i schpinn', aber du warsch ja dabei! Gell, Kurtle, des warsch du doch?«

»Des kasch anehme«, bekräftigt Freund Kurtle. »Freilich war i dabei! Ond i werd's nie vergesse, wie ons des Lompetier naufzoge hat, ond mir send schier gar abg'schtürzt... Schorsch, am beschte isch's, mir schwätzet nemme drüber!«

Aber wir sollten über etwas sprechen, verehrte Leser aus dem Schwabenland. Schon lange hätten wir das tun sollen, seit dem Augenblick nämlich, da Georg Beißweng und Kurt Vögele in dieser Geschichte auftauchten und zu sprechen anfingen.

Ich vermute, Sie sind allesamt nicht zufrieden mit meinem Schwäbisch. Ich bin es auch nicht.

Den schwäbischen Dialekt kann man nicht erlernen, man muß mit ihm aufgewachsen sein, und das war mir leider nicht beschieden. Haben Sie deshalb Verständnis, wenn ich die beiden Freunde so sprechen lasse, wie mir das Schwäbisch in die Ohren klingt. Wer im Laufe der Geschichte nicht merkt, daß ich mit Schorsch und Kurtle und meinem kümmerlichen Schwäbisch dem Schwabenland eine Reverenz erweise, der versteht weder mein Schwäbisch noch mein Hochdeutsch.

Drachen auf dem Parkplatz · Das Katastrophenmädchen schlägt wieder zu · Sekt am Nachmittag · Georg Beißweng putzt, und Friedel streckt die Zunge heraus ...

Sie stehen auf dem Parkplatz vor dem Hotel, die beiden Drachen und die beiden Menschen. Julia zeigt auf den Schneehaufen, unter dem der rote Peugeot ihres Mannes begraben liegt.

»Das ist unser Auto. Felix muß es nachher ausbuddeln. Wir fahren nämlich nach Schruns. Er hat es versprochen.«

»Nun, dann wollen wir ihm ein wenig helfen.«

Der Drache bläst eine Feuergarbe über das Auto. Sogleich beginnt die Schneekappe zu schmelzen. Wasserbäche laufen über die Fenster. Auch der Neffe macht sich nützlich und bläst aus Leibeskräften auf Auspuff und Nummernschild, bis das Auto frei und leuchtend rot vor ihnen steht.

»Da kann er aber froh sein!« meint Friedel.

Der Drache beugt sich zu Julia hinunter.

»Ihr Lachen ist bemerkenswert! Ich habe dergleichen noch nie gehört. Gehaben Sie sich wohl!«

Er verzieht das Maul zu einem schiefen Grinsen, legt die eine Pfote aufs Herz, packt mit der anderen seinen heulenden Neffen, niest und ist verschwunden.

Da stehen sie nun, Julia und Siegfried, allein und von allen guten Geistern verlassen.

Aber über der Illbrücke, unten im Tal, erscheint der Silberne, schwebt durch das Dorf, kommt näher, und steigt schließlich hinauf zum Hotel.

»Schau nur, Julia, wer da kommt! Mein Drachen und Papi und Mami!« Friedel, der gerade wieder Trost bei seinem Daumen suchen wollte, stößt einen Freudenschrei aus und rennt den Abhang hinunter.

Julia läuft hinterher. Schließlich ist sie sein Kindermädchen und muß ihn heil und gesund bei den Eltern abliefern.

Papi und Mami sehen ihnen entgegen. Nein, was Papi jetzt anstellt, ist einfach nicht zu fassen! Er drückt doch wahrhaftig die Ski in Mamis Arme und breitet die seinen aus, um den Sohn aufzufangen. So landet Friedel wohlbehalten an bevorzugter Stelle.

Wie aber steht es mit Julia? Sie ist auf der schneeglatten Straße ins Rutschen gekommen und schlittert haltlos dahin.

Was für ein Glück, daß Georg Beißweng und Kurt Vögele dicht hinter Papi und Mami hertrotten. Zwar haben sie die Blicke gesenkt, um den leidigen Drachen nicht mehr zu sehen, aber sie bilden doch eine Brems-Möglichkeit. Julia ergreift sie und reißt die beiden mit in den Schnee.

»Au des no!« stohnt Georg Beißweng. »Au no des Kataschtrophemädle von der Loipe!«

Kurt Vögele rappelt sich hoch.

»Ha, so ebbes!« ruft er. »Jetzt hat en der Kloi!«

Friedel geht zwischen den Eltern und hält die Drachenschnur in der Faust. Der Silberne rauscht freundlich, fast könnte man meinen, er wedle mit dem Schwanz.

Georg Beißweng und Kurt Vögele klauben ihre Siebensachen aus dem Schnee. Julia hilft ihnen dabei.

»Hemmer jetzt älles?« fragt der Schorsch und reibt seinen Allerwertesten, auf den er gefallen.

»Hier ist noch ein Handschuh!« Julia hält Georgs linken Skihandschuh in die Höhe.

»Noi, des gibt's doch net!« Georg nimmt den Handschuh in Augenschein. »'s isch meiner! Ha, so ebbes! Den hab' i doch verlore, wie kommt denn der do runter?«

»Sei froh, daß d'en hasch, ond frag net soviel«, sagt Kurt Vögele. »Los, Schorsch, mir müsset ons bei dem Mädle entschuldige, daß se ons omg'schmisse hat. Woisch nemme, wie se sich geschtern hat ärgre müsse? Flegel hat se ons g'heiße!«

In Julias Kehle beginnt es zu glucksen. Nein, wirklich, sie will jetzt nicht lachen, aber wenn sie die wackeren Schwaben ansieht, den pfiffigen Kurtle und den schwerfälligen Georg, und wenn sie bedenkt, wie sie die beiden schon zweimal zu Fall gebracht hat, dann kann sie sich einfach nicht beherrschen, dann muß sie lachen und Glocken läuten lassen und Fanfaren schmettern.

Georg Beißweng und Kurt Vögele stehen diesem Phänomen sprachlos gegenüber. Sie haben heute schon allerhand Wundersames erlebt, aber das da schlägt alles.

Kurt Vögele beißt die Zähne zusammen. Er sieht nicht ein, warum er lachen soll. So vergnüglich war der Tag nun auch wieder nicht. Dann legt er den Kopf in den Nacken und wiehert zum blauen Himmel hinauf.

Georg Beißweng schüttelt das Haupt, erst einmal über den

wiedergefundenen Handschuh und dann über den wiehernden Freund.

Seit wann lacht der Kurtle so laut und ohne jeden Grund? So denkt Georg Beißweng und reißt bereits den Mund auf zu einer gewaltigen Lachsalve, denn Julias Lachen ist ansteckender als Scharlach und Masern zusammen.

Das müssen auch Papi und Mami erfahren.

Mami hat heute schon einmal herzlich gelacht, als nämlich Papi gebissen wurde, unter dem Tisch auf »Stoba Roba«. Bei der Erinnerung an diesen Vorfall könnte sie sich ausschütten vor Lachen, und das tut sie dann auch.

Papi hat lange nicht mehr gelacht. Das Leben ist nicht zum Lachen. Zu oft muß er sich ärgern über Sohn und Frau und die ganze Welt. Es knarrt, es knirscht, es grollt im Brustkasten, dann endlich kommt ein rauhes »Hoho« zustande.

In diese Lachorgie hinein platzt Felix.

Da sucht er Julia im Bergrestaurant, regt sich auf, rennt herum, und hier unten ist sie und lacht mit fremden Leuten! Das paßt ihm ganz und gar nicht! Was hat sie zu lachen, ohne ihn?

»Komm, Julchen«, er faßt sie am Arm, »jetzt langt's.«

Aber so schnell geht das nicht. Erst muß man zu Ende lachen, dann zu Atem kommen, und dann weiß Papi, was die Höflichkeit verlangt, und stellt sich Mami und Friedel in aller Förmlichkeit vor. Doktor König heißt er, kommt aus Kassel, und dies hier ist seine Frau und der Kleine sein Sohn Siegfried.

»Hallo, Daumenlutscher!« sagt Felix.

Friedel wendet sich ab und holt seinen Drachen ein.

»Paß doch auf, verflixt noch mal! Die Schnur wird sich verheddern!« schreit der Papi, denn irgendwie muß er seinen Ärger loswerden. Was braucht der Mensch seinen Sohn immer »Daumenlutscher« zu nennen, das ist eine Frechheit!

Die Schnur verheddert sich nicht. In Friedels Hand liegt bereits ein sauberes Knäuel. Papi beruhigt sich und sieht mit Verwunderung, wie geschickt sein Sohn einholt und aufwickelt. Er kann recht gut mit Drachen umgehen, so denkt er, und ist seit langer Zeit wieder einmal zufrieden mit seinem Sprößling.

Die beiden Schwaben würdigen den Drachen keines Blikkes. Ihr Interesse gilt allein dem Katastrophenmädchen, das so mitreißend lacht. Also neigen sie höflich die Häupter, strecken die Hände aus und stellen sich vor.

Kurt Vögele, so heißt der schlanke Kleine, Georg Beißweng der dicke Große, und kommen tun sie aus Degerloch. Beide haben rote Köpfe. Georg Beißwengs Kopf glüht nicht nur vom Lachen, nein, wenn er dieses Katastrophenmädchen ansieht, dann wird's ihm heiß, dann schlagt sein Herz schneller, ha so ebbes! Sie heißt Julia Bechstein, so hört er eben, und sie wohnt mit ihrem Mann in Karlsruhe.

Georg Beißweng faßt eine spontane Abneigung gegen diesen Mann. Auch Felix fühlt sich von all den Menschen nicht angezogen. Leider scheint Julia sie zu mögen. Felix erfährt, daß sie den kleinen Daumenlutscher unter ihre Fittiche genommen und die beiden Degerlocher bereits zweimal umgerannt hat. Er fragt nicht, wie sie das wieder angestellt hat. So etwas kann sie einfach. Ach, daß sie immer solche Typen um sich versammeln muß!

Dann fällt ihm ein, daß er noch zum Auto wollte. Im Kofferraum liegt der Riemen für die Ski, den will er holen. Julia soll schon vorangehen, er wird gleich nachkommen. Dem Menschenhaufen um sie herum wirft er ein lässiges »Also-bis-dann« zu und begibt sich zum Parkplatz.

Ein seltsamer Anblick bietet sich seinen erstaunten Augen. Der Parkplatz liegt weiß verschneit, alle Autos sind tief im Schnee vergraben, nur sein roter Peugeot steht da, nackt und bloß, inmitten einer Wasserlache. Felix läßt die Ski fallen und stampft seinem Auto zu. Was hat Julia da wieder angestellt? Ist sie etwa weggefahren mit diesem kleinen Daumenlutscher? Hat sie das Auto freigeschaufelt? Ein Feuer angezündet? Wahrhaftig, so sieht es aus, so riecht es auch! Wie erhitzter Lack, wie verbrannter Gummi! O diese Julia! Die Sehnsucht nach ihr, die ihn oben im Restaurant überfallen, diese Sehnsucht ist geschwunden, verdrängt durch eine herzhafte Wut. Hinten am Auto muß gezündelt worden sein. Heckscheibe und Nummernschild sind verrußt, das linke Hinterrad fühlt sich heiß an. Felix denkt nicht mehr an den Riemen, den er holen wollte. Wie ein zorniger Tiger umrundet er das Auto und sucht nach weiteren Indizien. Dann sammelt er seine Ski aus dem Schnee und stapft dem Haus zu.

Die Zimmertür steht offen, Stimmengewirr empfängt ihn.

Barmherziger Himmel, sie sind immer noch da! Jetzt machen sich diese Menschen schon in seinem Zimmer breit!

Papi und Mami möchten wissen, was Julia alles mit ihrem Sohn unternommen und was er gegessen hat, ob er brav gewesen und wie es denn überhaupt so gegangen sei.

An der Tür, wie Leibwächter, stehen die beiden Schwaben, der dünne und der dicke. Felix muß sie beiseite schieben, um in sein eigenes Zimmer zu kommen. Es ist die Höhe!

Er packt Julia am Arm und dreht sie zu sich herum.

»Was hast du mit meinem Auto gemacht?«

»Was soll ich damit gemacht haben? Nichts! Wirklich, Felix! Du weißt doch, daß ich nicht fahre, wenn's glatt ist!«

»Und wer hat das Feuer angezündet? Der Schnee ist weggetaut! Der Gummi stinkt verbrannt! Das passiert doch nicht von allein! Da muß jemand gezündelt haben! Wer war das?«

»Unser Drache!« antwortet Friedel.

Felix senkt den Kopf, um das kleine Ungeheuer ins Auge zu fassen. Das Bürschlein lutscht offenbar nicht nur am Daumen, es ist zu allem hin auch noch frech! Felix wirft finstere Blicke auf Papi und Mami und ihren ungeratenen Siegfried. Hinaus, so sprechen diese Blicke, was habt ihr in meinem Zimmer zu suchen? Aber so drohend Felix auch die Stirn runzelt, es zeitigt keine Wirkung.

Papi denkt nicht im Traum daran, daß die finsteren Blicke ihm gelten könnten. Mami und Friedel sind an diese Art Blicke gewöhnt. Auf Julias freundliche Einladung, doch Platz zu nehmen, sprechen sie: »Aber gern, wenn Sie meinen!« und lassen sich auf Felix' Bett nieder.

Oh, wie Felix sich ärgert! Da muß er mit einem Hocker vorliebnehmen, indes die Fremden sein Bett bevölkern!

Auch die beiden Schwaben rücken von der Tür her langsam ins Zimmer hinein. Felix strömt Eiseskälte aus, um ihren Vormarsch zu stoppen, aber Kurt Vögele und Georg Beißweng schauen klüglich nicht in seine Richtung, sondern zu Julia hin, die mit besonderer Wärme die Kühle ihres Mannes auszugleichen sucht. Papi und Mami rücken zusammen, es ist noch Platz genug auf dem Bett. Julia sitzt ihnen gegenüber auf dem einzigen Sessel, und Friedel hockt auf ihrem Schoß.

»No bin i halt so frei!« Georg Beißweng läßt sich nieder,

vorsichtig, damit es die Nebensitzer nicht zu stark in die Höhe schnellt. Kurt Vögele drückt sich neben den Freund.

»So, des g'fällt mer jetzt!« sagt er. »Des isch richtig g'mütlich! Woisch, was mer jetzt no bräuchtet, Schorsch?«

Ja, er weiß es: »Ebbes zom Drenke!«

Papi und Mami sind derselben Meinung. Ein gutes Tröpfchen in so netter Gesellschaft, das würde ihnen jetzt gefallen.

»Leider kann ich nicht dienen!« Felix wird direkt heiter. »Wir haben keine alkoholischen Getränke im Zimmer, und an so etwas haben Sie vermutlich gedacht?«

Ja freilich haben sie an so etwas gedacht! Georg Beißweng und Kurt Vögele nicken bestätigend.

Dann wendet sich Kurt an den Freund: »Du, Schorsch, mir hen doch ebbes im Zimmer! Komm, mir holet's!«

»Vielleicht könnte man das geplante Gelage überhaupt in Ihr Zimmer verlegen!« Felix ist nicht mehr eiskalt, nein, er kocht. »Ich muß nämlich gestehen, daß ich etwas müde bin. Außerdem wollten wir nach Schruns fahren!«

»No net so pressant! Jetzt drenket mer erscht ebbes!« entscheidet Georg Beißweng und erhebt sich. »Hinterher könnet Se immer no nach Schruns fahre, 's isch ja no früh am Tag...«

»Wenn ich etwas hier hätte, würde ich es natürlich gern anbieten! Ich bin untröstlich!« Felix geht zum Eisschrank in der Nische und öffnet ihn weit, um jedermann zu zeigen, wie gähnend leer und öde es darin aussieht. Eine Zeitlang herrscht Schweigen, denn so wohl bestückt mit Getränken hat man selten einen Eisschrank gesehen.

»Ja, do könnsch grad!« fährt es schließlich dem Kurtle heraus.

»Der isch freilich leer! Bloß fünf Flasche Sekt...«

»Und Orangensaft!« Friedel ist von Julias Schoß gerutscht und kniet bereits vor dem Eisschrank. »Und Brötchen mit Wurst und Käse!«

»Nein, so etwas!« Felix fühlt sich betrogen, hintergangen von irgend jemandem.

»Ich habe keine Ahnung gehabt. Gestern war er noch leer! Julia, hast du vielleicht? Nein? Na, dann weiß ich auch nicht. Dann stehe ich vor einem Rätsel. Leider haben wir keine Gläser...«

»Dreh dich mal um, Felix!« Julia zeigt auf den Eisschrank. Tatsächlich, da steht ein Tablett mit Sektgläsern.

»Ja, dann«, Felix' Stimme klirrt vor Eis, »ja, dann lade ich Sie alle herzlichst ein, zu Sekt am Nachmittag. Man weiß natürlich nicht, wie er einem bekommt ...«

»Sekt bekommt eim immer!« erklärt Kurt Vögele. »Der bringt ein' richtig in Schwung!«

Georg Beißweng erhebt sich, geht zu Felix hinüber. »Mir leget's nachher um«, so raunt er in sein Ohr. »Des bleibt natürlich net an Ihne hänge, Herr Bechschtoi, die Koschte von dem Sekt ond so!«

Er nimmt die Flaschen in Augenschein.

»Mann, des isch aber a noble Marke! Des isch ja der beschte Schampanjer!«

Felix macht sich daran, die erste Flasche zu öffnen. Er tut es ungern. Ihm ist nicht nach Sekt zumute, aber wen interessiert das schon!

Felix kann alles! Das ist schon immer so gewesen. Er hat bisher jede Sektflasche ohne die geringste Schwierigkeit geöffnet. Es hat geknallt, aber mäßig. Der Korken ist geflogen, aber nicht zu hoch. Eine Sektüberschwemmung gibt es bei Felix einfach nicht! Jedenfalls bis zu diesem Augenblick.

Der Korken knallt, der Sekt zischt hinterher, Felix tropft. Die Hälfte des Sektes hat er abbekommen.

»Ach, du Armer!« Julia eilt herbei. »Du bist ja ganz naß! Wie konnte das passieren?«

Felix antwortet nicht. Er verschwindet im Badezimmer.

Sein Verschwinden hinterläßt keine schmerzliche Lücke.

Georg Beißweng hält die Flasche in die Höhe.

»Do isch nemme viel dren. Nehmet mer am beschte glei die zweit.«

Georg Beißweng wirkt schwerfällig, ist es aber nicht. Freund Kurt weiß, wie anmutig er tanzen kann und wie geschickt seine Pranken mit kleinen, verzwickten Gegenständen hantieren. Kaputte Reißverschlüsse und alte Uhren bringt er wieder zum Laufen. Es gibt keine Flasche, die er nicht säuberlich und mit sanfter Gewalt zu öffnen wüßte. Darum reißt Kurt Vögele entsetzt die Augen auf und kann es nicht fassen, daß Freund Schorsch der Flasche den Hals abdreht und sich übersprudeln läßt wie der letzte Depp. Er eilt zu Hilfe.

»Schorsch«, fragt er besorgt, »Schorsch, was isch?«

Georg Beißweng leckt sich die Lippen.

»Gut isch er, Kurtle!«

Nun erhebt sich Papi. Er hat bis jetzt still auf dem Bett gesessen und den Kopf geschüttelt über so viel Unvermögen und Ungeschick.

»Das werden wir gleich haben!« ruft er frohgemut. »Das wäre ja gelacht! Die Flaschen liegen doch kalt. Man muß sie nur einigermaßen geschickt halten!«

Papi ist ein Mann von Welt. Er kann mit Sektflaschen umgehen. Derlei Dinge hat er im Griff. Aber die Sache läuft nicht so, wie er will, verflixt noch mal! Es ist wie verhext. Der Korken sitzt fest und will nicht heraus, nicht mit Geschick und nicht mit Kraftanwendung. Als er sich schließlich doch bequemt und aus der Flasche fährt, da hat Papi seine Bemühungen bereits aufgegeben und die Flasche in den Eisschrank zurücklegen wollen. So kann es geschehen, daß auch er eine geballte Ladung Sekt abbekommt, ins Gesicht, versteht sich, wie die anderen Herren auch.

Nun ist es an Mami, die Hände zusammenzuschlagen und sich zu entsetzen.

»Aber Wilfried!«

Leider eilt sie nicht schweigend zur Hilfe herbei, findet auch nicht das richtige trostreiche Wort, nein, sie prustet los, sie kichert! Sie hat offenbar heute ihren lustigen Tag.

»So ein Pech! Vorhin hat dich jemand gebissen, und jetzt spritzt du dich voll! Himmel, der Skianzug! Der sieht vielleicht aus!«

Sie putzt an ihm herum. Sie reizt und ärgert ihn noch weit mehr als sonst, aber Papi ist so verunsichert, daß auch ihm das rechte Wort fehlt. Nicht einmal »verflixt noch mal« kommt über seine Lippen. Friedel drückt ihm ein Käsebrötchen in die Hand. Papi mag Käse. »Alle intelligenten Leute lieben Käse«, so pflegt er zu sagen. Jetzt aber sagt er nichts, stopft das Brötchen in den Mund und kaut.

Kurt Vögele ist an der Reihe. Julia schenkt ihm einen aufmunternden Blick. Aber Kurt Vögele beißt nicht an. Irgend etwas stimmt nicht mit dem Sekt. Er macht sich doch nicht zu Kinderleins Spott! Er ist doch nicht blöd! Also sagt Kurt Vögele: »No bin i halt so frei!«, beugt sich nieder und nimmt statt der nächsten Sektflasche ein Wurstbrötchen aus dem Eisschrank. Er legt auch dem Freund eines in die Pranke.

»So, Schorsch, jetzt esset mer des, ond no sehet mer weiter!«

Julia weiß, daß sie die ungeschickteste Frau der Welt ist. Sie hat zwei linke Hände. Felix hat es ihr oft beteuert.

»Laß die Finger davon, Julchen, ich mache es schon!«

Also läßt sie die Finger davon, das ist auch viel bequemer. Auf diese Weise hat sie noch nie einen Autoreifen gewechselt und noch nie eine Sektflasche geöffnet.

Jetzt aber befindet sich Felix im Bad. Kurt Vögele bietet Brote an. Papi kaut, Georg Beißweng desgleichen. Friedel bedient sich mit Orangensaft.

Julia muß etwas unternehmen. Schlechter als die Männer kann sie's nicht machen. Also, nur Mut! Schon hat sie eine Flasche in der Hand, schon knallt der Korken, schon sprudelt der Sekt in die Gläser. So einfach ist das!

Leider kann sie nicht verhindern, daß sich Peinlichkeit ausbreitet und die Herren betreten zu Boden schauen. Was tut man in einer solchen Situation? Man reicht die Gläser herum, stößt an, trinkt und, richtig, man lacht. Nicht schadenfroh etwa, um Himmels willen! Nein, lieb und warm und ansteckend. Julia läßt Glöckchen klingen und Fanfaren schmettern, und mit ihr lachen Mami und alle vorhandenen Männer.

In das Gelächter hinein öffnet sich die Badezimmertür. Felix erscheint, brummt: »Hier sieht's vielleicht aus!« und gießt sich Orangensaft ein.

Er stößt mit an, mitlachen tut er nicht. Wahrhaftig, er liebt Julias Lachen, aber alles zu seiner Zeit. Diese Menschen, die da kichern und grölen und sein Zimmer verwüsten, die sind ihm doch sehr zuwider. Julia sieht es und läßt ihre Glöckchen abwärts schweben und verklingen. Mit ihr verstummen auch die anderen, wischen die Lachtränen aus den Augen, trinken ihr Glas leer und sprechen: »Na, dann wollen wir mal!«

Georg Beißweng will nicht! Er lehnt an der Wand und möchte dort lehnen bleiben. Nicht etwa wegen des Champagners! Ein guter Württemberger Trollinger ist ihm lieber. Natürlich auch nicht wegen dieser Julia Bechstein! Sie ist nicht die Art Frau, auf die er fliegt. Erstens ist sie zu dünn. Zweitens trägt sie eine Brille. Und drittens hat sie zu kurze Haare. Das einzig Anziehende ist ihr Lachen. Wirklich, das hört er recht gern. Georg Beißweng beschließt, noch etwas zu bleiben und sich nützlich zu machen. Er wirft die leeren Flaschen in den Papierkorb. Er holt ein Handtuch aus dem

Bad und wischt damit den Boden auf. Papi und Mami, leider ohne Sohn, aber mit vielen Dankesworten, sind bereits draußen. Felix hält die Tür weiterhin einladend geöffnet. Die beiden Schwaben müssen erkennen, daß man sie offenbar nicht aufhalten will.

»Komm, Schorsch«, sagt Kurt Vögele, »mir ganget!«

Widerwillig legt Georg Beißweng das Handtuch aus der Hand. Jetzt war er grad so schön am Putzen! Aber da hilft alles nichts. Freund Kurtle zieht ihn aus dem Zimmer.

Felix schließt die Tür hinter den beiden, dann schaut er verdrießlich auf Julia und Friedel.

»Wir beide fahren jetzt nach Schruns und trinken gemütlich Kaffee!« So sagt er zu Julia und gibt den Worten »wir beide« einen besonderen Nachdruck. Aber der Kleine reagiert nicht, sondern bleibt weiter auf Julias Schoß sitzen.

»Oder«, Felix hebt die Stimme, »wir beide fahren mit dem Lift hoch, und ich zeige dir das Skigebiet und die Bergstation...«

»Die kennen wir schon«, sagt Friedel, und in die Stille hinein ergänzt Julia: »Von Postkarten!«

Felix aber horcht auf und wendet sich dem Kleinen zu.

»Seid ihr etwa mit dem Lift hochgefahren, Daumenlutscher?«

»Nicht mit dem Lift!«

»Mit was denn sonst? Himmeldonnerwetter! Ihr könnt ja nicht raufflíegen!«

»Fliegen nicht. Aber unser Drache hat uns raufgeniest!«

»Raufgeniest?« Felix zieht aufseufzend die Luft durch die Nase.

Bei solchen Eltern muß der Knabe ja verrückt werden, das ist nicht weiter verwunderlich, aber daß er sich jetzt mit diesem Individuum abgeben muß, das verbittert ihn doch sehr. Nein, es war nicht klug, Julia in den Winterurlaub mitzunehmen. Sie paßt nicht hierher. Sie kompliziert alles.

Julia stellt den Kleinen auf den Boden und erhebt sich.

»So, Friedel, jetzt mußt du dich um Papi und Mami kümmern. Morgen früh gehen wir spazieren!«

Friedel legt den Kopf in den Nacken und blinzelt durch die Brille zu Julia hinauf.

»Ehrenwort?«

»Ehrenwort!«

Sie legt den silbernen Drachen in seine Arme und schiebt ihn zur Tür hin. Vor Felix bleibt der Kleine noch einmal stehen.

»Aber du darfst nicht mit!« sagt er.

»Da bin ich untröstlich!« antwortet der.

Friedel streckt die Zunge heraus, ganz weit, so, wie er es im Wald gelernt hat. Er tut es allerdings erst, nachdem er im Flur angelangt ist und die Tür sich hinter ihm geschlossen hat.

Felix sieht etwas Leuchtendes auf dem Toilettentisch stehen. Ein schimmerndes Kristalldöschen.

»Was ist denn das?« Er kommt interessiert näher und nimmt die kleine Ente in die Hand. »Wirklich, ganz putzig! Aber der letzte Kitsch! Oh, Julchen, was du immer für Sachen anschleppst!«

Eine Apfelstrudel-Romanze und Rätselraten um eine Straßensperre · Friedel und Georg leisten Schwerarbeit · Felix geht schwimmen ...

Sie gehen schweigend die Treppe hinunter. Nicht, daß eine beglückende Harmonie jedes weitere Wort erübrigt hätte! O nein! Es gibt viel zu sagen und hinunterzuschlucken. Beim Auto angelangt, beginnt Felix wieder, es kopfschüttelnd zu umrunden.

»Es riecht verbrannt!« knurrt er. »Das Nummernschild ist verrußt! Wenn ich den Strolch erwische, der da gezündelt ...«

»Ich friere«, sagt Julia, »willst du mir nicht die Tür aufschließen?«

Felix schließt auf, geht dann hinüber auf seine Seite und wirft sich hinter das Lenkrad. Daß die Tür vor Julia einladend geöffnet und hinterher wieder sanft geschlossen wird, sieht er nicht. Er ist vollauf damit beschäftigt, sich zu ärgern.

»Eine Hitze ist hier drin«, mault er, »wie im Hochsommer! Ich sage dir, Julia, wenn sich dieser kleine, verrückte Bursche an meinem Auto zu schaffen macht, dann geht's ihm aber gottsjämmerlich schlecht! Das kannst du ihm ausrichten!«

Er drückt kräftig auf das Gaspedal, er läßt den Motor heulen. Das tut er sonst nicht, das rügt er bei anderen Autofahrern. In rasantem Tempo fährt er aus dem Parkplatz heraus, die schneeglatte Straße hinunter. Keine Sorge, es passiert nichts! Sie rutschen nur in die Schneemauer an der Hauptstraße hinein und sitzen dort fest. So gewinnt Felix Zeit, sich zu beruhigen. Ein hoteleigenes Gefährt zieht sie heraus, und als die Dämmerung niedersinkt und die Skifahrer vom Berg kommen, da steht der Peugeot wieder frei und fahrbereit auf der Straße.

Vorher aber hat es sich leider begeben, daß die blonde Marianne des Weges kam, die Rettungsaktion miterlebte und die Hände über dem Kopf zusammenschlug über die Fahrweise mancher Männer.

Felix mußte sich furchtbar ärgern, weil sie nicht aufhören wollte, ihm Ratschläge zu erteilen und ihn zu belehren, wie er auf glatter Straße zu fahren habe, vorsichtig nämlich, mit viel Gefühl und wenig Gas.

»Das weiß ich ja!« Felix' Stimme klang gereizt. Er war am Ende seiner Nervenkraft.

Sie aber bohrte weiter.

»Scheint's doch nicht! Oder ist sie gefahren?«

Ihr Fausthandschuh zeigte auf Julia, und ihr Blick wanderte von der hellblauen Wollmütze über die Brille bis zu Julias Stiefeln hinunter. Dann wandten Blick und Person sich ab, gelangweilt, enttäuscht. Julia merkte wohl, daß sie keinen bleibenden Eindruck hinterlassen hatte, und beschloß, etwas zur Hebung des Interesses zu tun.

»Mit einem solchen Schnupfen sollten Sie nicht in der Kälte herumstehen«, so sprach sie mit freundlicher Stimme. »Sie sollten im warmen Stübchen bleiben und Kamillendämpfe einatmen!«

Tatsächlich, die blonde Marianne zeigte sich interessiert, fuhr zu Julia herum und fauchte, sie denke nicht daran, einen Schnupfen zu haben und im warmen Stübchen zu sitzen, sie sei so abgehärtet wie nur sonst jemand und sie wisse nicht, wie irgendwer annehmen könnte, sie habe einen Schnupfen!

»Nur wegen der Nase!« erklärte Julia, liebreich lächelnd. »Nur wegen der Nase! Sie sieht richtig angegriffen aus. So rot und aufgeschwollen!«

Daraufhin hatte sich die blonde Marianne empfohlen, schnell und ohne lästige Abschiedszeremonie.

Jetzt sitzen sie also wieder im Auto. Nichts steht der Fahrt nach Schruns im Wege, außer daß Julia auf einmal keine Lust mehr hat.

»Woll'n wir nicht lieber hierbleiben?« fragt sie. »Weißt du, Felix, es lohnt sich fast nicht mehr, und die Straße ist sicher schrecklich glatt.«

»Glatte Straßen sind für mich kein Problem«, knurrt Felix. »Im Gegenteil, sie machen mir Spaß!«

»Aber es ist schon fast dunkel . . .«

»Du wirst es nicht glauben, aber das Auto hat Scheinwerfer.«

Was gibt es darauf zu sagen? Nichts. Julia legt den Gurt um und schließt gottergeben die Augen.

»Gestern hast du es noch gewollt!« brummt Felix.

»Man kann seine Meinung ändern!«

»Nein, das kann man nicht. Ich bin extra früh zurückgekommen, damit du eine Freude hast und wir nach Schruns fahren können! Jetzt fahren wir, ob du willst oder nicht. Dich muß man ja immer zu deinem Glück zwingen!«

Die Strecke bis St. Gallenkirch legen sie in tiefem Schweigen zurück. Dann windet sich die Straße abwärts durch den Wald.

»Das kann doch nicht wahr sein!« Felix bremst mit lautem Schimpfen und viel Gefühl, aber es hilft ihm beides nichts, das Auto rutscht, dreht sich und steht nun genau in der Gegenrichtung. Sie sind sehr erschrocken, alle beide, und sitzen erst ein Weilchen still und stumm, dann aber erwacht Felix zu neuem Leben.

»Komm raus, Julchen! Sieh es dir an! Eine Straßensperre, auf der Steilstrecke, ohne Vorankündigung. Das ist die Höhe! Das ist die reinste Mausefalle! Das ist lebensgefährlich!«

Julia krabbelt aus dem Auto. Tatsächlich, eine rotweiße Bake steht quer über der Straße und ein Schild mit der Aufschrift: *Wegen Schneeräumarbeiten bis 19 Uhr gesperrt!*

Felix läuft um das Auto herum, betrachtet die Bremsspuren, schüttelt den Kopf und kommt offenbar mit der eigenen Meisterleistung nicht ganz zurecht. Julia aber überschwemmt ihn mit wohltuenden Worten: »Also, wie du das fertiggebracht hast, Felix! Einfach großartig! Das soll dir mal einer nachmachen, so mitten in der Fahrt das Auto zu drehen! Jetzt brauchen wir bloß reinzusitzen und wegzufahren. Toll! Wirklich, das hätte ich nie geschafft!«

Felix wehrt ab.

»Man lernt es im Schleuderkurs«, sagt er, »es ist reine Übungssache.«

Seine Stimmung hebt sich.

Die Rutschpartie in die Schneemauer hinein, die Bergungsaktion und Mariannes weise Lehren haben ihm zu schaffen gemacht. Nun lebt er auf.

»Fahr'n wir zurück, Julchen. Es ist zwar eine ungeheure Frechheit, hier einfach zu sperren, aber es hat keinen Sinn, weiterzufahren, nachher sitzen wir fest.«

Sie steigen ein. Felix startet, und wie von sanfter Hand geschoben, rutscht der Peugeot den Berg hinauf, den Weg zurück.

Felix schimpft auf die Straßenmeisterei und die Schneeräumarbeiten, auf Schilder und Verbote und Schlamperei.

Jedes entgegenkommende Fahrzeug betrachtet er mit Interesse, ja fast könnte man sagen, mit Vergnügen. Seine Laune bessert sich zusehends. Richtig heiter aber wird er erst, als ihnen ein blauer Mercedes entgegenkommt.

»Weißt du, wer da drin sitzt, Julchen?« frohlockt er. »Deine beiden Schwaben aus Degerloch! Die dürfen nun also auch umdrehen! Ich hätte sie gerne gewarnt, aber sag selbst, Julchen, wie soll man das anstellen, mitten auf der Strecke? Siehst du, schon sind sie vorbei! Ein bißchen zu schnell, wie mir scheint. Sie haben uns nicht einmal erkannt. Das tut mir jetzt wirklich leid!«

Felix lacht vergnügt.

»Wenn ich richtig gezählt habe, müssen schon zehn Autos umdrehen. Das mag ein schönes Chaos geben, da unten! Nicht jeder Fahrer beherrscht mein Wendemanöver, das kannst du mir glauben! Übrigens, mit dem Mercedes werden die Herren Schwierigkeiten bekommen! Erst wenden und dann ohne Schwung den Berg hoch! O weh, o weh! Es sollte mich nicht wundern, wenn sie steckenbleiben.«

So plaudert Felix munter vor sich hin, bis sie bei einem kleinen Café anlangen.

»Hier gibt es Apfelstrudel mit heißer Vanillesoße! Wirklich wunderbar!« schwärmt er, und so kehren sie ein. Drinnen herrscht drangvolle Enge. Soweit das Auge den Dampf durchdringt, sieht es nichts als Skifahrer, links und rechts und überall. Ihre nassen Anzüge dampfen, ihre Stiefel hinterlassen Bäche, ihre schweißdurchtränkte Wäsche einen strengen Geruch. Sie teilen sich über Tische hinweg Skineuigkeiten mit. Felix spitzt die Ohren und stopft den Apfelstrudel in sich hinein. Kaum hat er das getan, so stürzt er sich schon mit eigenem Beitrag in das allgemeine Geschrei. Er schiebt sogar seinen Stuhl an den Nebentisch heran, um besser verstanden zu werden.

Julia kann in aller Ruhe ihren Apfelstrudel genießen, kein Mensch stört sie dabei, jedenfalls ein paar Minuten lang. Dann kommt jemand. Hoch in der Faust trägt er einen Stuhl, und an Julias Tischchen setzt er ihn nieder. Es ist ein vornehmer Skifahrer im schwarzen Dress, die grauen Haare wohlfrisiert, sattbraun das Gesicht, blaue Augen, markante Züge, wahrhaftig, ein Adonis in reifem Alter. Er lächelt strahlend zu Julia hinunter und läßt sich dann ihr gegenüber nieder. Julia sammelt Kräfte, um stark genug zu sein, diesem schönen Fremdling mitzuteilen, daß der Platz bereits besetzt sei und er deshalb hier nicht sitzen könne. Der Blick des Herrn indes ruht mit einer so wunderbaren Wärme auf ihr, daß sie alles um sich her vergißt und erblüht wie eine Pfingstrose.

»Nehmen Sie die Brille ab«, bittet er, Samt und Seide in der Stimme, »nur einen kleinen Augenblick!«

Julia hat die Brille noch nie leiden können, also ist sie gern bereit, sie abzunehmen, auch wenn die Menge der Skifahrer dann nur noch verschwommen zu erkennen ist. Den schwarzen Sportsmann sieht sie gut. Sein braunes Gesicht leuchtet vor Bewunderung.

»Wie schön Sie sind!« flüstert er.

Nun zieht Julia auch noch die hellblaue Wollmütze vom Kopf. Seit dem abschätzigen Blick der blonden Marianne nämlich glaubt sie nicht mehr an deren Schönheit. Sie fährt sich mit beiden Händen durch das Haar, um es ansprechend strubbelig zu gestalten. Sieh da, der schöne Fremde blickt verzückt. Er ergreift Julias Hand und drückt einen Kuß darauf.

»Endlich ein Mensch!« haucht er. »Welche Wohltat!«

Ja, das muß Julia bestätigen. Es ist, weiß der Himmel, eine Wohltat.

»Hoppla!« Felix kehrt mit seinem Stuhl zurück. Er zwängt sich ungeniert auf seinen alten Platz und drängt den wohltätigen Menschen beiseite.

»Hallo, Julchen, was ist mit deinem Apfelstrudel? Er wird ja kalt!«

Julia zieht ihre Hand aus der des Adonis und greift zur Kuchengabel.

»Ist was, Julchen?« Felix beugt sich über den Tisch. »Irgendwas nicht in Ordnung? Wo hast du deine Brille? Mädchen, wie siehst du überhaupt aus? Die Haare verstrubbelt...« Jetzt fällt sein Blick auf den schwarzen Sportsmann.

»Dies war mein Platz, wenn Sie gestatten!«

»Ich gestatte es gern«, antwortet der Schwarze, »aber jetzt ist es meiner. An diesem Tisch saß eine höchst bemerkenswerte Dame, sonst niemand!«

Er lächelt zu Julia hinüber. Ach, Felix ist schon sehr begriffsstutzig! Es dauert unendlich lange, bis er etwas bemerkt, und dann braucht er noch einmal geraume Zeit, um das Bemerkte zu verdauen. Sein Blick geht von einem zum andern, schließlich räuspert er sich und findet Worte: »Wenn du den Apfelstrudel nicht willst, Julchen, dann ess' ich ihn auf. Es ist ein Jammer, wenn er kalt wird!«

Julia schiebt den Teller hinüber. Der Fremde aber steht auf, macht eine knappe Verbeugung in Felix' Richtung und neigt sich tief, um Julias Hand zu küssen. Felix zieht den Kopf ein vor lauter Peinlichkeit. Er schaut sich verstohlen um, ob es jemand gesehen hat. Gott sei Dank, sie sind alle mit sich beschäftigt.

»Ich danke Ihnen, es war wunderbar!« So spricht der Fremde mit schmelzender Stimme und schaut noch einmal in Julias Augen, dann geht er davon. Die Tür schlägt zu. Die Dunkelheit verschluckt ihn. Julia schluckt auch.

»Na, hör mal, Julchen!« Felix sticht in den Apfelstrudel. »Was war denn das für ein Lackaffe? Der war ja nicht ganz geheuer. O Julchen, wieder so eine Type. Komm, setz deine Brille auf und nimm die Mütze, wir gehen!«

Draußen im Dunkeln vor dem Café aber bleibt er plötzlich stehen, drückt ihr einen Kuß auf die Nase und lacht.

»Du bist schon eine!«

Sie fahren zurück zum Hotel. Auf dem Parkplatz erwartet Felix eine freudige Überraschung. Da schau, der blaue Mercedes ist noch nicht zurückgekehrt! Felix frohlockt.

»Ich dachte es mir gleich, daß sie es nicht schaffen werden. Vermutlich muß man sie abschleppen. Sie können einem richtig leid tun!«

Die zweite freudige Überraschung findet in ihrem Zimmer statt. Vom »Sekt am Nachmittag« ist nicht das geringste mehr zu sehen und zu riechen. Die Betten sind frisch überzogen. Neue Handtücher hängen im Bad. Im Eisschrank befindet sich, außer einer Büchse Cola, gähnende Leere. Felix registriert dies alles mit Zufriedenheit.

»Ich werde es am besten gleich in Ordnung bringen«, sagt er dann, »von diesen Schwaben lasse ich mir nichts schenken. Was in meinem Zimmer getrunken wird, bezahle ich. Bis gleich, Julchen.«

An der Rezeption erwartet ihn die dritte freudige Überraschung. Der Hotelier nämlich vernimmt mit Erstaunen, daß der Herr eine Rechnung bezahlen will. Es gibt nichts zu bezahlen. Alles ist in Ordnung. Wer denn die Rechnung für fünf Flaschen Champagner beglichen hätte, will Felix wissen, Herr Beißweng etwa oder Herr Vögele aus Degerloch?

Tatsächlich, der Hotelier erinnert sich, die beiden hätten heute auch schon nach einer Rechnung gefragt. Aber es gäbe keine. Für Zimmer 114 stünde nichts an. Herr Bechstein könne es ihm glauben. Er wendet sich anderen Gästen zu.

Na, so ein Service, denkt Felix, offenbar ein Geschenk der Direktion. Wirklich, da gibt's nichts dagegen zu sagen, das ist nobel. Er bedankt sich bei dem Hotelier. Der lächelt freundlich und verständnislos und ist sehr beschäftigt. Felix tritt den Rückzug an. Er ist schon auf dem Absatz der Treppe angelangt, da hört er vertraute Laute. Man spricht schwäbisch. Felix dreht sich eilends um. Georg Beißweng und Kurt Vögele sind heimgekehrt. Sie stehen an der Rezeption und warten auf ihren Schlüssel. Offenbar haben sie das Unglück recht ordentlich überstanden, jedenfalls wirken sie nicht gebrochen. Felix kann der Versuchung nicht widerstehen. Er muß ihnen von seinem meisterhaften Wendemanöver erzählen und er muß erfahren, wie es ihnen ergangen ist. Also betrachtet er die Gebirgsgemälde im Treppenhaus, bis die beiden Schwaben auf seiner Höhe angelangt sind.

»Grüß Gott, Herr Bechschtoi!« begrüßt ihn Kurt Vögele. »So, sen Se au do?«

»Ja, schon ein Weilchen«, antwortet Felix, »aber es ist das reinste Wunder! Wenn ich nicht so schnell reagiert hätte...«

Georg Beißweng hebt den Kopf.

»Hen Se en Ofall g'hett?«

»Nein, um Himmels willen! Aber ohne mein Wendemanöver...«

»Wendemanöver? I denk', Sie waret in Schruns mit Ihr'm Fraule!«

»Nein, eben nicht! Es war ja unmöglich wegen dieser Straßensperre!«

»Jetzt muß i amol ganz domm frage«, Kurt Vögele sieht aus, als ob er nicht bis drei zählen könnte, »welche Schtraßeschperre meinet Se no?«

»Na die zwischen St. Gallenkirch und Schruns, im Steilstück!«

»O verreck!« Kurt Vögele stößt den Freund in die Seite. »Hasch des g'hört, Schorsch? A Schtraßeschperre, ond mir sen durchkomme!«

»Was, Sie waren tatsächlich in Schruns?«

»Ja freilich waret mir in Schruns, ond 's Dokter Königs aus Kassel au. Mir hen denkt, vielleicht treffet mir Sie ond Ihr Fraule...«

»Bis neunzehn Uhr sollte die Straße gesperrt sein!«

»Ha, so ebbes!« Georg Beißweng schaut auf seine Armbanduhr und hält sie dann Felix vor die Nase. »Do, gucket Se, Herr Bechschtoi, jetzt habet mir neunzehn Uhr! Auf die Minut'!«

»Nein, es ist nicht zu glauben!« stöhnt Felix.

Kurt Vögele schüttelt den Kopf.

»Do war koi Schtraßeschperre, des hättet mer merke müsse, gell, Schorsch, ond 's Dokter Königs au. Die sen vor ons herg'fahre.«

»Ja dann«, murmelt Felix, »ja dann bin ich sprachlos!« Er stützt sich auf das Treppengeländer, er kann es einfach nicht fassen.

Unten in der Hotelhalle ertönen wiederum bekannte Stimmen.

Papis knarrendes Organ: »Los, los, macht schon! Verflixt noch mal! Gleich gibt es Abendessen!«

Mamis hoher Klageton: »Nimm doch das Taschentuch, Friedel! Zieh nicht immer die Nase hoch! Das ist eine ganz häßliche Angewohnheit!«

Friedel aber hat Felix erspäht. Er läuft die Treppe hoch, baut sich vor ihm auf und schwingt die Faust.

»Du bist gemein, Herr Bechstein! Du hast gesagt, du fährst nach Schruns! Dann fahren wir alle hin, und sie ist nicht da!«

Friedel zittert vor Zorn. Georg Beißweng streicht ihm übers Haar und wirft gleichfalls einen grimmigen Blick auf Felix.

»Der Kloi hat recht! Sie hen g'sagt, Sie fahret nach Schruns! Drom sen mir au g'fahre, sonscht wäret mir gwieß net auf die saudomme Idee komme! Was solltet mir in Schruns? Mir wolltet in d' Sauna!«

»Schtimmt!« bestätigt Kurt Vögele. »Des mit dem Schruns war en Blödsinn. Wäret mer bloß in d' Sauna gange!«

»Mir hen denkt, mir könntet in Schruns no a weng zammehocke, em a nette Wirtschäftle oder so. Aber Sie hen ja umkehre müsse wege dere Schtraßeschperre, Herr Bechschtoi!«

Georg Beißwengs Stimme hat sich zornig gehoben. Kein

Mensch glaubt die Geschichte von der Straßensperre, das ist klar. Solche Märchen kann er seiner Großmutter erzählen, aber nicht ihnen. Er hat sie alle an der Nase herumgeführt. Er hat einfach nicht fahren wollen.

Georg Beißweng ist besonders ärgerlich, denn er hat alle Register der Beredsamkeit ziehen müssen, um dem Kurtle weiszumachen, daß es besser sei, nach Schruns zu fahren, als in die Sauna zu gehen.

»Was moinsch, wie voll's do isch in dere Sauna!« So hat er dem Kurtle erklärt. »Des gibt a rechte Drucketse, do kasch sicher sei!«

Nur dem Freund zuliebe, nicht aus Überzeugung, stimmte Kurt Vögele schließlich zu.

Friedel hat ähnliche Schwerarbeit geleistet wie Georg Beißweng. Nachdem er aus Julias Zimmer vertrieben worden war, überkam ihn solche Traurigkeit, daß er lange Zeit im Badezimmer sitzen und weinen mußte. Die Mami klopfte immer und schrie: »Friedel komm heraus! Es ist unerhört! Du darfst dich nicht einschließen!«

Aber es war ihm egal. Schließlich putzte er sich die Nase, schloß die Tür auf, ging zu Papi und Mami und erklärte, er wolle nach Schruns. Alle würden dorthin fahren, weil es nämlich schön wäre. Ganz klein, mit einer großen roten Kirche in der Mitte und einem Café daneben, und in dem Café würde Julia sitzen und Eis essen und auf sie warten. Er bat und flehte, versprach dem Papi sogar, irgendwann Skilaufen zu lernen. Er setzte sich auf Mamis Schoß und gab ihr einen Kuß.

Auf einmal sagte der Papi: »Los, macht euch fertig, verflixt noch mal! Wir fahren!«

Auf der Treppe trafen sie die beiden Schwaben und beschlossen, hintereinander herzufahren.

Aber ach, was für eine Enttäuschung war Schruns! Es hatte mindestens hundert Häuser und an jeder Ecke ein Café, nur keine große rote Kirche. Sie schwärmten aus und suchten. Aber Julia saß nirgendwo. Ganz zum Schluß aßen sie noch ein Eis. Es war überhaupt nicht lustig. Deshalb ist Friedel wütend auf Felix.

Der versucht es noch einmal, die Schwaben von seiner Straßensperre zu überzeugen.

»Ich schwöre Ihnen, bei uns war sie da! Eine rotweiße Bake! Quer über die Straße. Meine Frau hat sie auch gesehen.«

»'s isch scho recht, Herr Bechschtoi!« Kurt Vögele macht sich daran, die Treppe vollends zu erklimmen. »Manchmal passieret Wunder!«

Unten an der Treppe erscheinen Papi und Mami. Um Himmels willen, bloß nicht mit denen zusammentreffen. Felix flieht. Er stürmt zu Julia ins Zimmer. Sie sitzt vor dem Toilettentisch und spielt mit ihrem mykenischen Entlein.

»Hast du die Straßensperre gesehen oder nicht?« schreit er. Es klingt direkt hysterisch.

»Natürlich habe ich sie gesehen. Was gibt's denn, Felix?«

»Jemand hat sich einen dummen Scherz erlaubt! Das gibt es! Alle anderen waren in Schruns! Hast du so was schon erlebt?«

»Nein, hab' ich nicht! Gehen wir essen?«

»Tut mir leid, Julchen. Ich krieg' nichts runter, vielleicht später... Das hat mir richtig auf den Magen geschlagen.«

»Zwei Apfelstrudel sind auch ein schöner Brocken!«

»Es ist nicht der Apfelstrudel, es ist der Ärger! Wie stehe ich da? Wie der letzte Angeber! Julchen, ich geh' schwimmen. Kommst du mit?«

»Ganz gewiß nicht!« erwidert Julia.

Veilchen im Winter und eine Lawine zur rechten Zeit · Felix hört die Englein singen · Wer ist Tante Nessy? · Es kommt nur auf den rechten Blick an ...

Salat hat Friedel noch nie gemocht und Suppe auch nicht. Heute aber sind ihm sogar Pommes frites zuwider, und die mag er doch sonst am allerliebsten. Seine Brillengläser und all seine Gedanken sind auf den Nebentisch gerichtet. Warum kommt Julia nicht zum Essen? An allen Tischen sitzen Leute, nur ihrer ist leer. Papi folgt der Blickrichtung seines Sohnes.

»Veilchen im Winter!« spricht er, und Mißbilligung klingt aus seiner Stimme. »Sie duften ja bis hierher!«

Friedel hat die Veilchen schon längst entdeckt. Sie standen in Julias Weinglas, als er den Kaugummi auf ihre Serviette legte. Diesen Kaugummi hat er schön weich gekaut und dann in mühevoller Arbeit zu einem Drachen geformt. Er hat gedacht, Julia wird sich darüber freuen und lachen, und jetzt kommt sie nicht. Friedel schiebt den Teller mit Pommes frites von sich und steckt den Daumen in den Mund, um Trost und Zuversicht daraus zu saugen.

»Nimm den Daumen aus dem Mund!« knurrt der Papi und fragt, nachdem dies geschehen: »Was willst du zum Nachtisch? Ein Eis?«

Friedel überlegt. Ja, ein Eis mag er am liebsten, aber darauf muß er heute verzichten. Es ist einfach zu schnell weg. Auch wenn er ganz langsam ißt und kleine Häppchen nimmt, dann hilft das alles nichts, dann schmilzt das Eis zu einer Soße zusammen, die Friedel verabscheut. Er muß etwas bestellen, was ihm Zeit gibt, Wartezeit auf Julia. Tante Gerda fällt ihm ein und ihr Kakao mit der dicken Haut drauf.

»Friedelchen«, so pflegt sie zu sprechen, wenn er mal wieder bei ihr bleiben muß und der Mami nachheult, »Friedelchen, ich mach' uns einen guten Kakao, den trinken wir schön langsam aus, und dann sind wir wieder ganz fröhlich.«

Darauf verschwindet sie in der Küche, klappert mit den Töpfen und bleibt lange fort. Friedel kann in aller Ruhe zu Ende weinen und am Daumen lutschen. Den Kakao hinterher schluckt er mit Todesverachtung hinunter. Das ist der Preis für eine Zeit ohne Tante Gerda.

»Na, wird's bald, Siegfried!« mahnt der Papi.

»Kakao, ich will Kakao!«

»Den haben wir nicht vorrätig.«

Der Kellner wirft einen ärgerlichen Blick auf den kleinen Burschen. Da gibt es fertige Desserts in Hülle und Fülle, aber nein, Kakao will er haben!

»Das wird ein Weilchen dauern«, sagt er vorwurfsvoll.

Der Kleine lächelt zu ihm hinauf.

»Macht nichts! Wir haben Zeit!«

»So, haben wir die?« murrt der Papi. »Du solltest längst im Bett sein! Seit wann trinkst du Kakao? Das ist ja ganz neu.«

Für Friedel ist es auch neu. Er hätte es selber nicht geglaubt, daß er eine Portion Eis dahingibt für einen Becher Kakao. Aber sein Herz verlangt danach, Julia zu sehen. Er kann vorher nicht einschlafen, auch wenn er vor Müdigkeit ganz schief auf dem Stuhl hängt. Die Mami muß ihn immer wieder zurechtrücken. Dann kommt der Kakao, ein großer, dampfender Becher voll, und mit ihm kommt Julia. Sie geht hinter dem Mann her, den Friedel nicht leiden kann. Es ist schade, daß dieser Herr Bechstein immer dabei sein muß, aber wenigstens ist Julia da.

»Ah bah!« Felix zieht die Mundwinkel hinunter, als er den Kaugummi erblickt, »der ist ja angekaut! Ekelhaft!«

Julia nimmt Friedels Kunstwerk vorsichtig zwischen die Finger.

»Schön!«

Da ist Friedel schon an ihrer Seite.

»Ich hab' ihn für dich gemacht!«

Julia nickt und legt den Finger an den Mund. Nichts verraten, heißt das. Friedel versteht es gut. Er legt gleichfalls seinen Finger an die Lippen, und so stehen sie wie zwei Verschwörer und hüten ihr Geheimnis. Felix sieht die Veilchen, und über sein düsteres Gesicht geht ein Lichtstrahl. Er gedenkt der rosaroten Marianne und wie es in ihrer Nähe nach Veilchen geduftet hat. Veilchen und Marianne gehören zusammen, so findet er. Zu Julia paßt alles mögliche, Gänseblümchen und Heckenrosen, aber keine Veilchen. Da muß es sich um eine Verwechslung handeln.

»Wie kommen die Veilchen in dein Glas?« fragt er.

»Jemand wird sie hineingestellt haben!« Julia setzt sich, nimmt den Strauß aus dem Weinglas und schnuppert daran.

»Vielleicht haben deine Eltern«, sie legt den Arm um Friedel, »vielleicht haben sie mir eine Freude machen wollen.«

»Nein!« Friedel schüttelt energisch den Kopf. Mit Papi und Mami kennt er sich aus, da weiß er Bescheid. »Nein, Julia, die bestimmt nicht! Der Papi sagt, Blumen sind eine Verschwendung, und die Mami...«

Julia legt ihm die Hand aufs Mäulchen.

»Wer's auch war. Er hat mir eine große Freude gemacht!«

»Als ich reinkam«, preßt Friedel durch ihre Finger hindurch, »da standen sie nämlich schon da, und ich war der allererste.«

»Siegfried, dein Kakao wird kalt!« ruft der Papi vom Nebentisch, und da Friedel diese Mitteilung tatenlos hinnimmt, kommt er selbst, um seinem Sohn Beine zu machen.

»Los, mach schon! Wir gehen jetzt ins Bett, und zwar ruckzuck! Sag gute Nacht!«

Friedel schickt sich schon an, das übliche Heulkonzert anzustimmen, da hört er Papi zu Julia sagen: »Übrigens, morgen brauchen wir Ihre Hilfe nicht. Siegfried hat versprochen, Skilaufen zu lernen.«

»Nein, Papi! Ich hab' nur gesagt, irgendwann mal, nicht morgen! Weil morgen gehen wir doch spazieren, Julia und ich! Du hast's versprochen!«

Friedels Stimme erstickt. Dafür klirren Gläser und klappern Teller. Das Haus erbebt, das Licht verlöscht. Man sitzt im Dunkeln. Aber nicht lange. Die Kellner kommen mit Kerzen, stellen sie auf die Tische und lächeln beruhigend. Es sei nicht der geringste Grund zur Besorgnis, eine Lawine müsse niedergegangen sein und Lichtmasten geknickt haben, so etwas komme vor... Die Gäste aber fühlen sich doch sehr verunsichert. Trotz traulichem Kerzenschimmer will keine rechte Stimmung aufkommen.

Friedel kniet neben Papi auf dem Boden und sucht die Trümmer seiner Brille zusammen. Er heult, er schluchzt.

»Wirklich, Papi, ich kann nichts dafür! Auf einmal ist sie runtergeflogen, ganz von allein! Und dann ist jemand draufgetreten.«

»Eine Brille kann man ersetzen!« spricht der Papi mit ungewohnter Sanftmut.

Auch Mami kommt herbei und läßt sich auf dem Boden nieder, um ihre Lieben zu umarmen und zu jammern.

»War das nicht schrecklich? Ich dachte schon, das ganze Haus stürzt ein!«

»Beruhige dich, Alice, wir leben noch!« Papi hat wieder zum alten Ton zurückgefunden. Friedel packt ihn am Ärmel.

»Ohne Brille kann ich nicht Skilaufen, weil ich doch fast gar nichts seh'! Papi, Mami, das geht nicht!«

»Ich würde es auch für gefährlich halten«, bemerkt Julia. »Sie können ihn mir ruhig anvertrauen, bis er eine neue Brille hat. Ich passe schon auf. Bei mir ist er sicher.«

»Ja, wenn Sie meinen. Unter diesen Umständen . . .«

Papi kriecht noch immer auf dem Boden herum.

»So etwas von kaputt! Man könnte meinen, eine Dampfwalze wäre darübergefahren. Paß doch auf, Alice, das Zeug ist scharf! Aua, verflixt noch mal, jetzt habe ich mich geschnitten!«

Nun lutscht zur Abwechslung einmal Papi am Daumen, und Mami stellt mit Trauer fest, daß der Kakaobecher umgefallen ist. So wären denn alle Probleme gelöst, nur Felix blickt finster vor sich hin. Das Rätsel der verschwundenen Straßensperre drückt schwer auf sein Gemüt. Julia aber sorgt für Entlastung, zwar erst, als sie das Mahl schon hinter sich haben und den Speisesaal verlassen, aber immer noch früh genug für einen gesunden Schlaf. Sie bleibt nämlich am Tisch der beiden Schwaben stehen. Georg Beißweng und Kurt Vögele erheben sich hocherfreut, die Abendpfeife im Mund.

»Ich habe die Straßensperre auch gesehen!« sagt sie. »Wir mußten wirklich umdrehen!«

»Ha, so ebbes!« Kurt Vögele nimmt die Pfeife aus dem Mund. »Ja, no isch mer älles klar! No woiß i, wie die Sach' g'loffe isch. Die hen mitkriegt, daß Se wieder unterwegs sen, Frau Bechschtoi, ond no hen se älle andre Verkehrsteilnehmer schütze wolle. Jetzt verschteh' i des mit dere Schperre. Gell, Schorsch, des war scho gscheit von dene?«

Georg Beißweng lacht, Felix auch, aber bevor Julia loslegen kann, schiebt er sie vor sich her, der Tür zu. Die beiden Schwaben sehen sie ungern scheiden.

»Gut's Nächtle!« ruft Kurt Vögele. Georg Beißweng aber verschlägt es die Sprache, sieht er doch eine merkwürdig gespenstische Erscheinung. Ein Veilchenstrauß schwebt an ihm vorüber, hinter den Bechsteins her, zur Tür hinaus.

»Do könnsch grad!« stammelt er. »Hasch des g'sehe, Kurtle?«

»Was denn? Was soll i g'sehe habe?«

»Nix, nix!« Georg Beißweng hüllt sich in eine Rauchwolke.

Als Felix am nächsten Morgen aus dem Bett kriecht, wacht auch Julia auf. Hm, wie es duftet! Ihr Blick fällt auf den Veilchenstrauß. Er steht in einem Zahnglas auf dem Nachttisch. Julia denkt an den Drachen und stellt dabei voller Erstaunen fest, daß sie sich auf den Tag freut. So etwas hat sie noch nie erlebt! Sie springt aus dem Bett und läuft ins Badezimmer. Dort steht Felix vor dem Spiegel und rasiert sich.

»Ja, Julchen, du bist schon auf? Ist was?«

»Ich freue mich auf den Tag!«

»Wie bitte?« Felix dreht sich um und faßt seine Frau ins Auge. »Du freust dich auf den Tag? Seit wann tust du das?«

»Seit eben jetzt! Ich kann's selber nicht glauben.«

Sie verschwindet hinter dem Duschvorhang. Jetzt pfeift sie sogar. Felix kann nicht umhin, den Kopf zu schütteln. Seit er Julia kennt, hat sie noch nie am Morgen gepfiffen. Irgend etwas stimmt nicht!

»Ich habe heute sehr schlecht geschlafen!« knurrt er, aber es erfolgt keine Antwort. Julia pfeift, und die Dusche rauscht.

»Ich habe sehr schlecht geschlafen!« wiederholt er, jetzt aber laut und verärgert.

Das Pfeifen verstummt, die Dusche wird abgestellt, und Julia fragt: »Warum hast du denn schlecht geschlafen?«

»Weil ich einen Alptraum hatte! Jawohl, einen richtigen Alptraum! Ich hätte ihn dir gern erzählt, aber du mußt ja pfeifen!«

»Was hast du denn geträumt?«

»Im Sessel neben dem Fenster saß ein Drache! Ein alter gefährlicher Bursche. Scheußlich, scheußlich!« Felix schüttelt sich vor Widerwillen.

»Was hat er denn gemacht?«

»Die Zähne hat er gebleckt! Und Feuer gespien! Und mit deinem Kitschdöschen hat er gespielt ...«

»War er wirklich so schrecklich?«

»Ganz schrecklich, Julchen! Wirklich, ich kann dir gar nicht sagen, wie widerwärtig er mir war!«

Julia steigt aus der Dusche, wickelt sich in das Badetuch und geht ins Zimmer. Sie greift nach dem Döschen auf dem Toilettentisch, klappt den Deckel hoch und schnuppert entzückt. Welche Wohlgerüche! Das Döschen ist gefüllt mit einer seltsam graubraunen Salbe, und diese Salbe duftet wie ein ganzes Blumenfeld, wie Veilchen, Rosen und Reseden.

Felix erscheint, zieht schnüffelnd die Nase hoch: »Wie das hier stinkt! Da muß ein sensibler Mensch ja Kopfschmerzen bekommen! Da ist es kein Wunder, wenn ich von Drachen träume!«

Er sieht die Veilchen im Zahnglas. Sie waren ihm schon gestern beim Abendessen eine Anfechtung, jetzt aber kann er sie einfach nicht mehr riechen!

Julia klappt das Döschen zu. Felix lamentiert weiter.

»Veilchen im Schlafzimmer! Du mußt schon sehr an ihnen hängen, wenn du sie sogar auf deinen Nachttisch stellst! Nicht, daß du denkst, ich wäre eifersüchtig! Das liegt mir fern! Aber es würde mich doch interessieren, von wem sie sind!«

»Mich tät's auch interessieren. Wirklich, Felix, ich weiß es nicht. Irgendein nettes Wesen hat freundlich meiner gedacht. Ist das so schlimm?«

»Nein, natürlich nicht! Es ist erfreulich, daß du einen Verehrer gefunden hast, auch wenn er sich taktvoll im Dunkeln hält. Aber eines will ich dir sagen, Julchen, dieser Lackaffe aus dem Café, dieser Schmierenkomödiant mit Handkuß und schmachtendem Blick und so, der ist mir schon sehr zuwider. Auf den wirst du hoffentlich nicht hereinfallen, auch wenn du für komische Typen schwärmst!«

Er erhebt sich zu voller Größe und schlägt mit dem Kopf an das Bücherregal, daß es nur so knallt und die Funken stieben.

»Mein Kopf! O mein Kopf! Julchen, mir wird schlecht!«

Er sinkt aufs Bett. Julia eilt herbei, zieht seine Hände vom Kopf und sieht eine Beule wachsen, mitten auf der Stirn, ein richtiges Horn!

»Ach du Armer!«

Sie streichelt die schlimme Stelle, sie drückt dagegen, und siehe, der Schmerz verebbt, die Schwellung kommt zum

Stillstand. Aber eine ansehnliche Beule ist immer noch vorhanden.

Felix wankt stöhnend zum Spiegel, um das Ausmaß der Verheerung ins Auge zu fassen. Kaum hat er sein Bildnis im Spiegel erblickt, da bricht er auch schon in laute Klagen aus.

»Entsetzlich! Fürchterlich! So kann ich mich nirgends sehen lassen. Dieses blöde Bücherbord! Wie kann man nur an diese Stelle ein Bücherbord hinhängen! Da muß man sich ja stoßen!«

Er wütet gegen das Bücherbord, gegen die Zimmereinrichtung, den Hotelier, die Österreicher, besonders aber gegen Julia, weil sie ihn nicht rechtzeitig gewarnt hat. Dann stülpt er die Skimütze auf den Kopf, sieht, daß sie das leidige Horn recht ordentlich verdeckt, und wird wieder friedlich.

»Da siehst du, Julchen, was einem passieren kann. Draußen ist es noch viel gefährlicher. Ich glaube, es ist am besten für dich, du bleibst hier und spielst mit diesem niedlichen kleinen Burschen. Das arme Kind hat es nicht leicht mit seinen Eltern. Außerdem ist es ohne Brille blind wie ein Maulwurf. Da hast du eine echte Aufgabe, Julchen! Du mußt dich darauf konzentrieren!« Er macht eine Pause und schließt mit dem Aufruf: »Siegfried braucht dich, Julchen!«

Dann zieht er seufzend die Mütze herunter. Hier im Hotel kann er sie schlecht auf dem Kopf behalten. Er kämmt dafür die Haare tief in die Stirn hinein, was zwar die Beule verdeckt, dem Gesicht aber ein düsteres Aussehen verleiht.

Sie marschieren im Zug der Skifahrer hinunter in den Speisesaal. Friedel sitzt bereits beim Frühstück, flankiert von Papi und Mami. Er hält den Kopf tief über den Teller geneigt, um besser erkennen zu können, was man auf sein Brötchen gestrichen. Julia tippt ihm auf die Schulter.

»Guten Morgen, junger Mann! Wünsche wohl geruht zu haben!«

»Sehr wohl! Ganz prima! Wir können gleich losgehen!«

»Erst ißt unser Friedel sein Brötchen!«

Papi und Mami haben ihr Frühstück beendet und sehnen den Augenblick herbei, da ihr Langeweiler von Sohn endlich fertig ist und sie verschwinden können.

Julia setzt sich zu Felix und gießt Kaffee ein.

»Eigentlich brauchen Sie nicht zu warten«, sagt sie zu Papi und Mami, »Friedel kann hier bei uns zu Ende essen.«

Der Kleine wartet die Antwort seiner Eltern nicht ab, rutscht vom Stuhl, nimmt seinen Teller und tappt vorsichtig zum Nachbartisch hinüber. Felix empfängt ihn mit leisem Seufzer, doch als er in die kurzsichtigen Augen blickt und bemerkt, wie sie angstvoll in seinem Gesicht forschen, ergreift ihn Rührung, und er lächelt ganz nah in diese Augen hinein.

Friedel schnauft vor Erleichterung, schiebt seinen Teller neben den von Julia und erklimmt den Platz an ihrer Seite.

Mit reichlich Vermahnungen an ihren Sohn und einem verwunderten Blick auf Herrn Bechsteins eigenwillige Frisur empfehlen sich Papi und Mami. Dafür treten Georg Beißweng und Kurt Vögele auf den Plan, um ihren Morgengruß zu entbieten.

»So, hen Se gut g'schlafe?« erkundigt sich Kurt Vögele, zieht dann geräuschvoll die Luft ein und fragt: »Was hen Se denn do für en Bobbel, Herr Bechschtoi? Sen Se irgendwo naboxt? Des isch ja a Mordsdeng.«

Oh, wie Felix sich ärgert!

»Ich habe mich gestoßen!« sagt er, Eis in der Stimme. »So etwas soll vorkommen!«

Dann beißt er in sein Honigbrötchen und nimmt nicht weiter Notiz. Georg Beißweng aber lächelt breit zu Julia hinunter.

»Mir hen denkt, 's wär vielleicht besser, wenn mir des Kataschtrophemädle in Schutzhaft nehmet. Was moinet Se dazu, Frau Bechschtoi? Mir fahret oifach mitnander. No könnet Se ons net og'sehe überfalle. Wär' des was?«

»Ja, das wäre schon etwas! Das Dumme ist nur, ich laufe nicht Ski!«

»Ha, jetzt so ebbes!« fährt es dem Georg heraus.

Kurt Vögele schnappt kurz nach Luft, dann ist er fähig, weiterzufragen: »Ja, was treibet Se no, wenn Se ons net grad vor de Füß romsirmlet?«

»Ich gehe spazieren!«

»Schorsch, hasch des g'hört? Sie geht spazieren!« Kurt Vögele verfällt in Hochdeutsch, um die Abartigkeit des Falles deutlich zu machen.

Mittlerweile hat sich Georg Beißweng gefangen.

»Auf Loipe ganget Se b'sonders gern schpaziere, gellet Se! Des hen mer scho mitkriegt, woisch nemme, Kurtle?«

Doch, Kurt Vögele weiß es noch. Aber was jetzt kommt, ist für ihn wahrhaftig schwer zu verkraften. Freund Schorsch nämlich schlägt ihm auf die Schulter und dröhnt: »Was moinsch, Kurtle, sottet mir net au amol schpazieregehe? Des gäb a Mordsgaude!«

Kurt Vögele traut seinen Ohren nicht. Was denn, der Schorsch will spazierengehen? Das wäre ja das erste Mal! Wie ihn Kurt Vögele kennt, so brennt er schon darauf, an den Lift zu kommen und die Ski anzuschnallen. Aber er kennt ihn offenbar nicht so gut, wie er gedacht hat.

»Ja, Schorsch, wenn de moinsch ... mir könnet natürlich au schpazieregehe ... aber eigentlich wolltet mer ja Schi laufe ...«

»Es ist sehr freundlich von Ihnen, aber ich habe schon einen Beschützer!«

Julia legt den Arm um Friedel. Der Kleine sitzt da mit offenem Mund. Vor Schreck ist ihm der Bissen im Hals steckengeblieben.

»Wir woll'n allein gehn!« schreit er, hustet und kneift die Augen zusammen. Schon pumpt er Luft in die Lungen zum üblichen Jammergeheul.

»O verheb's!« ruft Kurt Vögele.

»Wenn Sie mit mir vorliebnehmen wollen ...« Felix erhebt sich. Es wurmt ihn, daß er überhaupt nicht gefragt wird und daß er außer der Beule offenbar nichts Interessantes zu bieten hat. »Ich laufe nämlich Ski!«

»Des wisset mer«, Georg Beißwengs Begeisterung hält sich in Grenzen. »Mir hen Se geschtern oft g'nug g'sehe. Da waret Se aber net so arg alloi, Herr Bechschtoi! Gell, Kurtle?«

Kurt Vögele nickt vielsagend.

Felix schmatzt Julia einen betont vertraulichen Ehemannskuß auf die Wange, fährt Friedel durch den Haarschopf, sagt: »Wart noch mit dem Heulen, Kamerad!« und winkt den beiden Schwaben zu.

»Gehen wir?«

Georg Beißweng kaut noch immer an seiner Enttäuschung. Er ist nicht gewillt, statt Julia Felix hinzunehmen. Also bleibt er stehen.

»Könnet Se mi gwieß net brauche?«

Julia und Friedel schütteln die Köpfe. Nein, sie brauchen ihn nicht.

»Aber heut obed, gellet Se, do unternehmet mir ebbes?«

Julia lächelt ihm zu, und Georg Beißweng verläßt den Raum beschwingten Schrittes. Er freut sich auf den Abend.

Bald danach erheben sich auch Julia und Friedel. Sie eilen in den Wald. Dort auf der Lichtung warten bereits die Drachen. Julia hat eine Frage.

»In meiner Schminkdose die Salbe, für was soll sie gut sein?«

»Das müssen Sie schon selber ausprobieren, meine Liebe. Wenn Sie gestatten, möchte ich Sie heute meiner Tante vorstellen. Die gute Nessy ist den Menschen zwar nicht sonderlich zugetan, aber ich hoffe, bei Ihnen wird sie eine Ausnahme machen.«

»Was ist denn das für 'ne Tante?« fragt Friedel angstvoll.

»Sag nur, du kennst Tante Nessy nicht!«

»Er kennt nur Tante Gerda«, sagt Julia, »und die genügt ihm.«

»Tante Gerda, daß ich nicht lache! Tante Nessy ist schlimmer als hundert Tante Gerdas, als alle Tanten der Menschheit!«

»Huh!« heult Friedel, und »huh« heult der Neffe. »Hört auf, das ist ja widerlich!« faucht der Onkel. »Wie steht es mit Ihnen, verehrte Julia, fürchten Sie sich auch?«

»Ist Ihre Tante etwa das Ungeheuer von Loch Ness?«

»Das Ungeheuer? Ja, so könnte man sie nennen.«

»Vielleicht sollten wir doch etwas anderes unternehmen«, meint Julia. »Friedel sieht heute nicht gut. Seine Brille ...«

»Bei uns braucht man keine Brillen. Auch Ihre kleidet Sie nicht eben vorteilhaft. Nehmen Sie die Brille ab und blicken Sie in meine Augen! Du auch, kleiner Mensch!«

Julia nimmt die Brille ab und steckt sie in die Manteltasche. Ohne Brille betrachtet wirkt der Drachenonkel wie ein moosbewachsener Felsblock. Sie hebt den Kopf und blickt in die Richtung, in der sie seine Augen vermutet. Alsbald sieht sie ihn in ganzer Schönheit vor sich stehen. Ein stolzer Drachenherr mit grünglänzendem Schuppenkamm. Er hat den Schwanz anmutig um die Hinterpfoten gelegt, lächelt weise und hat jegliche Ähnlichkeit mit einem Saurier oder dergleichen verloren. Auch der Neffe hat sich zu seinem Vorteil verändert. Er ist zwar immer noch kein besonders schöner Drache, aber man kann ihn ansehen, ohne in Tränen auszubrechen.

Friedel hat offenbar eine ähnliche Sichtveränderung erfahren. Er nimmt den Daumen aus dem Mund und ruft: »Mann, bist du schön, kleiner Drache!«

Da legt auch der wie sein Onkel das Schwänzlein um die Pfoten und lächelt freudig.

»Es kommt nur auf den Blick an!« spricht der Onkel, schlingt den Schuppenschwanz um Julia und Friedel, packt seinen Neffen am Kragen und niest.

Besuch bei einer Seeschlange · Julia hat einen Schwips · Schneesturm auf »Stoba Roba« · Georg Beißweng hält Wache und speist schwäbisch ...

Neben Julia steht ein dürres Geschöpf, ob Männlein oder Weiblein ist auf den ersten Blick nicht zu ersehen, klappert mit den Zähnen und verkriecht sich noch tiefer in den Pullover, auf welchem zu lesen ist: *I love Nessy.*

Das Geschöpf gehört zu einer deutschen Reisegruppe. Wie viele Touristen mögen es sein? Zwanzig vielleicht! Sie kleben an der verfallenen Burgmauer von Urquart-Castle, frieren und starren hinunter auf das graue Wasser des Loch Ness. Keiner von ihnen ahnt, daß Nessies Sippschaft zum Greifen nahe unter ihnen weilt, unsichtbar zwar, aber eben doch, ein kleiner und ein großer Drache. Das allgemeine Interesse gilt entfernteren Sensationen. Man lauert darauf, daß unten im See etwas passiert, daß Nessy erscheint und man sie fotografieren kann. Die Kameras sind eingestellt. Sämtliche Fotografen, den Apparat am Auge, den Finger am Auslöser, stehen bereit. Auch Julias Drache schaut auf den See hinunter. Er hat den Schweif sorgsam um Friedel und seinen Neffen geschlungen und beugt sich nun zu Julia hinüber.

»Sie werden jetzt meine Tante kennnenlernen. Fürchten Sie nichts, aber seien Sie vorsichtig. Es empfiehlt sich, keinen Bissen bei ihr zu essen und keinen Schluck zu trinken. Tante Nessies Köstlichkeiten sind für Menschen schlecht verträglich.«

Die Reisegruppe kommt in Bewegung.

»Huh! Hah! Das Ungeheuer!«

Kameras surren. Fotoapparate klicken.

Auf dem Loch Ness schwimmt ein Hut. Ein grüner Jägerhut mit roter Hahnenfeder. Er hebt sich aus dem Wasser, steigt hoch und höher. Er sitzt auf dem Kopf einer Seeschlange. Gelb starren die Augen. Aus den Nüstern quillt Rauch. Der scheußliche Schuppenleib wechselt die Farbe, von rot zu blau, von grün zu gelb.

Julias Drache nickt.

»Sie kennt bereits Ihre Drachenbeschreibung, verehrte Julia. Ein solcher Farbwechsel gehört sonst nicht zu ihrem

Programm. Mir scheint, sie ist bei guter Laune. So wollen wir denn nicht säumen.«

Er niest.

Das Ungeheuer schießt Blitze aus den gelben Augen, hüllt sich in eine Rauchwolke und taucht unter. Der Loch Ness kocht. Es zischt und gurgelt. Gischt sprüht, und eine gewaltige Wasserwoge schwappt zur Burgmauer hinauf und durchnäßt die Touristen bis auf die Knochen. Sie stehen, tropfen, frieren und zehren Zeit ihres Lebens von diesem großen Augenblick, da sich ihnen Nessy, das Ungeheuer vom Loch Ness, in leiblicher Gestalt offenbarte.

Die Kameras aber, die Fotoapparate und Filme halten den Wasserfluten nicht stand. So gibt es zum großen Schmerz der Touristen keinen Beleg ihres wahrhaft sensationellen Erlebnisses. Die armen Menschen führen fernerhin das Leben von Predigern in der Wüste. Kein Mensch will ihnen glauben, und sie ernten nichts als Hohn und Spott. Vorerst aber trotten sie zur Jugendherberge hinauf, um dort die kalten Glieder zu wärmen.

Julia, Friedel und die Drachen befinden sich in einer Höhle. Auf grünem Plüschsofa liegt, zusammengerollt, den Kopf züngelnd erhoben, Nessy, die Seeschlange. Sie ist nicht mehr so groß wie vorhin im See, aber auch in verkleinertem Maßstab flößt ihr Anblick Entsetzen ein. Wer mag schon Schlangen? Julia nicht. Ihr läuft eine Gänsehaut über den Rücken. Friedel klemmt den Daumen zwischen die Zähne, und beide weichen zurück, soweit das in dieser Höhle nur möglich ist. Die Drachen aber setzen sich auf das Sofa neben ihre Tante. Zornig zischend rückt sie zur Seite und fixiert sie mit gelben, starren Schlangenaugen.

»Das also sind die Menschen, mit denen du dich abgibst«, stellt sie fest. »Was ist Bemerkenswertes an ihnen?«

»Sie laufen nicht Ski!« antwortet der Drache.

Die Schlange gleitet vom Sofa.

»Du kannst mir nicht weismachen, Neffe, daß du dich um Menschen kümmerst, nur weil sie nicht Ski laufen! Ich will sie ein wenig näher betrachten.«

»Erinnere dich, teure Tante, du wolltest nur einen Blick auf sie werfen. Das hast du nun getan und gestattest wohl, daß wir uns empfehlen.«

»Nicht so eilig, Neffe!« zischt die Tante und kriecht über

den Höhlenboden. Julia und Friedel sehen sie mit Schrecken näherkommen. Diese Schlangentante ist wirklich das Letzte!

Finden Sie das auch, verehrter Leser, und hätten Sie, offengestanden, auf Tante Nessy verzichten können?

Sie meinen, mit Seeschlangen ist nicht zu spaßen, und diese da bringt eine unangenehme Note in die Geschichte? Wie recht Sie haben!

Aber so ist das nun einmal im Leben. Auch Drachen haben ihre Schattenseiten, und wer sich mit ihnen einläßt, sollte auf alles gefaßt sein.

Die Schlange schlingt eine Schleife um Julias Füße und windet sich dann an ihr empor. Julia wird es schwarz vor den Augen. Sie hat sich schon immer vor Schlangen gefürchtet, selbst vor kleinen und harmlosen. Diese hier ist groß und giftig und wird sie demnächst erdrücken.

»Ein Schlückchen Whisky gefällig?«

Sie fühlt eine Flasche in der Hand, führt sie zum Mund und nimmt einen ordentlichen Schluck. Das tut gut, das entspannt und weckt neue Lebensgeister. Jetzt endlich kann sie etwas unternehmen, den Mund aufreißen und schreien, zum Beispiel. Was aber unter dem Einfluß des Whiskys daraus wird, ist mitnichten ein Schrei. Sie lacht! Zwar hat sie das schon mitreißender getan, aber in Anbetracht der Umstände ist es immer noch erstaunlich.

Die Schlange horcht auf, läßt sich zurück auf den Boden gleiten und kriecht zum Sofa.

»Das ist es also«, sagt sie dort zu ihrem Neffen. »Das hat dich angezogen. Nun, mir gefällt es auch. Ich denke, ich sollte es haben!«

Mittlerweile hat Julia den Mund zugeklappt. Es ist ihr nicht mehr nach Lachen zumute, eher nach Schlafen und Träumen. Sie rutscht an der Wand abwärts. Plumps, jetzt liegt sie auf dem kalten Höhlenboden und streckt alle viere von sich.

»Sie hat ein Schwipschen!« bemerkt die Tante, nun wieder zusammengeringelt auf dem Sofa. »Es ist nicht zu glauben. Ein Schluck schottischer Whisky, und schon fällt sie um. Menschen vertragen wenig.«

Der Drache erhebt sich.

»Nun ist es genug, teure Tante! Gehab dich wohl!«

Es fällt einem Drachen nicht schwer, Julia vom Loch Ness nach Gaschurn zu befördern. Hatschi, schon steht sie in ihrem Zimmer, sinkt aufs Bett und zieht sich nicht einmal die Schuhe aus. Friedel tut es unter leisen Klagen, dann klettert er auf den Bettrand und packt ihre Hand.

»Ist sie tot?«

»Sie hat eine leichte Grippe!« antwortet der Drachenonkel, aber der Neffe weiß es besser.

»Sie ist sternhagelvoll!« kreischt er und tanzt im Zimmer herum. Da kann ein Drache nun so vieles bewerkstelligen, fast alles möchte man sagen, aber gegen Tante Nessies Whisky ist er machtlos. Der fließt durch Julias Adern und macht sie angenehm schläfrig.

Gut, daß Felix den herrlichen Sonnentag bis zur Neige auskostet! Er wedelt um die blonde Marianne und andere Skihaserln herum und genießt das alles in dem beruhigenden Bewußtsein, daß Julia zu Hause im stillen Stübchen mit Friedel ›Mensch-ärgere-dich-nicht‹ spielt oder Daumen lutscht.

Kurt Vögele und Georg Beißweng dagegen befinden sich schon seit einer Stunde im Hotel. Kurt Vögele würde gern in die Sauna gehen und tut das auch Freund Georg kund. Aber der kann sich nicht entschließen. Er irrt ruhelos durch die Hotelgänge, geht auf den Balkon hinaus und betrachtet die Gegend. Alle zehn Minuten erscheint er an der Rezeption, um zu erkunden, ob der Schlüssel von Nummer 114 noch hängt. Gerade eben taucht er wieder auf. Nein, sein Gefühl hat ihn nicht getrogen, der Schlüssel ist verschwunden. Georg Beißweng spurtet die Treppen hoch, läuft den Gang entlang und steht vor Nummer 114. Er hört Stimmen, seltsam fremde, dann aber auch die wohlbekannte des kleinen Jungen. Die Stimme, nach der es Georg Beißweng von Herzen verlangt, ist nicht zu vernehmen. Er klopft. Augenblicklich verstummen im Zimmer jegliche Geräusche. So scharf der Georg auch die Ohren spitzt, kein Mensch ruft »Herein«. Er drückt vorsichtig die Klinke herunter. Die Tür ist offen. Georg Beißweng schiebt sich ins Zimmer. Was muß er erblicken? Ja, wir wissen es und sind darauf gefaßt, aber Georg Beißweng nicht! Sein Herz erbebt. Julia liegt im Bett, zugedeckt bis zur Nasenspitze. Auf dem Bettrand sitzt der kleine Bursche und baumelt verzagt mit den Beinchen.

Georg Beißweng schließt die Tür und kommt näher. »Ja,

was isch denn des?« stammelt er. »Ja, Kerlesle, was isch denn passiert?«

Der Kleine schnauft und zieht die Nase hoch.

»Sie hat 'ne leichte Grippe!«

»Noi, des gibt's doch net, so plötzlich! Hat se Fieber? Hent er en Arzt g'holt? Hat se was eig'nomme?«

So viele Fragen! Friedel beantwortet sie pauschal mit einem Kopfschütteln. Georg Beißweng legt die Hand auf Julias Stirn. Sie öffnet die Augen.

»Hallihallo, Dickerle!« sagt sie. Nein, sie sagt es nicht, sie lallt es, und Georg Beißweng erschrickt zutiefst.

»Des isch ja ganz arg!« ruft er. »Was hent er denn ag'schtellt?«

Der Kleine schluchzt. Julia zieht den Arm unter der Bettdecke hervor und stupft Georg auf das ansehnliche Bäuchlein.

»Hilfsch du mir mal?« lallt sie, und dann, ja, man kann es nicht schöner ausdrücken, dann rülpst sie lautstark.

»Hasch en Schluckauf, arm's Mädle?«

Wenn Georg Beißweng auf seinen gesunden Menschenverstand und seine einschlägigen Erfahrungen hören würde, dann hätte er in diesem Augenblick gewußt, was Julia fehlt. Aber er will es einfach nicht wissen, er kann es nicht glauben, er hält sich an die leichte Grippe.

»Jetzt liegsch du ganz brav do nei!« So sagt er zu Julia und deckt sie wieder zu. Dann fährt er dem schluchzenden Friedel durch das Strubbelhaar.

»I komm' glei wieder! I hol' bloß ebbes. Bleib fei sitze! Net weglaufe, gell, du!«

Er stürmt davon, das Herz zerrissen von widerstreitenden Gefühlen.

Kurt Vögele, bereits im Bademantel, ist schlechter Laune.

»Kommsch du endlich!« knurrt er. »Wenn mir no länger wartet, gibt's koi Plätzle mehr in dere Sauna!«

»Kurtle, hasch ebbes gege Grippe? Du hasch doch en Haufe Tröpfle ond so Zeugs...«

»Für wen willsch des?«

»Für des Kataschtrophemädle, woisch, die Frau Bechschtoi! Du, die isch arg krank! Die ka nemme schwätze!«

»Ha, so ebbes!« Kurt Vögele geht ins Badezimmer und kramt in seiner Medikamentenschachtel. Er kehrt zurück mit reichlich Fläschchen und Tablettenrollen.

»Ganget mer!« spricht er und bindet den Bademantel zu.

Im Zimmer Nummer 114 hat sich nichts geändert. Das heißt, Julia ist wieder säuberlich zugedeckt, sie scheint zu schlafen. Der Kleine schluchzt nur noch leise.

Auch Kurt Vögele faßt zuerst nach Julias Stirn. Bei ihm aber reagiert die Patientin nicht so freundlich, nein, sie wird ausgesprochen ärgerlich, klopft ihm auf die Finger und brabbelt: »Untersteh dich, du Lus-s-s-molch!«

Kurt Vögele beugt den Kopf noch tiefer und schnuppert. Dann richtet er sich auf und blickt dem Freund ins Auge.

»Schorsch, wenn d' mi fragsch, die hat koi leichte Grippe!« Er macht eine bedeutsame Pause. »Die isch stockb'soffe!«

Georg Beißweng will es nicht glauben. Er stürmt ins Badezimmer, füllt ein Zahnglas mit Wasser, nimmt eine von Kurtles Tabletten und kniet vor Julias Lager nieder.

»Jetzt sperret mir brav des Mäule auf ond schlucket des Tablettle, ond no wird's ons glei besser!« So spricht er ihr liebreich zu, aber ihre Reaktion erschreckt ihn sehr.

Sie richtet sich auf, stößt Zahnglas und Tablette von sich und überschüttet ihn mit wirrem Redeschwall.

»Nein! Nicht! Kein Sch-sch-lückchen Whis-s-s ...«

»ky«, ergänzt der Kleine unter Schluchzen.

Nun bricht auch Julia in Tränen aus, lehnt ihren Kopf an Georg Beißwengs Brust und flüstert: »Ich hab' s-s-so Angst!«

»Angscht? Ja, vor was hasch denn Angscht, Mädle?«

»Vor der sch-sch-recklichen Sch-sch- ...«

»lange!« ergänzt wiederum der Kleine.

Sie heulen beide laut und hemmungslos. Kurt Vögele schließt hastig die Tür, dann klopft er dem Freund auf die Schulter.

»Schorsch, die isch blau wie a Veilche!«

»Sternhagelvoll!« bestätigt das Bürschlein auf dem Bett und streicht liebevoll über das Gesicht der Patientin.

»Noi, i glaub', die hat ebbes Orechts gesse«, meint Georg Beißweng. »Wie isch mer's, Bule?«

»Nichts gegessen, nur getrunken.«

»Was hat se denn drunke?«

»Whisky!«

»Whisky? Am helle Nachmittag?« ruft Kurt Vögele erschreckt. »Hättsch des denkt von dere Frau Bechschtoi? Die muß ja a ganze Flasch' verpichelt han, bei dem Allmachtsrausch, den die hat!«

»Nein!« verbessert Friedel. »Keine ganze Flasche! Nur einen Schluck! Und dann ist sie einfach umgefallen! Furchtbar!« Er schluchzt auf.

»Wo war denn des, Kerlesle? Wo hent er denn rumg'lumpt?«

»Bei Tante Nessy!«

»Wohnt die hier im Hotel?«

»Nein!« Trotz allem Kummer muß Friedel lachen. »Doch nicht im Hotel! In Schottland! In dem See! Tante Nessy ist doch eine Schlange!«

»A Schlange?« Die beiden Schwaben sehen sich an.

»Der au!« sagt schließlich Kurt Vögele. »Heilig's Blechle, des isch vielleicht a Mallör! Was moinsch, wenn 's Doktor Königs heimkommet, was die dere Frau Bechschtoi verzählet...«

»Und erscht dere ihr Ma!« ergänzt Georg Beißweng düster. »So a Zornnickel, so a wüschter! Arm's Kataschtrophemädle!«

Er legt Julias Kopf sanft auf das Kissen zurück.

»Kurtle, was machet mer?«

»Verschwinde! Ganz schnell verschwinde! I will nix zom do han mit dere Sach'. I halt' mi do raus! I gang' in d' Sauna!«

»Gang no, Kurtle! I moin', i sott' dobleibe. I ka se net alloilasse! Verschtehsch?«

Nein, Kurt versteht den Freund schon seit einer Weile nicht mehr. Bis jetzt hat er treulich zu ihm gehalten, aber nun reicht es. Er wickelt den Bademantel noch fester um den Leib und verläßt das Zimmer. Georg Beißweng streicht Julias Decke glatt. Er nimmt Friedel auf den Arm und setzt sich auf den Lehnstuhl am Fenster. In seinem Schutz geborgen und an seine Schulter gelehnt, schläft Friedel ein.

Draußen ist es dunkel geworden. Tatsächlich, es schneit. Bei strahlendem Sonnenschein ist Georg Beißweng heute mittag abgefahren und im Hotel angelangt, und jetzt schneit es, na so was!

Natürlich ist der Drache nicht untätig geblieben! Wenn er schon gegen Tante Nessies Whisky nichts auszurichten vermag, so kann er doch einen Schneesturm herbeiniesen und zum Bergrestaurant hinbeordern, nach »Stoba Roba«, wo

Felix in der gemütlichen Gaststube sitzt und einen Grog trinkt. Papi und Mami sind bereits abgefahren. Felix hat ihnen noch zugewinkt und nachgerufen, daß er auch gleich komme. Nun sitzt er hier, starrt in das Kaminfeuer und kann sich nicht aufraffen. Gestern ist er früh am Tag zu Julia zurückgekehrt und hat nur Ärger geerntet. Den Fehler macht er kein zweites Mal! Heute will er nichts mehr unternehmen, nicht nach Schruns fahren, nicht mit den Schwaben zusammensitzen. Er will Abendbrot essen und dann mit Julia ins Bett gehen. So wartet er und wartet und bestellt sich noch einen Grog, bis draußen die Hölle losbricht. Natürlich versucht er alles Menschenmögliche. Er geht vors Haus. Er läßt sich vom Sturm ein Stück den Berg hinunterblasen. Er fragt den Wirt, ob eine Abfahrt möglich sei. Der Wirt wiegt bedenklich den Kopf. Felix versteht Worte wie »gewagt« und »gefährlich«. Gut, dann muß er oben bleiben. Da hilft alles nichts. Es gibt noch ein freies Bett. Fröhliche Gesellschaft ist auch vorhanden. Felix kann nicht behaupten, daß er unglücklich wäre über den Lauf der Dinge. Vielleicht ist es ganz gut so. Julia soll sich ruhig Sorgen machen und ihn mit Schmerzen vermissen. Anrufen will er trotzdem.

Er erreicht die Rezeption des Hotels und läßt seiner Frau ausrichten, daß er in einen Schneesturm geraten sei und nicht zu Tal fahren könne, daß er sich auf »Stoba Roba« befinde und es ihm den Umständen entsprechend ginge. Er werde zurückkehren, sobald es möglich sei, auf keinen Fall aber vor dem morgigen Tag.

Damit wäre Felix ausgeschaltet. Ja, so leicht ist das, wenn man die Wunderkräfte eines Drachens besitzt! Julia kann in aller Ruhe nüchtern werden, der treue Schwabe wacht über ihren Schlaf.

Vorher aber, als nämlich Papis knarrende und Mamis klagende Stimme vor der Hotelhalle zu ihm heraufdringen, trägt Georg Beißweng den schlafenden Friedel hinunter und legt ihn in die Arme der Eltern. Er braucht nicht viel zu erklären, nur, daß sie zusammen gespielt haben und daß der »Kloi« dabei eingeschlafen sei. Papi und Mami, selber müde nach einer anstrengenden Abfahrt im Schneesturm, nehmen ihren Sohn ohne viele Worte entgegen.

An der Rezeption erfährt Georg, daß ein Gast oben auf »Stoba Roba« bleiben müsse, weil die Abfahrt im Schneesturm zu gefährlich sei. Der Hotelier legt einen Zettel in das

Fach von Nummer 114. Er hat gerade viel zu tun. Georg Beißweng erbietet sich, den Zettel nach Nummer 114 zu bringen. Er kennt die Dame.

Da hat er es schwarz auf weiß. Ein Stein plumpst von seinem Herzen, wenngleich er zutiefst bedauert, daß Julia gerade heute aus dem Verkehr gezogen ist. Daß sie im Bett liegt und ihren Rausch ausschläft, anstatt mit Georg in irgendeinem Wirtschäftle zu sitzen, zu lachen und sein Herz zu erfreuen. Natürlich wird er die Nacht über bei ihr bleiben und ihren Schlaf bewachen, aber das wahre Glück ist es nicht. So sitzt er im Sessel und hat Hunger, denn das Abendessen läßt er ausfallen. Lieber will er fasten, als Kurtles weise Lehren und seinen vorwurfsvollen Blick zu ertragen. Zuviel Entsagung wirkt ermüdend. Georg Beißweng nickt ein. Er fährt hoch, geweckt von lieblichen Düften und traulichem Kerzenschimmer. Die Kerze steht auf einem Tischchen, und das Tischchen steht vor Georgs Sessel. Es ist reichgedeckt mit Gerichten, die Georg Beißweng besonders schätzt.

Maultaschensüpple! Spätzle, handgeschabt! Gemischter Braten und Kartoffelsalat! Dampfnudeln mit Schodosoß!* Georg Beißweng läuft das Wasser im Mund zusammen. Er macht sich flugs an die Arbeit. Ein Württemberger Trollinger hilft ihm dabei. Georg fragt nicht danach, woher die Herrlichkeiten stammen. Vielleicht findet heute ein schwäbischer Abend statt, und der Kurtle hat sich eines Besseren besonnen und ihm das Essen heraufgebracht. Georg wird es noch erfahren. Vorerst genießt er, was man ihm freundlich beschert. Wirklich, er muß zugeben und bei jedem Bissen neu bestätigen, so gute schwäbische Hausmannskost hat er selten bekommen.

Die Flasche Trollinger scheint unerschöpflich. So kann es denn geschehen, daß der trinkfeste Georg Beißweng sehr viel Trollinger zu sich nimmt und schließlich satt, müde und ein wenig benommen in das Bett neben Julia sinkt. Als ordentlicher Mensch pustet er vorher die Kerze aus und zieht die Schuhe von den Füßen.

Kurt Vögele, der den Freund beim Abendessen schmerzlich vermißt, muß Hühnerfrikassee und Reis essen, ein Ge-

* Schodosoß ist eine warme Weinsoße. Ursprünglich »chaud eau« (heißes Wasser) wurde daraus im Schwäbischen »Schodo«. Diese Soße ist im Schwabenland wohlbekannt und hochgeschätzt und wird gern zu Dampfnudeln serviert.

richt, das ihm schon seit Kindertagen herzlich zuwider ist. Der Platz des Freundes bleibt leer, der Tisch der Bechsteins auch. Papi und Mami sitzen ohne den Sohn bei Tisch und stochern lustlos im Frikassee. Nach dem einsamen Mahl schlendert Kurt Vögele durch das Hotel. Er wirft einen Blick in das Fernsehzimmer und in den Tischtennisraum. Er nimmt für kurze Zeit im Salon Platz, trinkt einen Cognac in der Bar und bequemt sich sogar zum Schwimmbad hinunter.

Schließlich wandert er durch die Gänge, auch an Zimmer 114 vorbei. Er legt das Ohr an die Tür. Drinnen herrscht vollkommene Stille. So muß er sich damit abfinden, den Abend allein zu verbringen. Es gefällt ihm gar nicht, denn er ist an den Schorsch gewöhnt, und wenn sie auch meistens schweigen, so tun sie es doch gemeinsam. Die Tür läßt er unverschlossen, um seinem Freund den Pfad der Tugend zu ebnen. Nachts fährt er dreimal hoch, meint Schüsse zu hören und verdächtige Geräusche und sieht den Schorsch schon auf der Totenbahre liegen, erschlagen, erschossen, erdolcht von Julias eifersüchtigem Ehemann.

Was tut der fremde Mann im Bett? · Grüne Dackel gibt es nicht · So etwas kann man mit Georg nicht machen! · Glück zu dritt · Hasenrücken in Degerloch . . .

Julia hat selten einmal so gut und fest geschlafen. Als sie morgens erwacht, findet sie die Schnarchgeräusche ihres Mannes ganz ungewöhnlich volltönend und dynamisch. Doch weil er sich tief unter der Decke verkrochen hat und offenbar noch sehr müde ist, läßt sie ihn weiterschlafen, schlüpft aus dem Bett und begibt sich ins Badezimmer. Sie fühlt sich wohl und ausgeruht. Von den Ereignissen des Vorabends weiß sie nichts mehr.

Frisch geduscht, gekämmt und eingehüllt in den Bademantel, so kehrt sie ins Zimmer zurück. Felix schnarcht noch in der gleichen Lautstärke. Es ist neun Uhr, da hilft alles nichts, da muß er aufstehen, sonst wird er es sich und Julia niemals verzeihen. Aber sie will ihn sanft wecken. Sie will die leidige Pflicht so angenehm wie möglich gestalten. Also kriecht sie in sein Bett und drückt sich liebevoll an ihn.

»Na du, wie wär's mit Aufstehen?« so fragt sie und erstarrt.

Neben ihr liegt angekleidet, aber doch ein fremder Mann! Mit einem Satz ist sie draußen.

»Ja, was haben denn Sie hier zu suchen?«

Georg Beißweng reißt die Augen auf und greift sich an den Kopf. Er rappelt sich hoch, gähnt herzerweichend und schwingt die Beine aus dem Bett.

»Ha, jetzt so ebbes! Do bin i doch glatt ens falsche Bett neig'lege! Entschuldiget Se no!«

Er steht auf und reckt die Arme. Zerknittert ist die Hose, zerknittert das Hemd. Die Haare sind verstrubbelt, die Bartstoppeln im Wachsen begriffen, und auch sonst wirkt der ganze Georg nicht so frisch, wie er das, gerade jetzt, gerne hätte.

»So, hen Se gut g'schlafe, Frau Bechschtoi?« fragt er freundlich.

»Wo ist mein Mann? Haben Sie ihn ausgesperrt? Schläft er bei Ihrem Freund?«

»No net hudle!« Der Georg fährt sich mit der Hand durch die Haare. »No net hudle, so früh am Morge! Noi, i hab' en net ausg'schperrt, ond beim Kurtle schloft er gwieß net, der dät ihm was leuchte! Noi, der isch im Bergreschtorant bliebe, weil er eig'schneit isch. Do, uf'm Tischle liegt der Zettel. Do könnet Se's lese!«

Ja, der Zettel liegt auf dem Tisch. Vom schwäbischen Menu ist dagegen nichts übriggeblieben, nicht einmal die Flasche. Georg Beißweng sieht es mit Erleichterung.

»So, jetzt gang' i ond mach' mi a bißle frisch. I hab's nötig, gellet Se? Nachher könntet mir doch mitnander Kaffee drenke! Saget mer en 're halbe Schtund? Wär' des recht? Also adele bis nachher!«

Er schlüpft in seine Schuhe und geht zur Tür. Von dort blickt er noch einmal zurück.

»Jammerschad, daß i net der Felix ben!«

Dann ist er draußen. Julia sinkt aufs Bett und sieht ihren Drachen im Lehnstuhl sitzen.

»Ich hatte Sie gewarnt«, brummt er grämlich. »Ich hatte Ihnen gesagt, Sie sollten Tante Nessies Köstlichkeiten stehenlassen! Aber nein, Sie mußten ja Whisky trinken...«

Jetzt erinnert sich Julia.

»War ich betrunken?«

»Ja leider, ich kann es nicht leugnen.«

»Und hab' ich mich schlecht aufgeführt?«

»Wo denken Sie hin, meine Liebe! Sie waren etwas benommen und hatten Schwierigkeiten mit der Aussprache. Einmal haben Sie gerülpst.«

»Gerülpst? O Himmel! Und Georg Beißweng hat es gehört?«

»Das war nicht zu vermeiden. Aber ich kann Ihnen versichern, er hat sich wacker gehalten.«

»Ach!« stöhnt Julia. »Ach, ist mir das peinlich! Gerade Herr Beißweng! Wenn es wenigstens der andere gewesen wäre...«

»Keine Sorge! Der war auch dabei...«

»Was, der auch?« Julia ringt die Hände. »Wenn ich einmal ein Schlückchen zuviel trinke, gleich muß es das ganze Hotel erfahren! Hätten Sie das nicht verhindern können?«

»Ich habe Ihren Gatten ferngehalten, meine Liebe! Es war ein hartes Stück Arbeit. Ich mußte einen kapitalen Schneesturm dafür einsetzen. Bitte, überzeugen Sie sich!«

Er niest und läßt sie einen Blick auf »Stoba Roba« werfen. Außen ist alles tiefverschneit. Innen im engen Schlafraum liegt Felix auf schmaler Pritsche neben dem Waschbecken und muß miterleben, wie sich ein Sportskamerad von Hand wäscht, sorgfältig abtrocknet und hinterher ausgiebig spuckt und gurgelt.

»Ach, der Arme!« ruft Julia.

Als Georg Beißweng ins gemeinsame Doppelzimmer stürmt, liegt Kurt Vögele noch im Bett. Oh, er hat einiges gegen den Schorsch auf dem Herzen! Nicht, daß er seinen Verdacht offen äußern würde, nein, dazu ist er zu taktvoll, aber des Freundes zerknitterte Erscheinung, sein verstrubbeltes Haar und sein Fernbleiben über Nacht sprechen Bände.

»So, bisch wieder do?« knurrt er. »Hat dir der Kerl de Ranze vollg'schlage?«

»Noi!« antwortet der Schorsch bereits aus dem Badezimmer. »Der isch gar net komme! Der isch im Bergreschtorant bliebe!«

Kurt Vögele springt aus dem Bett.

»Ond wo hasch no du rumg'lumpt?«

»I hab' net rumg'lumpt! I hab' Wach' g'halte!«

»Ah so, du hasch Wach' g'halte! Des g'fallt mer! Bisch g'schtande, Händ' an der Hosenaht, oder hasch sitze derfe oder liege?«

Georg Beißweng lacht und läßt seinen Rasierapparat summen.

»Mensch, Kurtle, was du au densch! 's isch nix g'wese, magsch mer's glaube oder net! Du kennsch mi doch!«

»Ebe!« sagt der Kurtle mit Nachdruck. »Ebe!«

Der Schorsch betrachtet sein frisch rasiertes Gesicht im Spiegel und versieht es dann reichlich mit duftendem Gesichtswasser.

»Übrigens, Kurtle, i dank' der au für des gute Nachtesse! Bisch doch a lieber Kerle!«

»Willsch mi jetzt ärgre oder wie?«

»Wieso ärgre? Warsch du des net geschtern obed? I hab' denkt, du hättsch mer des Nachtesse bracht.«

»I werd' mi hüte! Moinsch, i bring' der no ebbes zom Vernasche in dei Liebesnescht!«

Georg Beißweng lacht. Dann wird er nachdenklich.

»Jetzt däd's mi scho intressiere, wie des mit dem Esse gange isch. Was hat's denn bei euch gebe, Kurtle? Au Maultaschesupp' ond Brote ond handg'schabte Schpätzle?«

»Handg'schabte Schpätzle! Schwätz net domm raus! Reis hat's gebe ond Hühnerfrikassee! Du woisch ja, wie gern i des mag!«

»Arm's Kurtle! Hättsch halt bleibe solle! Aber komisch isch's doch.«

Dann läßt der Schorsch noch einmal sein Abendmenu auffahren, vergißt auch den Trollinger nicht und die Schodosoß und macht dem Kurtle den Mund wäßrig und das ohnehin schon düstere Gemüt noch viel, viel dunkler.

»Du lügsch ja wie druckt!« preßt der schließlich heraus. »Dir glaub' i koi gotzig's Wörtle!«

Das Gespräch zwischen den beiden führt zu keinem versöhnlichen Ende. Man kann es nicht leugnen, die Freundschaft hat einen Riß bekommen. So pflegt es bei Männern zu gehen, wenn eine arglose Frau in ihre Mitte tritt oder wenn der eine handgeschabte Spätzle und der andere nur Reis bekommt. So etwas führt zu Ärger und Zerwürfnis.

Friedel sitzt hinter der Rezeption und malt. Sein grüner Buntstift ist schon ganz stumpf, denn Friedel malt eine Drachenfamilie. In der Mitte thronen Vater und Mutter Drache, und rundherum hocken zahlreiche Drachenkinder. Alle sind grün bis über die Ohren. Der Hotelier schaut ihm über die Schulter.

»Niedlich!« sagt er. »Lauter Dackel! Aber warum malst du sie grün an? Grüne Dackel gibt es nicht!«

Friedel legt beide Arme über sein Gemälde.

»Es sind keine Dackel!« ruft er erbittert.

Da kommt Julia die Treppe herunter. Na endlich! Friedel rutscht vom Stuhl und läuft zu ihr hinüber. Sein Kunstwerk bringt er mit.

»Er sagt, es sind Dackel!«

Julia nimmt das Blatt und betrachtet es.

»Er kennt halt keine Drachen, Friedel, darum denkt er, es sind Dackel! Nur wir beide wissen Bescheid!«

»Freilich, nur wir beide, sonst niemand! Papi und Mami sind schon lange weg!«

»Gut, daß sie dich hiergelassen haben! Ich hatte schon richtig Angst...«

»Aber du hast doch angerufen!«

»Was? Ich bei euch?«

»Freilich! Grad als wir zum Frühstück gehen wollten!«

»Was hab' ich denn gesagt?«

Friedel legt verwundert den Kopf in den Nacken und blinzelt zu Julia hinauf.

»Weißt du das nicht mehr? Du hast doch gesagt, daß du später kommst und daß sie mich hierlassen sollen. Mami hat erst nicht wollen, aber Papi hat gesagt: ›Laß nur, Alice, wir dürfen sie nicht vor den Kopf stoßen.‹ Jetzt sitz' ich hier schon ganz lang und denk', vielleicht bist du noch sternhagelvoll.«

Er packt Julias Hand und drückt sie an sich.

Georg Beißweng schreitet die Treppe herunter, frisch wie der junge Morgen, duftend und strahlend. Er drängt sich zwischen die beiden und legt den rechten Arm um Julias Schulter und die linke Hand auf Friedels Köpfchen.

»Auf geht's, Herrschafte! I hab' en Mordshunger! Jetzt frühschtücket mer!«

Er schiebt sie in den Speisesaal hinein bis zu Julias Tisch, denn an Georgs angestammtem Platz sitzt Kurt Vögele und macht ein böses Gesicht.

»Was hat er denn?« fragt Julia.

»Er hat ebbes Falsch's gesse!« antwortet Georg und winkt dem Kellner, um Kaffee zu bestellen und Milch und Eier. Auf Julias Teller häufen sich die Mohnbrötchen.

»Die hab' ich einfach den Leuten weggenommen!« vermeldet Friedel voller Stolz. »Erst ham sie geschrien: ›Ja, gibt's denn so was, willst du wohl die Brötchen dalassen!‹ Und dann ham sie gesagt: ›Laßt ihn, der ist nicht richtig gebacken.‹«

»Des hasch gut g'macht, Bule!« lobt Georg Beißweng.

Da kommt der Kellner und bittet Julia ans Telefon. Es ist Felix. Er ruft von »Stoba Roba« an und erklärt, daß es absolut blödsinnig sei, bei diesem schönen Wetter gleich wieder ins Tal zu fahren. Sein Skikurs beginne in zehn Minuten hier oben vor der Haustür. Wie er geschlafen habe? Schlecht, sehr schlecht! In einem engen Schlafraum habe er kampieren müssen! Wie bitte, was habe Julia gesagt? Sie wisse es? Das mit dem engen Schlafraum? Ja, woher denn, wenn er fragen dürfe? Nur ein Späßchen! Für ihn wäre es nicht so spaßig gewesen, heute nacht! Die Schlafgenossen hätten grauenhaft geschnarcht. Er habe kein Auge zugetan! Wie bitte? Ja, der Schneesturm sei vorbei, die Pisten gewalzt. Er werde dann irgendwann gegen Abend kommen. Jetzt aber müsse er ganz schnell aufhören, sonst finge der Kurs ohne ihn an...

»Sie sehet aus wie's Kätzle am Bauch!« Mit dieser Feststellung empfängt sie Georg Beißweng. Er ist dabei, für Friedel ein Wurstbrot in mundgerechte Stückchen zu schneiden.

»Isch ebbes passiert?«

»Felix muß zu seinem Skikurs. Er kommt erst abends wieder.«

»Juhu!« Friedel sprüht Brotkrümchen um sich, und auch Georg Beißwengs Gesicht strahlt freudig auf.

»Ha, so ebbes! Do hen mer nomal Glück g'het. Jetzt machet mer's ons g'mütlich, mir drei!«

Kurt Vögele hat sich herbeibequemt. Mit Leichenbittermiene steht er vor dem Tisch und schaut zu seinem Freund hinunter.

»I gang' jetzt zom Lift. Seh' i des richtig, daß du heut schpazieregehsch ond net Schi laufsch?«

»Ja, Kurtle, des siehsch du richtig!« Der Schorsch blickt seinem Freund in die Augen. »Magsch net a bißle nahocke. Mir rutschet zamme!«

»Noi, i gang'!«

Kurt Vögele dreht sich um und stapft davon.

»Adele!« ruft ihm der Georg nach und greift zur Kaffeekanne.

Er kommt nicht dazu, seinen Mordshunger zu stillen. Nachdem er Kaffee eingegossen hat, sieht er Julia sitzen, die Hände im Schoß, die Augen Gott weiß wo. Also bestreicht er ein Brötchen mit Butter, träufelt Honig darauf und legt es auf Julias Teller.

»Jetzt esset mer ebbes!« spricht er mit Bestimmtheit und fügt hinzu: »Wenn mer em Schikurs isch, no ka mer net oifach wegbleibe, schließlich hat mer's zahlt! Des isch halt so, ond des muß mer verschtehe! Ond jetzt wird tapferle gesse, sonscht tropft der Honig aufs Teller, ond 's gibt a Allmachtssauerei!«

Julia beschließt, Felix fürs erste zu verdrängen. Wenn er nicht kommen will, bitte, dann soll er wegbleiben und Ski laufen. Sie will jetzt glücklich sein und den Tag genießen.

Aber vorher muß sie noch etwas klären, so schwer ihr das fällt.

»Herr Beißweng«, sagt sie und rührt in ihrer Tasse, »ich muß noch mit Ihnen über gestern abend sprechen ...«

»Geschtern obed? Was gibt's denn do zu schpreche?«

»Sie wissen es ganz genau! Wie ich betrunken im Bett lag...«

»Sternhagelvoll!« bestätigt Friedel.

»Also, des isch net 's richt'ge Wort!« ereifert sich Georg Beißweng. »Sie hattet a klois Schwipsle!«

»Es war nämlich so, daß wir einen Besuch gemacht haben, bei einer Tante...«

»Du, Herr Beißweng, das war vielleicht eine furchtbare Tante! Hundertmal schlimmer wie Tante Gerda! Ja, wirklich!«

Friedel schüttelt sich, und Julia setzt zu neuer Rede an.

»Und da habe ich auf nüchternen Magen einen Schluck Whisky getrunken...«

»Heilig's Blechle! Auf nüchterne Mage? Des haut ja de schtärkschte Ma um! Koi Wunder, daß Se a bißle malad waret, Frau Bechschtoi! Glaubet mer's no, auf euch zwei muß mer aufpasse wie a Häftlesmacher!«

»Warum? Wir haben einen Drachen!« meint Friedel.

»Ja, und der läuft Schi und heißt Felix, gellet Se?«

»Nein, Herr Beißweng, der läuft nicht Ski und heißt nicht Felix!«

»Jetzt hältsch du amol dei Mäule!« Georg sagt es mit Nachdruck. »Leut, 's wird Zeit zom Schpazieregehe!«

Es ist schön, an Georg Beißwengs Seite zu wandern. Er hat seinen Arm unter Julias Arm geschoben und hält ihre Hand hübsch warm in seiner Pranke. Neben ihm braucht Julia keine Angst zu haben. Jetzt sollte Tante Nessy nur kommen und sie aus gelben Schlangenaugen anstarren! Sie würde ihr die Whiskyflasche an den Kopf werfen! Ja, genau das würde sie tun!

Auch Friedel, an Georgs anderer Seite, ist in allerbester Verfassung. Er läßt sich ziehen, er springt und schlittert.

»Leutle«, sagt Georg Beißweng, »isch des net schö?«

Sie wandern durch den verschneiten Wald. Der Schnee auf den Tannen blitzt in der Sonne. Ein Häslein hoppelt über ihren Weg. Ein scheues Reh lugt aus dem Tann.

Felix ist wieder da, spukt Julia durch den Kopf und macht ihr das Herz schwer. Sie hat es nicht glauben wollen mit dem Häslein und dem Reh, und jetzt stimmt es doch. Felix hat wieder einmal recht gehabt.

Georg schnalzt genießerisch mit der Zunge.

»Des Häsle do«, sagt er, »des sott in meiner Schpeiskammer hänge! I däd euch g'schpickte Haserücke serviere mit Preiselbeere ond handg'schabte Schpätzle. Älle zeh Fenger dädet er euch abschlecke!« Er drückt Julias Arm an sich. »O Kataschtrophemädle, des däd a Fescht gebe!«

Vorerst gibt es eine kleine Abkühlung. Zu verlockend hängt ein schneebeladener Ast über den Weg. Julia braucht nur hochzugreifen und kräftig daran zu ziehen, schon kommt der Segen herunter und sie muß rennen, so schnell sie nur kann. Ein bißchen Schnee staubt auch zu Friedel hinüber, der weitaus größere Teil aber landet auf Georgs breitem Rücken. Julia hätte sich zurückhalten sollen! So etwas kann man mit Georg nicht machen! Schon hat er sie erwischt und hält sie fest in den Armen.

»Frech's Kröttle!« flüstert er zärtlich. »Wart no, dafür musch zahle!«

Es ist keine Frage, mit welcher Münze hier gezahlt werden soll. Auf diesen Augenblick hat Georg Beißweng schon lange gewartet. Er beugt sich zu Julia hinunter, sein Gesichtsausdruck wird andächtig, sein Griff noch fester.

»Hallo, ihr!« Friedel drängt sich zwischen sie. »Das ist ein tolles Spiel! Mach's noch mal, Julia, bitte!«

Georg Beißweng läßt seufzend die Arme sinken. Sein Gesichtsausdruck normalisiert sich.

»Woisch was, Bule, jetzt schpringsch du scho mal voraus. Mir kommet glei nach, d' Julia ond i!«

»Nein, Herr Beißweng, ich bleib' lieber bei euch!« erklärt der Kleine. »Das gefällt mir besser. Woll'n wir vielleicht 'ne Schneeballschlacht machen?«

Ach, der Georg hat nichts gegen Schneeballschlachten. Er wälzt sich auch gern mit Friedel im Schnee, aber alles zu seiner Zeit! Jetzt gerade kennt er Spiele, die ihn weit mehr befriedigen würden. Er klopft dem Knaben kameradschaftlich auf die Schulter.

»Jetzt schpielet mir drei Verschteckerles! Du derfsch di verschtecke, ond mir suchet. Magsch des?«

Jawohl! Friedel ist einverstanden. Sie müssen sich da an den Baum stellen und die Augen zuhalten und bis hundert zählen, dann können sie ihn suchen.

»'s isch recht, Bule, des machet mir! Schpring no ond laß der Zeit beim Verschtecke!«

Friedel kriecht hinter einen Felsblock und wartet und denkt, daß es bis hundert sehr lang ist.

»Heh, ihr müßt laut zählen!« schreit er.

»Zweiundneunzig, dreiundneunzig...« zählt der Georg, dann wird es wieder still. Friedel lugt hinter dem Felsblock hervor. Aha, sie sind nicht mehr da, sie suchen. Da heißt es, die Beine in die Hand nehmen und rennen! Er rast davon, daß der Schnee nur so stiebt. Jetzt hat er den rettenden Baum erreicht. »Eins, zwei, drei, Friedel frei!« schreit er triumphierend.

Endlich kommen sie angeschnauft. Sie haben ganz rote Köpfe, so sehr haben sie gesucht.

»Ich hab' gewonnen!« ruft er ihnen entgegen.

»Ja, Bule, des hasch!« bestätigt Georg Beißweng. »Woisch was, jetzt probieret mer's nomal. Ond no schtrenget mir ons grausig a, gell, Juliamädle?«

So spielen sie im winterlichen Tann und strampeln sich ab und atmen in vollen Zügen die gesunde Bergluft, bis sie ganz glitzrige Augen haben und einen Bärenhunger dazu.

»Ach, Leutle, jetzt sottet mer in Degerloch sei!« sagt Georg Beißweng. »In meiner Wohnung! No däd i euch ebbes koche... Noi, des gibt's doch net!«

Er reißt entsetzt die Augen auf. Sie sitzen in seinem Junggesellenappartement auf der bequemsten aller Polsterlandschaften. Georg muß bemerken, daß er seine Behausung bei der Abreise nicht so ordentlich hinterlassen hat, wie er das jetzt gerne sähe. Er angelt verstohlen die Socken vom Sessel, sammelt Schuhe und Kleiderbügel vom Teppich und stammelt: »Ha, jetzt so ebbes! Ja schlag' mi's Blechle! Des ka doch net wahr sei!«

Aber es ist wahr! Julia und Friedel ziehen bereits den Anorak aus und machen es sich auf den Polstern bequem. Sie nehmen den Szenenwechsel wie selbstverständlich hin. Georg jedoch hat Schwierigkeiten.

»Wollet er mei Münzsammlung sehe?« fragt er, denn etwas anderes fällt ihm nicht ein.

»Ja, das wollen wir!« erklärt Friedel. »Der Papi hat auch eine, aber er sagt, ich soll gefälligst meine Finger davon lassen.«

Georg setzt sich vor sie auf den Boden.

»G'fällt's euch bei mir?« fragt er und legt den Kopf auf Julias Knie.

»Ja, es gefällt uns gut!« antwortet Friedel. »Aber Herr Beißweng, du hast doch gesagt, du willst uns deine Münzsammlung zeigen!«

Georg erhebt sich bereitwillig.

»Komm no mit, Bule! Kasch se drübe agucke...«

»Nein, nicht drüben! Wir wollen sie doch zusammen ansehen...«

»O Bule!« Georg seufzt, und Julia lacht.

»Wie wäre es denn mit Kochen, Georg? Wolltest du nicht etwas für uns kochen?«

»Ja, freilich will i des... I woiß bloß net...«

»Jetzt gucken wir mal. Vielleicht ist etwas in der Speisekammer.«

In der Speisekammer hängt ein Hasenrücken, nicht zu jung und nicht zu alt, gerade richtig abgehangen. Das wird ein köstliches Mahl, denn Georg Beißweng ist ein Meister der Kochkunst. Wer so gerne ißt wie er und dabei als Junggeselle dahinvegetiert, der muß wohl notgedrungen zum Kochlöffel greifen. Georg Beißweng schwingt ihn mit Könnerschaft. Seine Freunde wissen ein Liedlein davon zu singen. Kurt Vögele zum Beispiel, Kirchenmusikdirektor und begnadeter Organist an der Sauluskirche, registriert die Orgel mit besonders hellen Jubelstimmen und läßt auch mitunter das Cimbalglöckchen läuten, wenn er nach dem Sonntagsdienst bei Freund Schorsch zum Essen eingeladen ist.

Mit Julia als Gehilfin wirkt Georg am Herd wahre Wunder. Es ist eine Freude, wie gut sie zusammenarbeiten. Während er Zwiebeln schneidet, weint Georg Tränen des Glücks, indes Friedel sich nach Kräften bemüht, jedermann im Wege zu stehen und die Unordnung in der Küche zu mehren.

Das Glück selbdritt ist groß, und der gespickte Hasenrükken köstlich.

»Ich muß zurück!« sagt Julia nach dem Essen. »Es war schön bei dir, Georg, aber Felix wird auf mich warten.«

»Soll er halt warte!« knurrt Georg aus süßen Träumen geschreckt. »Des schad' em nix!«

»Aber Papi ist furchtbar sauer, wenn ich nicht komm'«, vermeldet Friedel kummervoll. »Und Mami weint...«

Georg sucht verzweifelt nach Gegenargumenten.

»Mei Münzsammlung!« ruft er schließlich. »Mir wolltet doch mei Münzsammlung agucke! Aua! Was isch denn jetzt passiert?«

Er sitzt auf seinem Bett im Hotel in Gaschurn und muß eingeschlafen sein. Da ist ihm doch tatsächlich der Kopf auf den Nachttisch gefallen.

Die Tür öffnet sich, und Kurt Vögele tritt ins Zimmer. Er trägt einen Bademantel, hat Schlappen an den Füßen und ein Handtuch um den Hals. Offenbar war er im Schwimmbad oder in der Sauna, er tropft.

»So, bisch au do?« fragt er ohne jegliche Wärme. »Bleibsch du heut nacht wieder weg, oder wie isch mer's?«

»Kurtle«, der Georg stützt den Kopf in beide Hände, »Kurtle, wenn des fertigbrengsch, no halt dei Gosch!«

Tante Nessy ist spendabel, Felix aber auch · Julia greift zur Schminkdose · Piekfeiner Herr und schwarze Schöne · Friedel bekommt einen Dackel · Was die Menschen so alles verkaufen ...

Wären Julia und Friedel auch nur zwei Minuten später an der Rezeption erschienen, es hätte Ärger gegeben. So aber haben sie bereits ihre Zimmerschlüssel in der Hand, als Papi und Mami die Hotelhalle betreten. Papi hinkt.

»Red nicht dumm raus, Alice!« knurrt er soeben. »Es liegt nicht daran, daß ich erschöpft bin! Es liegt daran, daß die Stufen glatt waren!«

»Warum mußt du auch immer so rennen?« jammert die Mami. »Du hättest dir etwas brechen können!«

Papis Ärger ist groß. Hat er nicht eben vor dem Hotel einen Sturz getan, ohne Ski, nur einfach so, weil er ausgerutscht ist? Sein verwundetes Knie schmerzt, sein verwundeter Stolz nicht minder. Jetzt hat er Julia und Friedel entdeckt und hinkt eilig zu ihnen hinüber. Nach Austausch von Freundlichkeiten ist ihm nicht zumute.

»Hat Siegfried sich ordentlich benommen?« bellt er. »Was hat er gegessen? Hasenrücken? Wieso Hasenrücken? Wild hat er noch nie gemocht! Warum ißt du plötzlich Hasenrükken, Siegfried?«

»Weil der Herr Beißweng ihn gekocht hat.«

»Man kocht keinen Hasenrücken, man brät ihn! Wieso der Herr Beißweng? Wo ist das gewesen?«

»In Degerloch. In dem Herrn Beißweng seiner Küche!«

Papi seufzt. »Hör endlich auf, Märchen zu erzählen, Siegfried! Wann wirst du endlich ein großer Junge?«

»Papi, mir ist kalt!«

Nun hat auch Mami sie erreicht und schließt ihren Sohn in die Arme.

»Mach keine Geschichten, Alice!« knurrt Papi. »Das Kind friert!«

Auch Julia geht in ihr Zimmer. Sie badet. Sie wäscht sich die Haare. Sie zieht das blaue Wollkleid an, das Felix so gern an ihr sieht, dann schaut sie in die Nachttischschublade, um ein passendes Kettchen herauszusuchen. In der Schublade liegt eine dreireihige Perlenkette.

»Die ist von Tante Nessy!« vermeldet der Drache. »Ich bin diesbezüglich in Sorge. Es ist nicht ihre Art, Freude zu bereiten und Ketten zu verschenken, noch dazu so wertvolle. Nun ja, wir werden sehen. Vorerst können Sie sich ruhig daran erfreuen, verehrte Julia!«

Er legt ihr die Kette um den Hals und klickt den Verschluß zu.

»Übrigens werden wir heute abend im Hotel erscheinen, Tante Nessy, Kiki und ich. Es war nicht meine Idee. Sie hat es sich in den Kopf gesetzt...«

Die Tür geht auf, Felix tritt ins Zimmer. Er federt vor Frische, obgleich er doch einen anstrengenden Tag hinter sich hat. Mit drei Schritten ist er bei Julia, haucht einen flüchtigen Kuß auf ihre Wange und legt ein Päckchen vor sie auf den Toilettentisch.

»Da!« sagt er. »In letzter Zeit schwärmst du ja für Wohlgerüche!«

Es ist Parfum. Ein teures Parfum. Felix hat sich in Unkosten gestürzt. Jetzt erst bemerkt er die Kette um Julias Hals. Sonst hat Felix ein gutes Auge. Er weiß, was echt und unecht ist. Aber jetzt, wie schon vorher bei der Schminkdose, scheint sein Blick getrübt. Er zieht verächtlich die Nase hoch.

»Wenn du schon unechten Schmuck trägst, dann mach's bitte nicht so bombastisch!«

»Danke für das Parfum, Felix! Das ist nett von dir!«

»Schon recht!« Er verschwindet im Badezimmer, und bald darauf rauscht die Dusche.

Julia sitzt vor dem Toilettentisch, betrachtet ihr Gesicht im Spiegel und seufzt. Wirklich, sie hat Grund zum Seufzen! So blaß war sie schon lange nicht mehr und so spitzig und vergrämt. Schlimmer kann es nicht werden. Also holt sie die kristallene Schminkdose aus der Schublade, steckt den Finger in die braungraue Salbe und streicht sich reichlich davon ins Gesicht. Es prickelt auf der Haut, kühlt und erwärmt zugleich, entspannt und belebt.

»So ist es recht!« hört sie den Drachen sagen. »Ich dachte schon, Sie hätten kein Vertrauen, Verehrte.«

Noch einmal greift sie zu, vergißt auch Hals und Hände nicht und versteckt das Entlein wieder in der Schublade.

Felix erscheint, schnuppert und hält sich die Nase zu.

»Ah bah, hier stinkt's! Ist das etwa mein Parfum?«

Er schaut Julia nicht an, erwartet offenbar auch keine Antwort. Er zieht sich ein neues Hemd über den Kopf, schlüpft in Hosen, Strümpfe, Schuhe und ist bereit zum Aufbruch.

Im Speisesaal herrscht reges Leben. Man kann sein eigenes Wort nicht verstehen, so gesprächig sind Skiläufer am Abend.

Georg Beißweng springt auf, als Julia an seinem Tisch vorbeikommt. Ach, wie hat er sie so schmerzlich vermißt! Seit er aus süßem Traum erwachte, fiebert er dem Wiedersehen entgegen. Da ist sie nun und sieht so jung und schön aus, daß es Georg den Atem verschlägt. Er steht und starrt, bis die beiden Platz genommen haben und Kurt Vögele ihn anspricht, nicht mehr feindselig wie bisher, denn nun endlich ist dem Kurtle klargeworden, daß es Freund Schorsch erwischt hat. Da kann man nichts machen, das ist höhere Gewalt. Aufpassen muß man und abwarten und hoffen, daß der sonst so verständige Freund wieder heil auf der Erde landet.

»Hock di na, Schorsch!« spricht er freundlich. »Dei Supp' wird kalt!«

Georg Beißweng gehorcht, und daran tut er gut, denn wieder öffnet sich die Tür des Speisesaales. Mit wehenden Schlappohren und wildem Gekläff stürmt ein Dackel herein. Er läuft dem erstbesten Kellner zwischen die Beine. Der fällt nicht, denn Kellner in einem Sporthotel sind manches gewohnt, aber sein Tablett neigt sich bedenklich. Es klirrt, es schwappt, und Georg Beißweng hätte bestimmt etwas abbekommen, wäre er weiterhin wie ein Fels in der Brandung gestanden. So aber sitzt er an sicherer Stelle und kann den Einzug der Gäste unbeschadet überstehen.

Ein Paar erscheint, wie es sonst in Sporthotels nicht zu erscheinen pflegt. Piekfein der Herr, vom silbergrauen Scheitel bis zum Lackschuh. Jung die Dame und blendend schön! Die Skiläufer sitzen starr vor Bewunderung. Wahrhaftig, solch ein Rasseweib sieht man nicht alle Tage! Auf den schwarzen Locken thront ein Diadem mit Edelsteinen, so blitzend grell, daß man die Augen schließen muß und sich wegdrehen. Die Dame steckt in einem hautengen grünen Samtkleid. Oh, diese Proportionen! Diese Kurven! Kurt Vögele pfeift anerkennend. Die Schöne bedenkt ihn mit einem kurzen Augenaufschlag. Kurt Vögele läuft es kalt über den Rücken. Er legt den Suppenlöffel nieder.

»Du, Schorsch«, flüstert er, »du, Schorsch, mir isch's nei-g'fahre! I glaub', i ka nix meh esse...«

»Ha no, Kurtle, wo isch der's denn neig'fahre?«
»I woiß au net, Schorsch. Du, i gang' scho amol...«
»Soll i mitkomme, Kurtle?«
»Noi, bloß des net!«

Zwei Kellner stürzen herbei, nicht um dem Kurtle hinauszuhelfen, nein, sie bahnen einen Weg für die vornehmen Gäste und schieben ihnen Stühle unter die Allerwertesten. Jetzt bemüht sich sogar der Hotelier höchstselbst herbei, um die Herrschaften nach ihren Wünschen zu fragen. Oh, welcher Glanz in dieser Hütte! Cordhosen und Jeans verbergen sich schamhaft unter den Tischen. Die Blicke der Herren aber wandern begehrlich hinüber zu der Schönen und kehren, entgegen ihren sonstigen Gepflogenheiten, sofort wieder zurück auf Tisch und Teller.

Kein rechtes Gespräch will mehr zustandekommen, obwohl man sich doch tausend Dinge zu erzählen hätte. Komisch ist das. Nun kann man sogar sein eigenes Wort verstehen und verstummt erschrocken. Es ist kühl geworden und unbehaglich. Die Damen ziehen fröstelnd die Schultern hoch. Die Herren verkriechen sich in ihre Pullover.

»Nein danke, keinen Käse mehr! Bitte kein Dessert!«

»Komm mit! Komm, Hans! Wir trinken noch ein Gläschen in der Bar!«

»Was ist mit dir, Heidi, bist du müde?«

»Ganz schrecklich!«

»Herbert, ich friere! Laß uns gehen, ganz schnell!«

Noch bevor die Kellner das Dessert servieren können, verlassen die Gäste den Speisesaal. Dabei gibt es Schokoladenmousse, eine besonders beliebte Nachspeise. Na so was! Nur vier Tische sind noch besetzt. Da sitzt einsam und allein Georg Beißweng. Er hat die rassige Schöne keines Blickes gewürdigt. Was bedeuten ihm schwarze Locken und aufregende Kurven? Sein Herz ist belegt.

Julia und Felix sitzen und schweigen.

Papi und Mami dagegen haben einiges zu sagen! Unter ihrem Tisch liegt der Dackel der vornehmen Herrschaften und läßt sich von Friedel streicheln.

»Faß ihn nicht an, verflixt noch mal!« knurrt Papi. »Es ist absolut unmöglich, Hunde in den Speisesaal zu bringen. Es zeugt von mangelndem Feingefühl! Wenn man aber schon welche mitbringt, dann sollte man sie gefälligst bei sich behalten.«

Was fruchten Papis Reden? Nichts! Friedel hat sie gar nicht vernommen. Er ist ganz nach unten hin orientiert. Nun kommt auch Georg Beißweng daher, hockt sich auf den Boden und streichelt den kleinen Dackel.

»Herr Beißweng!« spricht Papi in strengem Ton. »Es ist nicht ratsam, während des Essens Hunde zu streicheln! Denken Sie an die Würmer!«

Georg aber läßt sich nicht belehren. Er streichelt weiter und ruft: »Des isch amol a lieb's Tierle! Isch des dei's, Bule?«

»Ja, meines!«

»Was?« schreien Papi und Mami in seltener Eintracht, und sie hätten noch viele Worte hinzugefügt, wenn nicht Georg Beißweng angefangen hätte, sie zu loben.

»So isch's recht! Do hen Se a gute Idee g'het, Herr Doktor! Des braucht Ihr Bule, des tut em gut, so a eiges Tierle!«

»Er hat uns!« erklärt Papi. »Das sollte ihm genügen!«

»Noi, do sen Se uf'm Holzweg, Herr Doktor. Des genügt em net! Oder hocket Sie daheim all naslang beinander?«

»Nein, natürlich nicht! Was denken Sie denn! Man muß schließlich etwas arbeiten! Ich habe eine große Praxis!«

»Ja!« bestätigt die Mami in altbekanntem Klageton. »Er ist völlig überarbeitet. Wir sehen ihn nur beim Essen!«

»Also, was schwätzet mer! Des Hundle sott bleibe, sonscht isch's g'fehlt. Wie heißt's denn, Bule?«

»Kiki!« antwortet Friedel.

Georg lächelt ihm zu und begibt sich weiter an Julias und Felix' Tisch. Dort herrscht noch immer Schweigen.

»No bin i halt so frei!« Georg nimmt Platz. »So, sen Se Schi g'laufe, Herr Bechschtoi?«

Felix antwortet nicht.

»Mir sen schpazieregange, d' Julia ond i. 's war arg schö!«

Es klingt wie eine Kriegserklärung, dieses »'s war arg schö!«, und es ist auch als solche gedacht. Aber da ist kein Gegner, der sich mutig zum Kampf stellt und den Georg aus dem Feld schlagen könnte. Felix schaut mäßig interessiert an dem Rivalen vorbei.

»Aha, Sie sind spazierengegangen«, murmelt er, »das kann man natürlich auch tun ...«

Mehr hat er nicht zu vermerken. Aber so schnell gibt Georg nicht auf.

»D' Julia ond i ...«, fängt er wieder an und verstummt. Felix hat sich umgedreht, sitzt und starrt zum Tisch der feinen Herrschaften hinüber. Daß er nicht aufsteht und bei ihnen Platz nimmt, ist ein Wunder. Doch, jetzt steht er auf.

»Ich bin müde!« sagt er. »Lassen Sie sich nicht stören! Gute Nacht!«

Kein Blick für Julia, kein Kuß! Er strafft die Schultern und marschiert zur Tür. Georg Beißweng schaut ihm nach.

»So isch's no au wieder!« preßt er heraus, und voller Ingrimm setzt er hinzu: »I hab' en no nie verbutze könne, aber jetzt möcht' i en grad ...« Sein Blick fällt auf Julia. »Aber Juliamädle, was hasch denn?«

Da sitzt sie, und zwei dicke Tränen kollern über ihre Wangen. Georg Beißwengs Herz zieht sich schmerzhaft zusammen. Er nimmt Julias Hand in seine Pranken, und wie schon am Morgen, so hält er jetzt wieder ein Plädoyer für den nichtsnutzigen Burschen, den Scheureburzler, den Tunichtgut. Wirklich, er versteht sich selber nicht mehr!

»Arm's Dauerle, musch net heule! Des isch koi Wunder, daß der ens Bett will, der kommt ja uff de Felge daher. Morge früh, wenn er ausg'schlafe hat, no isch älles anders! Deswege brauchsch net heule! Wie hemmer's, gehn mir no a bißle naus an d' frisch' Luft?«

Nein, Julia will nicht an die frische Luft. Sie will ins Zimmer. Felix wird warten ...

Felix denkt nicht daran zu warten. Er hat die Decke über den Kopf gezogen und schläft. Die Balkontür steht offen. Julia braucht nun doch frische Luft. Unten vor dem Hotel raucht Georg Beißweng eine einsame Zigarette.

Oben auf Julias Balkon an der Brüstung lehnt Tante Nessy und raucht ebenfalls. Sie tut dies aber nicht als abscheuliche Seeschlange, nein bewahre, sie spielt weiterhin die Rolle der schwarzen Schönen vom Speisesaal. Nur der Schlangenblick ist ihr geblieben.

»Wie gefällt Ihnen die Kette, meine Liebe?«

»Sie ist wunderschön. Vielen Dank!«

»Nicht der Rede wert. Sie können übrigens noch mehr bekommen. Perlen, Edelsteine, Gold und Silber, was Sie wollen. Ich habe genug.«

»Ich auch. Wirklich, ich brauche nichts!«

»Ich kann Sie reich und sportlich machen ... Ich lege Ihnen die Welt zu Füßen ... Ich erstatte Ihnen sogar den eigenen Mann zurück ... Wäre das nichts? Es kostet natürlich etwas, denn umsonst, meine Liebe, ist der Tod.«

»Was kostet es denn? Ich kann mir nicht vorstellen, was Sie meinen.«

»Nur eine winzige Kleinigkeit. Ein Firlefanz. Um deutlich zu werden, ich interessiere mich für Ihr Lachen. Es ist zwar nichts Besonderes, trotzdem will ich es haben!«

»Mein Lachen? Nein, das gibt's doch nicht! Das ist ja lächerlich!«

»Oh, meine Liebe, das ist absolut nicht lächerlich! Ich würde an Ihrer Stelle nicht lange überlegen. Es könnte Ihnen leid tun.«

Sie schnippt die Zigarette über die Brüstung und ist verschwunden. Die Zigarette aber fällt unten dem getreuen Georg auf den Rücken und brennt ein Loch in seinen Anorak. Was tut's? Der Georg steht sowieso in Flammen.

Die Drachentante will Julias Lachen kaufen ...

Warum denn nicht?

Herr Hoffmann verkaufte sein Spiegelbild.

Peter Schlemihl seinen Schatten.

Ein gewisser Peter Munk aus dem Schwarzwald vertauschte sein lebendes Herz gegen ein steinernes.

Andere verkauften Schlaf und Ehre, ja eine Braut sogar.

Warum sollte Julia also nicht ihr Lachen verkaufen?

Es ist vermutlich das Beste, was sie zu bieten hat ...

Friedel und sein Dackel zeigen die Zähne · Macht Liebe rot-grün-blind? · Vom Liftfahren und seinen Schrecknissen · Friedel gerät in ein arges Dilemma und Georg in die Damentoilette …

Julia hat einen schrecklichen Traum: Ein Felsblock ist ihr, plumps, auf die Brust gefallen, und da liegt er nun und drückt. Ja, wenn es nur beim Felsblock bliebe, an den könnte sie sich zur Not gewöhnen, aber, Hilfe, nun kommt auch noch eine Schlange zum Vorschein, eine widerliche, mit gelben Augen! Julia fährt hoch und wirft dabei den kleinen Dackel aus dem Bett, der in freundlicher Absicht auf ihrer Brust gelegen und ihr liebevoll den Hals geleckt hat. Jetzt freilich ist er tiefgekränkt, rollt sich auf dem Bettvorleger zusammen und will mit den Menschen nichts mehr zu tun haben.

Dafür klettert Friedel zu Julia ins Bett.

»Na endlich!« ruft er. »Endlich bist du aufgewacht! Papi und Mami sind schon lange weg. Mein Kiki und ich haben erst dem Sepp geholfen, Schnee schippen, und dann sind wir mit dem Herrn Beißweng ins Dorf gegangen und haben Blumen für dich gekauft, ganz teure! Eine richtige Verschwendung …«

Er muß Luft holen. Julia nutzt die Gelegenheit.

»Und Felix? Ist der auch weg?«

»Freilich ist der weg! Der war schon fertig mit frühstücken, als wir erst angefangen haben. Steh doch auf, Julia, los!«

Friedel greift nach der Decke. Auch der kleine Dackel vergißt seinen Ärger und schnappt sich einen Bettzipfel. Sie ziehen und zerren und verbreiten Ungemütlichkeit, bis Julia sich endlich bequemt und aus dem Bett kriecht.

»Geht schon mal runter, ich komm' gleich nach!«

Aber Friedel und sein Hund trauen ihr nicht. Der eine kennt die Erwachsenen und der andere die Menschen. »Schon-mal-runter-gehen« wäre ganz falsch! Da legt sie sich wieder ins Bett und schläft weiter! Also bleiben die beiden im Zimmer, kreischen und jaulen, toben auf den Betten herum und sorgen dafür, daß Julia in Windeseile ihre Toilette hinter sich bringt und dann mit ihnen hinuntergeht in den Speisesaal, wo schon der Schorsch vor einem Strauß Rosen sitzt und wartet.

Georg Beißweng hat in der Stille der Nacht beschlossen,

klare Verhältnisse zu schaffen, früh aufzustehen und mit Julias Mann zu sprechen.

»Herr Bechstein«, so wollte er sagen und hat es in der Nacht viele Male in sauberem Hochdeutsch getan. »Herr Bechstein, ich liebe Ihre Frau und bin fest entschlossen, sie für mich zu gewinnen! Ich tue das um so leichter, je mehr ich bemerke, wie schlecht sie es mit Ihnen getroffen hat. Sie wissen offenbar nicht, was für ein Juwel sie ist! Ich aber weiß es, und also werde ich um sie kämpfen. Nennen Sie Ihre Bedingungen!«

Dies und noch viel mehr hatte er nachts im Bett vor sich hingesprochen und dann von einem Duell geträumt mit Skistöcken und tödlichem Ausgang. Doch als er morgens in den Speisesaal kam, und das geschah, weiß Gott, früh genug, da war dieser Bursche schon über alle Berge.

Jetzt also sitzt Georg Beißweng unverrichteter Dinge am Tisch 114 hinter einem Strauß roter Rosen und wartet auf Julia.

Da kommt sie endlich nebst Friedel und Hund.

Der Schorsch springt auf, packt die Rosen . . . und stellt sie wieder zurück auf den Tisch. Mit Julia nämlich erscheint der piekfeine Herr von gestern abend.

»Los, Kiki, komm!« ruft er. »Wir brechen auf!«

Friedel und sein Dackel haben sich unter dem Tisch verkrochen. Sie knurren und zeigen die Zähne.

»Isch des Ihr Hundle?« fragt Georg Beißweng.

Der Herr würdigt ihn keiner Antwort. Er greift unter den Tisch und zieht die Hand mit einem Schmerzensschrei zurück. Sieh da, man hat ihn gebissen! Tropfen laufen über seine Finger, Blutstropfen, beklemmenderweise sind sie grün. Daß Liebe blind macht, weiß der Schorsch, aber daß Liebende sogar mit Rot-Grün-Blindheit geschlagen werden, also das ist ihm neu. Ha, so ebbes! denkt er. Der Herr betrachtet seine Hand, haucht darauf, und nichts mehr ist zu sehen, kein Blut, weder rotes noch grünes.

»Isch des Ihr Hundle?« fragt Georg Beißweng zum zweiten Mal.

»Ja, leider!« antwortet der Herr. »Komm heraus, Kiki, aber schnell!«

»I kauf's Ihne ab! Wieviel macht's?«

Georg zieht den Geldbeutel aus der Tasche, aber der Herr schüttelt den Kopf.

»Dieser Hund ist unverkäuflich. Schließlich ist er mein Neffe!«

Georg Beißweng war Zeit seines Lebens ein besonnener Mensch, aber jetzt gerade sieht er rot. Er senkt den Kopf wie ein Stier, der zum Angriff übergeht.

»Ja Sie, wie hemmer's denn?« Seine Stimme schwillt drohend an. »Mit mir solltet Se net Schendluder treibe! Sie kommet mir grad g'schliffa! I schlag' Se og'schpitzt in Bode nei! I...«

Er atmet tief ein, um genug Luft zu haben für all die Segenswünsche, die er von seinen schwäbischen Ahnen ererbt, da fällt ihm Julia in die Arme. Sie tut's zwar nicht richtig und so, wie er es gerne hätte, aber sie schmettert seinem Zornesausbruch ihr Lachen entgegen. Ein Lachen, so überwältigend und mitreißend, daß Georg Beißwengs Zorn dahinschmilzt wie Butter in der Sonne. Er stimmt ein, und mit ihm die anderen. Neben Julia taucht die schwarze Schöne auf. Ganz gierige Augen hat sie. Julia sieht's und verstummt. Sie schluckt und wendet sich dem Herrn zu.

»Warum lassen Sie den Hund nicht hier? Ihnen macht er Ärger und Friedel macht er glücklich. Da würde es sich doch eigentlich anbieten, da könnten Sie direkt froh sein...«

Georg bemerkt mit Unbehagen, wie freundlich der Blick des Herrn auf Julia ruht und wie vertrauensvoll sie zu ihm aufsieht, grad so, als hätten sie schon ganze Pferdeherden miteinander gestohlen.

»Eigentlich geht es nicht! Aber wie könnte ich Ihnen widerstehen?« Eine knappe Verbeugung, ein schwarzes Verschwörerlächeln, dann neigt sich der Herr hinunter, ruft: »Benimm dich, Kiki!« und ist verschwunden mitsamt der schwarzen Schönen.

Friedel und sein Dackel bleiben als Sieger zurück. Georg aber weiß nicht, was er von den Dingen halten soll.

»Was war jetzt des?« fragt er. »Isch der net recht bache, oder wie isch mer's? Juliamädle, kennsch den?«

»Freilich kenn' wir den!« ruft Friedel unter dem Tisch hervor. »Der ist doch unser Drache!«

In Georgs Herzen herrscht Verwirrung, in seinem Kopf nicht minder. Dabei haßt Georg dergleichen. Er liebt klare Verhältnisse und er wollte sie schaffen. Was ist daraus geworden? Nichts als weitere Vewirrung.

»Kommet, Leutle, esset mer!« sagt er.

Julia schnuppert an den Rosen, findet, daß sie einfach herrlich duften, und streichelt Georg Beißwengs Pranke.

»Du bist ein Lieber!« sagt sie.

Dem Georg fährt die Berührung wie ein elektrischer Schlag durch die Glieder, obgleich ihn die Bezeichnung »Lieber« nicht unbedingt befriedigt. Er wüßte schönere Kosenamen, der Tiefe seiner Gefühls besser angemessen. Aber »no net hudle«, so sagt er zu sich selbst, »'s wird scho no komme!«

Sie frühstücken ausgiebig und beschließen dann, mit dem Lift nach »Stoba Roba« hinaufzufahren, die Aussicht zu genießen und Germknödel zu essen.

Julia kennt Schöneres als Liftfahren. Um es klar auszudrücken, sie steigt nur in einen Lift, wenn es sich gar nicht vermeiden läßt. Im Sommer bei Bergwanderungen beispielsweise, wenn ihr als Alternativprogramm zwei Stunden mühevollen Aufstiegs winken, ja, dann greift sie schon mal zu diesem Beförderungsmittel, oder wenn beim Abstieg zu viele Kühe im Weg liegen. Sie wählt eben das kleinere Übel, aber ein Übel bleibt es trotz aller Vorteile.

Schon das Einsteigen ist, wie sie findet, mit erheblichem Streß und Schmerzen verbunden. Der urige Liftboy schlägt ihr den Sessel mit solcher Kraft in die Kniekehlen, daß sie schreien möchte. Sie kann es aber nicht, denn sie muß Sicherheitsvorkehrungen treffen, einen Hebel herumlegen, Fußbrett und Sperre in die richtige Lage bringen. Ist das alles gelungen und hebt sie den Blick, dann erheben sich mit ihm auch Fragen über Fragen. Warum denn, um alles in der Welt, der Sessel so schaukelt, wieso der Lift immer langsamer wird, weshalb er auf freier Strecke ausgerechnet über dem grausigsten Abgrund stehenbleibt und wie sie je wieder aus diesem schwankenden Verkehrsmittel herauskommen soll, lebendig, versteht sich, und mit heilen Gliedmaßen!

Ihre Begeisterung hält sich demzufolge in Grenzen, als sie nun mit Schorsch und Friedel und Kiki zum Lift hinüberwandert.

Aber an Georgs Seite gibt es keine Schwierigkeiten.

»Du nimmsch des Hundle ond i des Bule!« So bestimmt er, und ehe Julias Fragenprogramm anlaufen kann, sitzt sie bereits mitsamt dem Dackel auf der Zweierbank neben Georg. Der Sicherheitshebel ist heruntergezogen, eine Wolldecke über ihre Knie gebreitet, der Sessel denkt nicht daran zu schaukeln, wie sollte er das auch anstellen bei Georgs Pfunden, und so schweben sie denn aufwärts.

Am sanften Abhang übt eine Anfängerklasse. Der Skilehrer fährt voran und die Skischüler hinterher. Es ist eine wahre Pracht und ein großes Vergnügen, sie purzeln zu sehen. Julia lacht und freut sich des Lebens und hofft, daß sie oben Felix treffen wird und daß er so ist wie früher einmal, vielleicht sogar noch netter und ein bißchen eifersüchtig auf Georg...

Felix ist weit davon entfernt, eifersüchtig zu sein. Er hat vergessen, daß es eine Frau namens Julia gibt. Ihm gegenüber im Gastzimmer von »Stoba Roba« sitzt die schönste Frau der Welt.

Gestern nachmittag ist sie plötzlich aufgetaucht und vor Felix den Berg hinuntergewedelt im hautengen grünen Skianzug mit wehenden schwarzen Locken. Alle Männer haben die Hälse gereckt. Sogar Gustl, der Skilehrer, im allgemeinen immun gegen Skihaserlnreize, hat die Lippen gespitzt und anerkennend gepfiffen. Felix ist gefahren wie ein junger Gott, immer hinter ihr her, die Abfahrt durch den Wald hinunter. Plötzlich ist sie gefallen, lag hilflos im Schnee. Felix half ihr wieder hoch, schließlich ist er ein Kavalier. Er hielt sie in seinen Armen und schaute in ihre Augen... Was seit diesem Augenblick gestern noch geschehen ist, weiß Felix nicht mehr. Ja doch, er hat ein Fläschchen Parfum gekauft... Was sonst noch? Die Schöne erschien im Hotel, in Begleitung zwar, aber zu ihm, Felix, hat sie hinübergelächelt!

Vor einer Stunde ist sie hier im Restaurant aufgetaucht, und nun sitzt sie bereits an seinem Tisch. Felix brennt lichterloh. Sein Apfelstrudel steht unberührt. Er hat ihn vergessen, wie er alles vergessen hat, was ihm in einem früheren Leben lieb und wert gewesen ist.

So stehen die Dinge, als Julia mit ihren Freunden in »Stoba Roba« auftaucht. Schorsch hat gerade einen Schwank aus seinem Leben erzählt, und Julia lacht. Die Gäste im Restaurant spitzen die Ohren, schauen auf und lachen mit. Nur Felix bleibt unberührt. Er hat beide Arme um die schwarze Schönheit gelegt und ist anderweitig beschäftigt.

Man kann manches gegen Georg Beißweng sagen, daß er zum Beispiel zu viel und zu gerne ißt und daß ihm in letzter Zeit der rechte Durchblick fehlt, jetzt aber erkennt er blitzschnell, was da vor seinen Augen passiert. Er schiebt sich in ganzer Leibesfülle zwischen Julia und den Tisch der beiden Liebesleute.

»Komm, Tapferle, mir ganget! In dem Dampf do haut's ein ja um! Mir setzet ons auf die Terrass'!«

Er drängt Julia vor sich her der Tür zu. Aber sie hat Felix schon gesehen, weicht zur Seite aus, ist mit drei Schritten bei ihm und streicht leicht über seine Schulter.

»Hallo, Felix...« Er hebt nicht einmal den Kopf. »Ich bin's, Julia!« Er reagiert nicht. Nur die schwarze Schöne hebt den Kopf und lächelt zu Julia hinauf.

Wäre Georg Beißweng nicht gewesen und hätte er nicht direkt hinter Julia gestanden, wahrhaftig, sie wäre auf den schmutzigen Boden gefallen. So aber fängt er sie auf und trägt sie hinaus an die frische Luft. Friedel und sein Hund traben angstvoll hinterdrein. Draußen scheint die Sonne. Hungrige Skifahrer sitzen an langen Tischen und essen Knödel und Sauerkraut, Kaiserschmarrn und Preiselbeeren. Julia erholt sich schnell. Sie sitzt zwischen Friedel und Georg, starr und steif, als sei sie mittlerweile erfroren.

»Hasch ja ganz kalte Pfötle!« Georg Beißweng nimmt ihre Hände in seine warmen Pranken. »Wie wär's mit eme heiße Süpple? Moinsch net, des dät' deim Mägle gut?«

Doch ja, sie nickt, ein Süpple täte ihr sicher gut.

Auf der Terrasse wird nicht bedient. Georg muß das Süpple an der Theke holen.

»Bule«, sagt er zu Friedel, »Bule, jetzt musch aufpasse! Gell, du läsch se net aufschtehe! Woisch, se isch krank!«

Ja, Friedel hat es gesehen, wie sie die Augen zugeklappt hat und umgefallen ist.

»Freilich!« ruft er. »Freilich pass' ich auf und mein Kiki auch! Du kannst dich auf uns verlassen!«

»I komm' glei wieder.« Georg eilt davon.

Jetzt nimmt Friedel Julias Hand zwischen seine Pfötchen.

»Wo tut's denn weh?« fragt er, und als Julia nicht antwortet: »Mein Papi ist nämlich Doktor, der macht dich wieder gesund, ja, wirklich! Einmal ist Tante Gerda umgefallen, weil sie nämlich eine Maus gesehen hat, und da hat ihr der Papi...«

»Du, Friedel, ich muß mal verschwinden. Mir ist schlecht!«

»Mußt pinkeln?«

Ja, sie nickt.

»Kannst nicht mehr warten?«

Nein, sie schüttelt den Kopf.

Was soll Friedel jetzt machen? Es ist ein arges Dilemma. Wenn man pinkeln muß, dann muß man eben. Friedel weiß das aus eigener Erfahrung. Er seufzt. Dann rutscht er von der Bank und packt Julias Hand.

»Gut, aber wir gehn mit, mein Kiki und ich!«

Vor der Damentoilette müssen sie allerdings zurückbleiben. Männer und Hunde haben da nichts zu suchen. Sie werden vor der Tür warten und Wache halten. Julia soll ganz schnell machen. So geht sie denn hinein, wäscht sich die Hände und sieht im Spiegel hinter sich die schwarze Schönheit stehen.

»Nun, meine Liebe, wie wäre es mit einer kleinen Zahlung an Nessy? Ist er Ihnen ein Lachen wert?«

»Ich kann nicht auf Befehl lachen!«

»Machen Sie die Augen zu und denken Sie an etwas Schönes. Ihr Lachen, und Sie haben ihn wieder. Aber überlegen Sie nicht lange! Wissen Sie, ich hatte schon immer wenig Geduld. Ich kann einfach nicht warten...«

Da macht Julia die Augen zu und denkt an den Abend bei Justus und Grete zurück. Wie sie damals zu spät zur Party kam und lachen mußte über Gretes treuherzig frechen Dakkel... und wie da plötzlich ein fremder Mann in der Wohnzimmertür erschien... nähertrat und sie in die Arme nahm. Felix...

Sie lacht.

Friedel draußen horcht auf. Dann hängt er sich an die Türklinke, aber die läßt sich nicht herunterdrücken. Er hämmert mit beiden Fäusten an die Tür, schlägt mit den Füßen dagegen, weint und schreit, und der Dackel jault dazu. Drei Damen warten bereits vor der Tür. Sie schütteln den Kopf über den ungezogenen kleinen Burschen und sagen: »Ja, schämst du dich denn nicht?«

Ein dicker Herr saust die Treppe hinunter. Es ist schier nicht zu glauben, wie schnell er vorankommt, beleibt, wie er ist! Die Damen fliehen kreischend, denn dieser Herr ist offenbar verrückt. Er wirft sich mit aller Kraft gegen die Tür der Damentoilette. Es hätte der Anstrengung nicht bedurft. Die Tür öffnet sich von alleine. Nach innen tut sie das, und Georg Beißweng schießt in das stille Örtchen hinein, schlägt sich an der gegenüberliegenden Wand den Kopf an und sieht Julia vor dem Waschbecken stehen. Sie wischt sich die Lachtränen aus den Augen und geht an Georg vorbei zur Tür hinaus. Draußen legt Friedel die Arme um sie. Der Dackel springt an ihren Beinen hoch. Sie schiebt beide beiseite.

»Laßt mich in Ruhe!« sagt sie und steigt die Treppe hinauf.

Georg Beißweng folgt ihr mit Kind und Hund. Was die Weiber denken, ist ihm egal, und was sie tuscheln auch, aber daß Julia ihn hat stehenlassen wie den letzten Depp, das wurmt ihn doch sehr.

Oben an seinem Tisch sitzt Felix einsam und allein und ißt Apfelstrudel.

»Julchen!« Er springt auf und läuft ihr entgegen. »Na so was! Wo kommst du denn her?«

Er scheint sich tatsächlich zu freuen. Georg Beißweng traut seinen Augen nicht.

»Dent Se net so, Herr Bechschtoi!« ruft er zornig. »Wo hen Se denn des Mensch g'lasse, die Hex', die schwarz'?«

»Wie bitte?« fragt Felix. »Was hat er denn, Julchen?«

»Er hat Spaß gemacht. Ihr beide habt Spaß gemacht. Es war nur Theater, Georg!«

»Ist alles wieder gut?« Friedel drängt sich an sie. »Bist du wieder gesund?«

»Was sagt er da, Julchen? Bist du krank?«

»Mein Hals tut ein bißchen weh. Das ist alles.«

»Drauße schteht a Süpple für di! Jetzt isch's natürlich kalt.«

Georgs Stimme klingt verwirrt und traurig. Er versteht die Welt nicht mehr, und Julia ist für ihn die Welt. Sie setzt sich zu ihrem Mann, zu diesem falschen Fuffziger.

»Nehmen Sie doch auch Platz, Herr Beißweng! Und du, kleiner Daumenlutscher, seit wann hast du denn einen Dakkel?«

Felix verströmt Charme und Glückseligkeit. Georg wird es ganz schlecht. Da klopft ihm Kurt Vögele auf die Schulter. Braver Freund! Immer ist er da, wenn man ihn braucht!

»Na, Schorsch, wie isch's? Hasch koi Luscht zom Schifahre?«

»Sie können ruhig gehen, Herr Beißweng!« Felix lächelt aufmunternd. »Ich übernehme die Verantwortung für meine Frau und den Kleinen!«

Georg schaut Julia an. Jetzt müßte sie etwas sagen: »Bleib doch, Schorsch!« oder »Kommt nicht in Frage, daß er geht!« Aber sie sagt nichts. Sie sieht ihn nicht einmal an. Da beißt der Georg die Zähne zusammen, dreht sich um und stampft mit dem Kurtle davon.

Auch Friedel und sein Dackel bleiben nicht lange bei dem glücklich vereinten Paar. Papi und Mami kommen nämlich in die Gaststube, um Kaffee zu trinken. Wirklich, sie sind gerührt, wie das Kind sich freut, sie zu sehen. Und erst der Dackel! Der tut ja, als ob er schon seit Jahren zur Familie gehörte!

Ja, Friedel kehrt gerne zu Papi und Mami zurück. Er kann den Mann nicht leiden, der immer Daumenlutscher zu ihm sagt, obwohl er fast überhaupt nicht mehr lutscht. Der Schorsch ist einfach weggegangen, nicht mal »Adele« hat er gesagt, und Julia ist komisch. Sie sagt kein einziges Wörtchen und lachen tut sie auch nicht. Sie sitzt nur immer so da. Friedel beschließt, den Papi zu fragen, was das für eine Krankheit ist, wo man einfach umfällt und ganz kalte Hände kriegt und Halsweh.

»Adele, Julia!« sagt er. »Wir gehen zu Papi und Mami, mein Kiki und ich. Und heute abend macht dich der Papi gesund!«

Dann läuft er davon mit seinem Dackel.

»So hab' ich mir das vorgestellt«, sagt Felix später. Er liegt neben Julia auf der Terrasse. »So mit dir in der Sonne liegen. Das gefällt mir! Dir auch?«

Julia nickt. Aber im Grunde ist ihr alles egal.

Die abscheuliche Seeschlange befindet sich längst wieder im Loch Ness. Julias Lachen hängt in einer Felsengrotte. Sie läßt es einmal anklingen, um zu prüfen, ob es auch funktioniert. Ja, es klappt. Nessy kann zufrieden sein.

Skikurs nach Drachenart · Georg Beißweng hat eine Fata Morgana und gerät in eine Lawine · Die Hochzeitsglocken von Degerloch . . .

Felix kennt seine Julia nicht wieder. Wirklich, sie ist ein ganz anderer Mensch geworden! Erklärt sie nicht beim Abendessen, so zwischen Suppe und Salat, daß sie morgen Ski fahren will? Es ist nicht zu fassen!

»Ja wie? Ja was?« stammelt er. »Hast du denn keine Angst mehr?«

Sie zieht spöttisch die Mundwinkel hoch.

»Angst? Wovor?«

Felix braucht eine Weile, um das zu verdauen, dann strahlt er auf.

»Wunderbar, Julchen! Ich bring' dir's bei!«

Aber sie schüttelt den Kopf.

»Nicht nötig, Felix! Ich habe schon einen Skilehrer. Übrigens wäre ich dir dankbar, wenn du auf das Julchen verzichten könntest. Ich heiße Julia!«

Felix verschluckt sich und muß lange husten. Dann beißt er sich an dem Skilehrer fest.

»Was brauchst du einen Skilehrer? Mensch, Julchen, Privatstunden sind teuer. Ich kann es dir ebenso gut beibringen . . .«

»Nein, das kannst du nicht! Und was das Geld anlangt, da brauchst du keinen Pfennig zu bezahlen.«

»Ist es etwa dieser Schwabe?«

»Welcher Schwabe? Ach der!« Julia schaut zu Georg Beißweng hinüber. »Nein, natürlich nicht!«

Ja, Julia hat sich verändert. Jeder, der sie kennt, bemerkt es und reagiert auf seine Weise.

Friedel hat sich zu Papi und Mami und seinem Dackel zurückgezogen. Georg Beißweng, nachdem sie ihn mit einem kühlen Blick gestreift hat, so als kenne sie ihn nicht mehr, als hätte sie alles vergessen, was zwischen ihnen beiden gewesen ist, Georg Beißweng schiebt den Teller von sich und legt die Serviette beiseite. Kurt Vögele sieht es mit Verwunderung.

»Ja, wie isch mer's denn! Du wirsch doch des Schnitzel net schtehelasse, Schorsch! Des hasch doch immer möge . . .«

»I woiß au net«, sagt der Schorsch. »I hab' oifach koin Appetit meh. Kurtle, i gang' a bißle naus an d' frisch' Luft.«

Da schiebt sich Kurt Vögele noch einen großen Bissen Fleisch in den Mund, legt Messer und Gabel nieder und erhebt sich.

»Ganget mer!«

Felix, ja, was ist mit ihm? Felix ist glücklich. Er findet Julia wunderbar. Sie ist so schön und kühl, macht keine Schwierigkeiten, lockt keine ungebetenen Gäste an seinen Tisch, und morgen will sie Ski fahren! Wirklich, das hätte Felix nie zu hoffen gewagt! Nun kommt der kleine Junge vom Nebentisch doch herbei. Er bleibt allerdings in drei Schritt Entfernung stehen.

»Du, Julia«, sagt er, »ich geh' morgen mit Papi und Mami. Der Papi hat gesagt, bei ihm kann ich ganz schnell Ski laufen lernen ...« Er schluckt, dann macht er einen Schritt auf Julia zu. »Oder woll'n wir beide und mein Kiki vielleicht in den Wald gehen, spazieren ...«

»Nein, nein, ich will morgen auch Ski fahren.« Julia steht auf. »Gute Nacht, Siegfried! Kommst du, Felix?«

Friedel schaut hinter den beiden her. »Siegfried« hat sie zu ihm gesagt! Wie Tante Gerda, wenn sie böse mit ihm ist. Er kehrt zurück zu Papi und Mami, schiebt den Daumen in den Mund, legt den Kopf in Mamis Schoß und flüstert: »Friedel will ins Bett. Friedel ist müde.«

Ach ja, er hat die lange Nachtruhe wirklich nötig, denn am nächsten Morgen muß er die Skistiefel anziehen und die Ski über die Schulter nehmen und die Stöcke und mit Papi und Mami zum Idiotenhügel gehen. Der kleine Dackel trottet hinterher und läßt den Schwanz im Schnee schleifen, auch er scheint nicht viel von diesem Unternehmen zu halten. Gleich wird Papi wieder sauer sein und sagen, du bist ein selten blödes Kind, und die Mami wird betrübt sein, und er, Friedel, wird immerzu hinfallen und sich weh tun.

So kommt es denn auch und ist wirklich zum Weinen und Weglaufen. Bis Julia den Weg heraufkommt, die Ski geschultert, Felix zur Rechten und einen fremden Mann zur Linken. Der Dackel Kiki empfängt sie mit freudigem Bellen. Er springt an dem Fremden hoch. Er kann sich gar nicht fassen vor Glück, zerrt an seinen Hosen und beißt sich an seinem Handschuh fest.

»Benimm dich, Kiki!« faucht der also Begrüßte und richtet

sein Augenmerk auf das Drama im Schnee. Papis Zorn hat gerade den Siedepunkt erreicht. Er muß Dampf ablassen, um nicht zu platzen. Also packt er seinen Sohn am Kragen, schüttelt ihn und bellt heraus, was Friedel schon lange weiß, daß er nämlich ein elender Waschlappen ist, eine Enttäuschung für jedermann, insbesondere aber für seinen Vater. Die Mami steht dabei, zittert vor Kälte und ringt die Hände. Zu ihr begibt sich der Fremde und spricht mit leiser Stimme auf sie ein.

»Väter sind nicht geeignet, ihren Söhnen das Skifahren beizubringen«, sagt er, und Mami nickt dazu, »genausowenig wie Ehegatten! Sie stehen dem Geschehen nicht objektiv gegenüber. Als Pädagoge bin ich entsetzt über das, was sich hier vor meinen Augen abspielt!«

»Ich auch!« klagt Mami. »Ich bin auch entsetzt, aber ich kann mir ja den Mund fusslig reden, keiner hört auf mich. Sprechen Sie mit meinem Mann, bitte! Vielleicht läßt er sich überzeugen ...«

O ja, er läßt sich überzeugen, es bedarf keiner großen Redekunst, denn das alles ist ihm mittlerweile von Herzen zuwider. Dieser idiotische Idiotenhügel samt seinem ängstlichen, ungeschickten und störrischen Sohn! Aus, Schluß, fertig! Er ist bedient! Wenn der Skilehrer die Last dieses unbelehrbaren Schülers auf sich nehmen will, gut, ihm soll es recht sein. Was, Frau Bechstein ist auch mit von der Partie? Noch besser! Friedel ist an sie gewöhnt. Teuer wird es schon werden, auch wenn natürlich nichts dabei herauskommt. Einen Tod muß man sterben. Papi ist gewillt, etwas für seine Freiheit zu investieren. Nur weg von hier!

Felix dagegen möchte lieber bleiben und zusehen. Der Skilehrer macht einen guten Eindruck auf ihn. Eisgrau ist er und offenbar uralt, mit brauner Lederhaut und einer schwarzen Warze unterhalb des linken Auges. Ja, ihm vertraut Felix seine Julia gerne an, der Mann wirkt solide. Also läßt er sich schnell überreden, daß es auf der Piste viel interessanter für ihn sein wird und daß er sich hier, wenn er so steht und guckt, nichts als eine Erkältung einhandelt.

So fährt er mit Erleichterung und Papi und Mami hinüber zum Lift. Mittags wollen sie sich treffen, oben auf »Stoba Roba«. Der Skilehrer glaubt, bis dahin einiges erreicht zu haben. Papi, Mami und Felix teilen seinen Glauben nicht, aber bitte, soll er es doch probieren.

Wenn die drei allerdings ahnten, daß sie ihre Lieben bei einem Drachen zurückgelassen haben, dann würden sie vermutlich nicht ganz so beruhigt und beglückt von dannen fahren.

Wir aber ahnen nicht nur, nein, wir wissen sogar, wer der Skilehrer in Wirklichkeit ist und was jetzt geschehen wird.

Wir freuen uns darüber und wünschen von Herzen, wir hätten auch einen solchen Drachen auf unserem Idiotenhügel.

Im Eilzugtempo sozusagen erlernen Julia und Friedel das Skilaufen. Beim ersten Niesen ihres Lehrers wedeln sie furchtlos den Hügel hinunter. Beim zweiten tun sie es bereits mit Eleganz. Beim dritten sausen sie im Schuß zu Tal. Bald bietet der Idiotenhügel keine geeigneten Lernmöglichkeiten mehr, denn nur die Technik des Tiefschneefahrens fehlt ihnen noch. Also begeben sie sich hinauf in höhere, noch unberührte Schneeregionen.

Hatschi! Schon sind sie oben, und der Idiotenhügel liegt einsam und verlassen.

Den blauen Skianzug kennt Georg Beißweng und die hellblaue Mütze auch. Aber er will nicht glauben, daß die Person drinsteckt, die früher dazugehörte. Julia kann es nicht sein, da drüben im Tiefschnee, und das Zwerglein im roten Anorak mit der weißen Mickymaus auf dem Rücken, das kann nicht Friedel sein, und der kleine Hund, der da hinterherkläfft, nein, das ist nicht Kiki, sein Dackel! Georg Beißweng hat scharfe Augen, aber heute traut er ihnen nicht. Er glaubt eher an eine Fata Morgana.

»Mann, des hältsch im Kopf net aus!« sagt der Kurtle neben ihm.

»Da dent die zwei, als ob se net bis drei zähle könntet, ond machet ons weis, se dätet net Schi laufe, sondern lieber schpazieregehe, ond jetzt . . .« Er verstummt und starrt hinüber auf den nächsten Berg, den Berg ohne Lift und ohne Piste, wo ein kleiner Hund herumtollt, indes drei Skifahrer, ein großer Silbergrauer, ein mittlerer Blauer und ein winziger Roter, saubere Spuren und Wolken von Schnee hinter sich herziehen.

»Do könnet mir zwei grad eipacke, Schorsch! Hättsch des denkt?«

»Noi!« Der Schorsch schüttelt den Kopf. So heftig tut er das, als wollte er sämtliche dumme Gedanken mit herausschütteln. »Noi, Kurtle, des ka net wahr sei! Do schtimmt ebbes net! Auf, los, mir fahret nüber!«

»Nüber? Wie denn? Willsch fliege? Auf den Flügeln der Liebe? Mensch, Schorsch, des geht doch net! I möcht' bloß wisse, wie die da naufkomme sen, ohne Lift...«

Zwischen den beiden Schwaben und den drei Tiefschneefahrern liegt eine tiefe Schlucht. Runterkommen würde der Georg, das traut er sich zu, er steht fest auf den Brettern. Aber wie kommt er den Berg drüben hoch? Da braucht er Stunden, wenn es überhaupt gelingt.

Was soll's? Was verliert er wertvolle Zeit durch unnütze Gedanken! Mit Julia stimmt etwas nicht, also muß er zu ihr und nach dem Rechten sehen.

»I fahr'!« ruft er Kurt Vögele zu. »Wenn die nuffkomme sen, no schaff' i's au!« Er stößt sich ab.

Die Fahrt kommt ihm gerade recht. Sein Herz ist erfüllt mit Zorn, aber auch mit Liebe und Sorge. Es droht zu zerspringen, und also muß er etwas unternehmen. Er braust den Steilhang hinunter und hofft, daß er heil unten anlangt, um dann den steilen Berg drüben wieder hinaufzuklimmen. Liebe, Zorn und Sorge sind starke Triebmittel, es sollte mich nicht wundern, wenn sich der Georg erhebt und auf Flügeln der Liebe, wie Kurt Vögele so treffend formulierte, hinüberfliegt zu der Frau seines Herzens. Doch nein! Zwar gelangt er zu seinem Ziel, aber nicht per Flügel, sondern per Lawine. Oben ist sie abgegangen mitsamt dem schreienden Kurtle und braust nun hinter Georg her mit lautem Pfeifen und hohlem Sirren.

Die drei Skifahrer auf dem Tiefschneeberg stoppen ihren Lauf.

Der Dackel stellt als erster die Ohren, dann schaut Friedel auf und dann Julia.

»Eine Lawine! Eine Lawine!«

Sie erkennen in den Schneemassen Skisalat und bunte Kleidungsstücke.

»Da geht Ihr Schwabe zu Tal, verehrte Julia!« bemerkt der Skilehrer. »Er hat offenbar völlig den Kopf verloren. Wirklich, ein treuer, aber selten dummer Mensch!«

Nun hat Julia ihr Lachen verkauft und ist seitdem kalt bis ans Herz hinan. Friedel aber zittert vor Angst um Georg Beißweng, der sein Freund ist.

»Hilf ihm!« schreit er. »Hol ihn her zu uns!«

»Und der andere, was ist mit dem?« fragt der Drache.

»Mir ist es egal«, sagt Julia, und das ist der Zustand, in dem sie sich seit gestern befindet.

Aber Friedel und sein Dackel, die schreien und bellen und geben keine Ruhe. Was bleibt dem silbergrauen Skilehrer übrig? Er niest, und alsbald krabbelt der treue Schorsch vor ihnen aus dem Schnee. Sieh da, jetzt taucht auch eine orangene Mütze auf und Kurt Vögeles schneeverklebtes Gesicht. Sein Mund japst nach Luft, seine Arme rudern, als müßten sie noch immer gegen Schneemassen kämpfen. Georg Beißweng richtet sich auf und befühlt seine Glieder. Wahrhaftig, sie sind noch heil, obwohl Georg vorher den Eindruck hatte, daß da einiges zu Bruch gegangen war. Er klopft sich den Schnee vom Skianzug und stampft auf Julia zu.

»Seit wann kasch du Schi laufe, Juliamädle?«

»Seit heute! Vor zwei Stunden etwa habe ich angefangen.«

»Noi, des gibt's doch net! Des ka net wahr sei!« läßt sich der Kurtle aus dem Schnee vernehmen. »Dozu braucht a normaler Mensch mindeschtens zeh Johr'!«

»Ond du, Bule?« Der Schorsch beugt sich zu Friedels knallrotem Anorak hinunter. »Kasch du des au erscht seit zwei Schtunde?«

Friedel nickt.

»Ja, seit heute früh. Erst hat der Papi mit mir geübt auf dem Idiotenhügel, das war furchtbar! Und dann kam unser Drache, Gott sei Dank, dann ging es ganz schnell!«

Georg dreht sich um und faßt den Skilehrer ins Auge. Das heißt, ins Auge kann er ihn nicht fassen, denn der Skilehrer trägt eine Skibrille, dann neigt er kurz den Kopf und stellt sich vor.

»Beißweng!«

»Drache!« antwortet der andere, und »Vögele!« meldet sich der Kurtle aus dem Schnee, denn er sitzt noch immer, er kann die Dinge nicht so schnell verkraften wie gewisse andere Leute. Nun weiß man also rundherum, mit wem man es zu tun hat, und kann darangehen, die anderen noch unbekannten Ereignisse zu klären.

»Ons hat a Lawine erwischt!« erklärt Georg Beißweng, und Kurt Vögele fügt hinzu: »Mir isch schleierhaft, wie mir aus dem Schlamassel nauskomme sen.«

»Es liegt am Luftzug!« erklärt der alte, erfahrene Skilehrer. »Eine Lawine bringt verständlicherweise die Luft in Bewegung. Sie hatten das Glück, in einen Luftwirbel geraten zu sein, der sie über die Schlucht hierher getragen hat. Können Sie mir folgen?«

»Noi!« sagt der Kurtle mit Bestimmtheit. »So ebbes isch mir fei no nie passiert!«

Der Skilehrer nickt. »Sie haben völlig recht! Es kommt relativ selten vor, verehrter Herr Vögele.«

Georg Beißweng hat an der Unterhaltung nicht teilgenommen. Er weiß, daß um Julia herum Wunder geschehen, und er nimmt sie dankbar hin und fragt ihnen nicht nach. Aber was ist mit Julia? Er zieht ihr vorsichtig die Skibrille von den Augen und betrachtet ihr Gesicht, dann kleidet er das Ergebnis seiner Betrachtung in die Worte: »Von auße bisch no die gleich ...«

»Wenn die verehrten Herrschaften gestatten, würde ich vorschlagen, daß wir zu Tale fahren!« So sagt Herr Drache und drückt sich dabei bemerkenswert gewählt aus, das finden jedenfalls die beiden Schwaben. »Ich erlaube mir, voranzufahren!«

Er schwingt durch den Schnee talwärts. Julia, Georg und Friedel folgen. Dem Kurtle aber zittern die Knie. Im Tiefschneefahren ist er nicht bewandert. Es wird mit einem fürchterlichen Sturz enden, das ist mal klar. Nur Kiki, der kleine Dackel, bleibt stehen und hat ein Auge und ein Herz für Kurtles Schwierigkeiten. Er bellt. Der Skilehrer wirft einen Blick zurück. Hatschi! Schon ist Kurt Vögele Herr der Lage. Er schwingt davon, hinein in den Tiefschnee, läßt exzellente Schwunggirlanden hinter sich und wagt sogar den »Andreas-Hofer-Schwung«, den er vorher nicht einmal dem Namen nach kannte. (Dem interessierten Leser sei erklärt, daß es sich bei diesem Schwung um eine »Schrägfahrt mit Spitzkehre« handelt, was immer das auch sein mag, und daß der »Andreas-Hofer-Schwung« in mancher aussichtslosen Tiefschneesituation die einzige Rettung ist. Wäre er das auch in anderen verfahrenen Situationen, wahrhaftig, man sollte sich die Mühe machen, ihn zu erlernen!)

Vergnügt und wohlbehalten kommen unsere Freunde unten an und befinden sich in unbekannter Gegend.

»Hab' i mir's doch denkt!« hadert der Kurtle. »Jetzt könnet mer gucke, wie mer heimkommet!«

Dann reißt er die Augen auf, denn die unbekannte Gegend ist auf einmal nicht mehr unbekannt. Im Gegenteil, er kennt sie wie seine Hosentasche. Sie stehen direkt vor dem Gaschurner Lift. Ehe sich Kurt Vögele an die neue Situation gewöhnen kann, sitzt er bereits auf der Liftbank, hat den kleinen Dackel auf dem Schoß und den kleinen Friedel neben sich und schwebt aufwärts.

Mann, hat der ein Tempo am Leib! denkt er und schaut sich nach dem Skilehrer um. Der aber ist nirgends zu sehen. Dafür erblickt Kurt Vögele vor ihnen im Doppelsessel Freund Schorsch und dessen Herzdame Julia Bechstein. Sie wippt kokett mit den Skispitzen.

»Wieso sen mir im Lift?« fragt Kurt Vögele den kleinen Jungen neben sich.

Friedel schaut ihn erstaunt an.

»Weil ihr dabei seid«, antwortet er dann, »sonst wären wir schon lange oben. Da hätte er uns raufgeniest!«

Kurt Vögele zieht seufzend frische Winterluft in die Lungen. 's isch scho arg! So a nett's Kerlesle ond schwätzt so en Bapp raus!

»Wo isch denn euer Schilehrer? Fährt der net mit nauf?«

»Der ist schon oben. Der wartet da auf uns!«

Kurt Vögele klappt den Mund zu, öffnet ihn aber wieder, um festzustellen: »Euer Schilehrer, des isch a komischer Mensch!«

»Aber, Herr Vögele, der ist doch gar kein Mensch!«

»Koi Mensch? Was isch er no?«

»Ein Drache! Und mein Dackel auch! Stimmt's, Kiki?«

Der Dackel spitzt die Ohren, springt hinüber zu Friedel und drückt sich liebevoll an ihn.

»Mein Kiki war auch mal ein Drache, aber nur ein kleiner. Hättest du das gedacht, Herr Vögele?«

»Noi!« Kurt Vögele schüttelt benommen das Haupt. »Noi, wer denkt au so ebbes!«

»Und unser Skilehrer ist sein Onkel.«

»Was sagsch do, Bule? Der Schilehrer isch dem Hundle sei Onkel? Schwätz kein Scheiß!«

»Scheiß nimmt man nicht in den Mund, sagt die Mami, und das mit dem Onkel stimmt! Wirklich, Herr Vögele! Soll ich es dir erklären?«

»Noi, bloß des net! 's isch scho recht, Bule! Jetzt gucket mer dene Schifahrer do unte zu ond freuet ons an dem schöne Schnee ond so ... Mer muß net ällweil schwätze!«

»Ja, wenn du meinst, Herr Vögele ...« Friedel verstummt und streichelt seinen Dackel.

Kurt Vögele aber denkt: Wenn i des Bürschle länger om mi rom hätt', no däd i au afange schpinne!

Georg Beißweng, im Sessel vor ihnen, braucht eine Zeitlang, bis er sich zum Sprechen durchringt. Aber er muß den Augenblick nutzen, jetzt hat er Julia für sich allein.

»Warum hasch denn g'sagt, du kasch net Schi laufe, Juliamädle? Warum hasch mi ag'schwindelt?«

»Ich habe dich nicht angeschwindelt, Georg. Ich kann es wirklich erst seit zwei Stunden.«

Sie macht sich am Sicherheitshebel zu schaffen und versucht, ihn zurückzuschieben.

»Bisch lebensmüd? Finger weg davo!« schreit der Schorsch, denn sie schweben gerade über einem schwindelerregenden Abgrund.

Julia hört nicht. Sie beugt sich weit vor und schaut hinunter.

»Laß mich doch, Georg! Ich muß das ausprobieren! Tatsächlich, wirklich und wahrhaftig, ich habe keine Angst mehr! Na so was!«

Da packt sie der Schorsch am Arm, ziemlich unsanft tut er das, und hält sie fest wie ein Schraubstock.

»Schluß jetzt! 's isch Heu g'nug hunte! Was isch los mit dir?«

»Laß mich doch! Du tust mir ja weh! Was soll schon sein? Ich hab' mich ... Ja, was hab' ich denn? Richtig, jetzt fällt mir's wieder ein. Ich hab' mich verliebt.«

Dem Schorsch fährt ein Stich durchs Herz.

»Verliebt? In wen?«

»Na, in wen schon? Denk mal ein bißchen nach! Muß ich dir's auch noch in die Ohren schreien?«

Georg Beißweng denkt nach, gehorsam und sorgfältig. Dann kommt er zu dem Schluß, daß für ihn alles verloren ist, daß sie sich offenbar wieder in ihren Mann, diesen falschen Fuffziger, verliebt hat, so etwas soll vorkommen ...

Er schließt die Augen und beißt die Zähne zusammen. Nach einer Weile stößt er hervor: »'s isch scho recht, Julia! I mach' dir koi Schwierigkeite! Musch mi halt ertrage, bis mer hobe sen. 's verlohnt sich net, wege so ebbes nauszuhopfe ...« Die Stimme versagt ihm. Er fühlt sich so hundeelend, daß »Naushopfe« die Erlösung wäre.

»Ach Schorsch, du bist wirklich der dümmste Mensch von Degerloch und Württemberg und überhaupt von der ganzen Welt. In wen werd' ich wohl verliebt sein?«

Sie rückt näher und drückt sich an ihn.

Georg Beißweng hebt den Kopf.

»Noi, des ka net wahr sei!« stammelt er. Dann läßt er die Skistöcke fallen und wirft beide Arme um die Frau seines Herzens.

»He, Schorsch!« schreit der Kurtle von hinten. »Dei Schischtöck sen nunterg'floge! Schlafsch du, oder wie?«

»Hab keine Sorge, Herr Vögele!« tröstet Friedel. »Wenn wir nach oben kommen, dann sind die Skistöcke bestimmt schon da!«

»Ja freilich, Bule! Des isch amol sicher, daß di scho hobe sen! Die flieget ons voraus, gell?«

Friedel lacht vergnügt.

»Ja, Herr Vögele, da hast du recht!«

In Georg Beißwengs Schädel läuten die Hochzeitsglocken der Versöhnungskirche in Degerloch. Alarmglocken wären besser gewesen. Aber der Schorsch will ja nicht hören! Der will partout glücklich sein!

Kurt Vögele verliert das Gleichgewicht, und Georg erzählt einen Witz · Wie man ein Wunder in erträgliche Form bringt · Kurtle liegt bei sieben Gipsfiguren und Georg mutterseelenallein ...

Oben empfängt sie der Skilehrer. Er hält Georgs Skistöcke in der Hand. Georg Beißweng nimmt sie entgegen, ohne mit der Wimper zu zucken. Er hat gerade ein größeres Wunder erlebt. Kurt Vögele aber läuft eine Gänsehaut über den Rükken. Das furchtbare Erlebnis mit dem silbernen Drachen fällt ihm ein. Wie der sie beide hoch und über den Abgrund gezogen hat, ihn und den Schorsch mit seinen zwei Zentnern, als wäre es nichts. Hier auf »Stoba Roba« ist es passiert, vor höchstens vier Tagen ...

Sein Blick fällt auf Georg. Was ist denn in den gefahren? Nun hatte der Kurtle sich in der Hoffnung gewiegt, Freund Schorsch wäre auf ewig kuriert von der Liebe und den Frauen, und was macht er? Er hat den Arm um die Person gelegt, und jetzt setzt er gar dazu an, ihr einen Kuß auf die Lippen zu drücken. Sie bückt sich, und also trifft der Kuß nur die Stirn, aber, egal wohin, es geht zu weit, hier am Lift vor all den Leuten! Der Kurtle stößt sich ab und rutscht neben den Freund.

»Mensch, Schorsch, verheb's«, flüstert er ihm ins Ohr. »Bisch denn vollends überg'schnappt? Die Frau isch verheiratet!«

»Wem sagsch des?« flüstert der Schorsch zurück. »Reg di net uff! Des bring' i scho in Ordnung!«

Der Skilehrer gleitet zwischen sie.

»Wenn die Herrschaften gestatten, würde ich vorschlagen, daß wir uns ins Restaurant begeben. Wir hatten ausgemacht, daß wir uns dort um die Mittagszeit einfinden.«

Kurt Vögele schwillt der Kamm. Mit diesem Skilehrer stimmt's hinten und vorne nicht, und seine Redeweise reizt den Kurtle unbeschreiblich.

»Sie, Herr Drache!« So fährt er auf ihn los. »Könnet Se net schwätze wie andre Leut au? Müsset Sie immer so g'schwolle daherrede?«

Der Skilehrer lächelt.

»Nicht jedermann befindet sich in der glücklichen Lage,

ein so vollendetes Schwäbisch zu sprechen wie Sie, verehrter Herr Vögele!«

Er nimmt die Skibrille ab. Kurt Vögele trifft ein Blick, der ihn sozusagen aus den Skiern kippt. Er verliert das Gleichgewicht, fällt nach hinten in einen aufnahmebereiten Liftsessel hinein und schwebt abwärts.

Niemand beklagt seinen Dahingang, nicht einmal Freund Georg. Der ist allein mit sich und seinem Glück beschäftigt.

Der Skilehrer zieht die Brille wieder über die Augen. »Ein lästiger Mensch!« So bemerkt er. »Aber nun sind wir ihn für ein Weilchen los. Meine Herrschaften, darf ich bitten?«

Er fährt voran, das Bückelchen zum Restaurant hinunter. Dort schnallen sie die Ski ab und treten ein.

Papi und Mami sitzen mit Felix an einem Tisch, trinken Skiwasser und warten auf ihre Lieben.

»Ich bin auf das Schlimmste gefaßt!« knurrt Papi.

Felix nickt. Ja, er ist auch auf das Schlimmste gefaßt. Wie will dieser alte Wurzelsepp Julia das Skifahren beibringen, wenn es ihm, Felix, in seiner unendlichen Liebe und Geduld schon nicht gelungen ist?

Mami spricht aus, was sie alle drei empfinden. »Ich habe ein ganz schlechtes Gefühl!« klagt sie. »Hoffentlich sind sie nicht schon im Krankenhaus zum Eingipsen und so...«

Ihre Stimme erstirbt, denn es öffnet sich die Tür. Julia und Friedel erscheinen, ohne Gips, aber mit verstrubbeltem Haar, grad so, wie Skifahrer aussehen, wenn sie nach genußreicher Fahrt zum Essen kommen. Nun klopft sich auch der Skilehrer den Schnee von den Stiefeln. An ihm vorbei stampft Georg Beißweng in die Gaststube. Mami springt auf und schließt ihren Friedel in die Arme, und auch Felix eilt herbei, seine Julia zu begrüßen.

»Julchen, Gott sei Dank! Ich habe mir schon solche Sorgen gemacht!«

»Um d' Julia brauchet Sie sich koine Sorge mache, Herr Bechschtoi!« Georg Beißweng schiebt sich zwischen die Ehegatten. »Die läuft besser Schi als mir älle mitnander!«

»Hab' ich einen Hunger!« ruft Friedel.

So beschließen sie, erst einmal zu essen und dann wohlgestärkt an Leib und Seele auf die Piste zu gehen. Der Skilehrer darf natürlich auch mitessen, das gehört sich so.

Julia sitzt zwischen Felix und Georg, Friedel zwischen Papi und Mami. Der kleine Dackel liegt unter dem Tisch.

Sie essen, und als das geschehen ist, da verlangt es den Georg mächtig nach einem Dessert. Nein, nicht nach Eis und nicht nach Germknödeln! Georg ist satt. Er möchte Julias Lachen hören. Zu lange ist es her, seit er sich daran erfreuen konnte! Aber, wie soll er es anstellen? Ganz einfach! Er greift zu einem schwäbischen Witz, einem absolut lachsicheren.

»Wenn er wollet, no verzähl' i euch ebbes«, so beginnt er, wartet eine Zustimmung gar nicht erst ab und fährt fort: »Also, da isch amol a Bauer auf d'r Alb mit seim Weib beim Pflüge g'wese. Er hat de Gaul g'führt ond sie de Pflug. Auf einmal hat er ebbes Glänzig's in der Furch' g'sehe. 's isch a Spiegelscherbe g'wese. So ebbes hat der Bauer no nie g'sehe. Er hebt's auf, guckt nei ond sagt: ›Wie mei Bruder! Genau wie mei Bruder! Aber der isch doch scho vor zwei Jahr g'schtorbe...‹ Do schreit sei Weib hinte vor: ›Was hasch denn do?‹ – ›Nix, nix!‹ sagt er ond schiebt des Ding en sei Tasch'. Obeds, wie der Ma ins Bett gange isch, nimmt sei Weib die Hos', langt in die Tasch', findet de Spiegelscherbe, guckt nei ond keift: ›Hab' i mir's doch denkt! Natürlich a Weibsbild und was für a wüscht's!‹«

Man lacht, wiehert, johlt, denn Georg versteht es, Witze zu erzählen. Auch Julia, nach alter Gewohnheit, legt den Kopf in den Nacken und will ihr Lachen steigen lassen. Aber es ist nichts mit Glöckchen und Fanfaren, mit Tonleitern hinauf und hinunter! Was da kommt, ist ein Krächzen, ein heiseres Bellen und dann nichts mehr.

Felix lacht, und Papi und Mami lachen, und der Skilehrer brüllt so laut, daß man sich wundern muß. Friedel lacht nicht. Er rutscht vom Stuhl, kommt um den Tisch herum und legt seine Arme um Julias Hals.

»Ach, du Arme!« flüstert er.

Georg sitzt erstarrt. Nach der Pointe, als die anderen losprusteten, hat er ganz still dagesessen, die Ohren gespitzt und gewartet. Und dann kam nichts als dieses grauenhafte Krächzen.

»Wir sind scharf gefahren«, sagt der Skilehrer. »Da hat sie sich vielleicht den Kehlkopf verkühlt...«

Georg atmet auf, nimmt seinen roten Wollschal und schlingt ihn um Julias Hals.

»Musch besser aufpasse, Schätzle!«

Das Krächzen aus Julias Kehle ist Felix entgangen, aber

das Wort »Schätzle« aus dem Mund des Schwaben hat er deutlich vernommen. Er wickelt Georgs Schal wieder von Julias Hals und reicht ihn mit spitzen Fingern zurück.

»Besten Dank für die Aufmerksamkeit, Herr Beißweng! Aber wenn meine Frau einen Schal braucht, dann kann sie meinen haben!«

Seine Stimme klingt scharf und gereizt.

So, endlich tritt er in den Ring! Georg Beißweng registriert es mit Befriedigung. Die erste Runde kann beginnen. Er holt tief Luft, um dem Nebenbuhler einen ersten Schlag auf die Nase zu versetzen, doch er kommt nicht dazu, denn der eisgraue Skilehrer hat sich erhoben und mahnt zum Aufbruch.

»Meine Schüler wollen endlich ihre Künste zeigen. Darf ich die Herrschaften bitten, sich zu erheben!«

So bricht man auf, trottet hinter dem Skilehrer her und tritt hinaus in den gleißenden Sonnenschein.

Wer mit Hilfe eines Drachens und seiner Wunderkraft das Skilaufen erlernt hat, der wird verständlicherweise nach einer Denkpause der Sache nicht mehr recht trauen und an Sicherheit verlieren. Grad so ergeht es Friedel und Julia, als sie nun oben auf der Piste stehen und zeigen sollen, was sie können. Hinter ihnen haben ihre Lieben Aufstellung genommen und strömen Skepsis aus.

»Mal sehen«, sagen sie und »na, da sind wir aber wirklich gespannt!«

Schon öffnet Friedel das Mäulchen, um nach altem Brauch ein Jammergeheul auszustoßen, da prescht der Silbergraue zwischen sie, niest ihnen aufmunternd zu, und schon ist die Krise überwunden. Sie sausen abwärts, wedeln und schwingen, daß es eine Augenweide ist, und Kiki, der Dackel, rennt hinterher, kläfft und läßt seine Ohren fliegen. Georg Beißweng, nach kurzem Zögern, schließt sich an. Zwar brennt er auf einen ersten Schlagwechsel mit Felix Bechstein, aber Julia, da vorne, im blitzeblauen Skianzug, zieht ihn unwiderstehlich hinter sich her.

Die drei anderen stehen wie die Salzsäulen, reißen die Augen auf und wollen es nicht glauben. Da fahren ihre beiden Skimuffel die Piste hinunter, so sicher und elegant, als wären sie mit Skiern zur Welt gekommen.

Endlich gelingt es Papi, sich zu fassen und Mami in die Seite zu stoßen.

»Siehst du es, Alice?«
Mami gibt den Stoß an Felix weiter.
»Sehen Sie es, Herr Bechstein?«
Ein Wunder ist geschehen. Was bleibt ihnen übrig, als es schleunigst in genießbare Form zu bringen?
»Ein großartiger Skilehrer!«, so äußert sich Felix, und Papi fügt hinzu: »Ich vermute, er macht es auf die psychologische Tour. Unser Friedel ist ein überaus ängstliches Kind. Irgendwie muß er ihm die Angst ausgeredet haben. Die Psychologen kennen ja Tricks genug. Und schon läuft die Sache.«
Ja, Felix ist mit dieser Erklärung einverstanden. Auch seine Julia war immer ängstlich von Natur. Sie verabscheut Geschwindigkeit. Sie sitzt am liebsten in einer Ecke und träumt.
»Genau wie Friedel!« ruft der Papi. »Ach, Herr Bechstein, was habe ich schon alles unternommen! Ich hatte bereits jegliche Hoffnung aufgegeben, ihn zu einem richtigen Jungen zu machen ...«
»Ja, wo kommt ihr denn her?« ruft Mami und meint Julia und Friedel, die nebst Silbergrauem und Dackel wieder bei ihnen stehen. Papi und Felix bleibt der Mund offenstehen, doch bevor sie zu langatmigen Fragen ansetzen können, räuspert sich der Skilehrer.
»Ich möchte mich verabschieden. Hoffentlich sind Sie zufrieden.«
Ja, sehr zufrieden sind sie, ungeheuer zufrieden sogar! Sie hätten es nie für möglich gehalten. Es grenze an ein Wunder!
»Mitnichten!« spricht der Eisgraue. »Es ist mitnichten ein Wunder. Ich habe schon manche Schüler gehabt, aber diese beiden sind überdurchschnittlich begabt und völlig furchtlos.«
Papi und Felix klappen hörbar die Mäuler zu und die Geldbeutel auf. Der Skilehrer winkt ab.
»Nicht nötig! Es war mir ein Vergnügen!«
Er spricht's und ist verschwunden, ist einfach nach hinten abgekippt und auf der anderen Seite den Berg hinunter.
Dafür tritt Kurt Vögele auf den Plan. Er ist so mürrisch, wie ein Mensch nur sein kann. Oh, man hat ihm übel mitgespielt! Dieser Skilehrer, dieser Herr Drache, dieser zwielichtige Geselle hat ihn hinterrücks auf den Liftsessel gestoßen, so daß er gezwungen war, wieder abwärts zu fahren, ohne

Decke, der Kälte frei ausgesetzt! Als er unten in der Liftstation anlangte, sitzenblieb und wieder nach oben fuhr, da hat man ihn angesehen, als ob er nicht recht bei Trost wäre. Kurt Vögeles Zorn ist groß! Wo steckt der Bursche, der ihm das angetan hat? Er ist verschwunden! Und wo ist der Schorsch? Ach ja, der Schorsch, wo ist er denn? Man hat ihn ganz vergessen. Wahrscheinlich kurvt er unten im Wald herum und sucht die Gefährten.

Saubande! Der Kurtle spricht es zwar nicht aus, aber die Blicke, mit denen er vor allem Julia mustert, sagen es überdeutlich. Darauf wendet er sich ab und braust die Piste hinunter, den Freund zu suchen.

Es tut nicht gut, mit zornheißem Kopf und eisstarren Muskeln Ski zu fahren. Das muß Kurt Vögele nun schmerzlich erfahren. Ihm reißt ein Band. Kein Schuhband und kein Halsband, nein, viel schlimmer, ein Band an seinem linken Knie, ein innerliches, welches, wie ich annehme, wichtige Gelenkteile zusammenhält.

Ein Schmerz fährt dem Kurtle durchs Knie, als hätte ihn dort ein Dolchstoß getroffen. Aber so ist der Kurtle nun auch wieder, schnell im Zorn, aber hart im Nehmen. Er beißt die Zähne zusammen und fährt weiter, bis er den Georg erreicht, der da ratlos herumirrt und seine Freunde sucht. Er sinkt ihm zu Füßen.

»O Schorsch, mei Knie! Do isch ebbes passiert!«

Mit Georg Beißweng als Helfer wäre Kurt Vögele gut bedient, aber, o Schreck, da kommt die ganze Bagage den Berg herunter. Papi mit Mami, und Felix mit Julia, und Friedel mit Kiki, seinem Dackel. Sie stehen um Kurt Vögele herum, lamentieren, wollen wissen, wie es passiert ist, und ärgern ihn ganz unbeschreiblich. Papi weiß natürlich gleich, was los ist, schließlich ist er Arzt, wenn auch nur für Zähne. Er tippt auf eine Zerrung, einen Bruch oder einen Bänderriß und hält es für das Gebot der Stunde, den Patienten sofort ins nächste Krankenhaus zu bringen. Da gibt es keine Widerrede. Papi verteilt die anfallenden Aufgaben.

Er trägt die Verantwortung und Georg Beißweng den Kurtle. Felix nimmt Kurtles Ski, Julia seine Stöcke und Friedel seine herabhängende Hand. Mami jammert, und der Dackel kläfft.

Während des Abtransports zählt Papi auf, was Kurt Vögele jetzt nacheinander zu erwarten hat. Da wäre zuerst eine schmerzhafte Untersuchung, dann eine wohltuende Narkose mit nachfolgender Operation, Vergipsung und mehrwöchigem Aufenthalt im Krankenhaus. Hoffentlich habe Herr Vögele genug Geld bei sich! Die Krankenhäuser hier seien schlecht, aber teuer...

Der Kurtle läßt alle Selbstbeherrschung fahren und stöhnt zum Steinerweichen. Friedel zerreißt es das Herz. Er drückt die Hand des Patienten und flüstert: »Du brauchst keine Angst haben, Herr Vögele! Wir sagen es unserm Drachen, der niest dich gesund!«

Reagiert Kurt Vögele mit Freude und Dankbarkeit auf das Angebot des unschuldigen Kindes? Leider nein! Er stößt einen so zornigen Schrei aus, daß Georg Beißweng, der wirklich schwer genug an ihm zu tragen hat, sich nun auch noch schämen muß für den Freund.

»Aber Kurtle, isch's denn so arg?« fragt er mit leichtem Vorwurf.

Endlich erreichen sie das Hotel. Georg bettet den Freund in sein Auto, um ihn nach Schruns ins Krankenhaus zu bringen.

Julia will mitfahren, aber Felix ist strikt dagegen. Auch der Patient tut kund, daß er auf Frau Bechsteins Begleitung keinen Wert legt. Georg aber freut sich über das Angebot und wird es Julia nie vergessen. Trotzdem wehrt er ab.

»Hock di lieber in d' Badwann', Juliamädle!« sagt er. »Wege deim Kehlkopf! Heut obed zom Nachtesse bin i wieder da!«

Er wechselt nur schnell die Schuhe, schiebt sich hinter das Lenkrad und fährt davon, vorsichtig, damit der Freund nicht unnötig leide.

Es kommt alles so, wie Papi es prophezeit hat. Nur die lange Wartezeit hat er nicht vorausgesehen, und daß der Kurtle in einen Saal mit acht Betten verfrachtet wird.

Wie dankbar ist Georg Beißweng, daß der Freund vorerst nichts wahrnimmt von den äußeren Umständen, sondern friedlich liegt und schläft. Er sitzt noch ein Weilchen an seinem Bett. Das Stöhnen der Gipsfiguren ringsum im Saal stimmt ihn schwermütig, die Sehnsucht nach Julia wird übermächtig. So steht er denn leise auf, streicht dem Freund noch einmal über den Kopf und sucht das Weite. Es ist schon spät am Abend. Georg seufzt. Wenn nicht ein Wunder geschieht, wird er Julia heute nicht mehr sehen.

Vorerst geschieht das Wunder nicht. Der Speisesaal liegt in

tiefem Dunkel. Im Salon sitzen drei Herren beim Skat. Sonst scheint das Hotel zu schlafen. Georgs Enttäuschung ist so groß, daß er sich nicht einmal ein Wurstbrot bestellt und ein Bier. Er holt den Zimmerschlüssel und geht die Treppe hinauf. An Julias Tür bleibt er stehen und horcht. Da drinnen herrscht Grabesstille. Natürlich, was hat er sich vorgestellt? Daß sie auf ihn wartet, unten im Foyer oder hier vor der Tür oder in seinem Zimmer? Sie kann das ja gar nicht, auch wenn sie wollte! Ihr Mann, dieses Ekel, erlaubt es nicht! Georg geht in sein Zimmer.

Ach, daß das Leben so selten freundliche Überraschungen bereithält! Kurtle liegt bei sieben Vergipsten, Julia bei ihrem Mann und Georg mutterseelenallein. Er wirft einen grämlichen Blick auf die leeren Betten und begibt sich ins Bad. Auch wenn der Tag unbefriedigend endet, die Zähne muß man putzen, und waschen muß man sich auch. So liegt er denn schließlich im Bett, sauber, aber unglücklich, und denkt an das, was ihm heute widerfahren.

Da öffnet sich leise die Tür. Hat der Georg vergessen, sie abzuschließen? Sonst ist er doch so umsichtig! Was kann bei Nacht in einem Hotel alles geschehen! Diebe und Mörder gehen ihrem Handwerk nach! Georg Beißweng ist wirklich unvorsichtig. Wenn er so weitermacht, wird er eines Morgens aufwachen und tot sein.

Aber wer ist denn nun gekommen?

Vielleicht hat sich jemand im Zimmer geirrt.

Wir hoffen es und tappen im Dunkeln.

Georg Beißweng aber erlebt nun doch ein Wunder – im Traum, versteht sich!

»Häschen in der Grube« · Eine Rettungsaktion kommt auf den Hund · Schnaps unter dem Kopfkissen und zerrissene Pantoffel unter dem Bett...

Felix wacht auf, hört die Dusche rauschen, sieht draußen die Sonne scheinen und mag nicht aufstehen. Er hat schlecht geschlafen, schreckliche Träume gehabt. Am liebsten würde er heute einen faulen Tag machen. Wirklich, das wäre doch etwas! Julchen wird sich freuen! Sie bleiben noch ein Weilchen im Bett, dann frühstücken sie in aller Gemütlichkeit, danach können sie vielleicht spazierengehen. Felix verschränkt die Arme hinter dem Kopf und freut sich auf Julchens Freude und Dankbarkeit. Er hat sie ein bißchen vernachlässigt in der letzten Zeit, aber das soll anders werden!

Da kommt sie aus dem Bad, frisch und blühend.

»Steh auf, du Fauler!«

Er streckt ihr die Arme entgegen.

»Komm her, Julchen!«

Sie kommt und setzt sich auf seinen Bettrand. Er schnuppert.

»Wie gut du duftest!«

»Du nicht!«

Hat er recht gehört? Hat sie wirklich gesagt »du nicht«? Sein Julchen...

»Du solltest aufstehen und duschen! Es ist schon neun Uhr. Höchste Zeit zum Skilaufen!«

»Ich dachte, wir gönnen uns einen faulen Tag. Heute darfst du bestimmen, Julchen! Ich tue alles, was du willst!«

»Ich will Ski laufen, und zwar so bald wie möglich! Beeil dich ein bißchen, ja! Und sag nicht immer ›Julchen‹ zu mir!«

Felix steht auf, aber er muß sich gleich wieder setzen. Alles dreht sich vor seinen Augen. Leider ist niemand vorhanden, der freundlich fragen würde: »Ja, was ist denn, Felix? Bist du krank? Willst du nicht noch ein bißchen liegenbleiben?«

Julia steht vor dem Schrank und sucht Wäsche heraus. Sie bemerkt überhaupt nicht, wie schlecht es ihm geht, obgleich er nun schon zum zweiten Mal gestöhnt hat. Beide Hände an die Schläfen gepreßt, so wankt er ins Badezimmer. Rasieren, Duschen, Zähneputzen, es geht langsam voran. Er ist noch lange nicht fertig, da steckt Julia den Kopf ins Badezimmer.

»Ich gehe schon mal voraus, Felix!«

Die Tür klappt zu, verschwunden ist sie.

Felix kramt in der Tasche mit Medikamenten. Er muß etwas einnehmen, ein Grippemittel vielleicht. Er hat unerträgliche Kopfschmerzen.

Als er hinunter in den Speisesaal kommt, sitzt Julia am Tisch des Schwaben, und der kleine Daumenlutscher ist natürlich auch wieder dabei mitsamt dem Hund. Felix hätte es wirklich lieber gesehen, wenn seine Frau an dem richtigen Tisch Platz genommen hätte. Endlich erhebt sie sich, und auch der Schwabe bequemt sich dazu.

»I muß zom Kurtle, der braucht ebber, an den er nabruddle ka. Mir sehet ons no am Nachmittag.«

»Das wird schlecht möglich sein«, Felix freut sich, daß er den Schwaben abschlägig bescheiden kann, »wir werden uns vermutlich auf irgendwelchen Pisten herumtreiben. Wo genau, das kann ich jetzt noch nicht sagen ...«

Er verstummt, weil er bemerkt, daß der Schwabe ihm gar nicht zuhört. Der schaut nämlich Julia an, ganz versunken tut er das, so als sei er völlig weggetreten. Felix muß die Hand vor seine Augen legen, solche Kopfschmerzen hat er.

Unter Julias Serviette liegen zwei Mohnbrötchen.

»Eins ist von mir, das andre vom Schorsch!« ruft Friedel und schaut Julia erwartungsvoll an. Na, was wird sie dazu sagen?

»Ihr braucht keine mehr aufzuheben«, sagt sie. »Mir ist es egal, was ich esse.«

Da dreht sich der Schorsch um und geht. Auch Friedel kehrt zum Tisch seiner Eltern zurück. Nein, er will nichts haben, kein Brötchen mit Honig und keines mit Wurst. Früher hat sie sich immer über Mohnbrötchen gefreut! Warum sagt sie jetzt auf einmal, »es ist mir egal, was ich esse«?

Julia schenkt sich Kaffee ein. Felix muß ihr seine Tasse unter die Nase halten, sonst hätte sie ihn völlig vergessen.

»Guten Morgen!« ruft Papi zu ihnen hinüber. »Ist es nicht höchste Zeit für Ihren Kurs, Herr Bechstein?«

Felix versucht ein Lächeln zustandezubringen, obwohl es ihn grausig ärgert, daß dieser Mensch sich in seine Angelegenheiten mischt.

»Nein«, sagt er so leicht und obenhin wie möglich, »heute muß der Kurs ohne mich auskommen, denn ich habe ja jetzt eine Frau, die Ski läuft. Jemand muß sie ja schließlich in seine Obhut nehmen.«

Julia stellt mit einem Klirren die Tasse nieder.

»Mich braucht niemand in seine Obhut zu nehmen! Ich kann sehr gut alleine fahren. Du hast gestern schon deinen Kurs versäumt, Felix. Was wird deine blonde Flamme sagen?«

Die rosarote Marianne. Felix hat sie vergessen. Sein Kopf ist ausgefüllt mit Julia und Schmerzen.

»Gehen wir«, sagt er. »Die frische Luft wird mir guttun.«

Ja, sie tut ihm gut, aber nur kurze Zeit. Als er im Lift die Decke über sich und Julia gebreitet hat, da muß er die Augen schließen, so schwindlig wird ihm.

»Julia, mir ist schlecht!« stöhnt er.

»Das ist nicht weiter tragisch!« tröstet sie. »Man muß nur gut durchatmen und darf sich nicht hineinsteigern!«

Dies sind die Worte, mit denen Felix ihr in Notzeiten beizustehen pflegte, also werden sie sicher auch ihm guttun. Aber nein! Er sitzt neben ihr mit bleichem Gesicht und wünscht, daß sich ein Arm um ihn lege und eine liebreiche Stimme spräche: »Gleich sind wir oben, gleich ist es geschafft!« Aber da ist kein Arm und nicht die Rede von einer liebreichen Stimme. Da ist Julia, die ihren Kopf hierhin und dorthin dreht, nur nicht zu ihm, und die ihn auffordert, die Gegend zu betrachten. Ach, das ist nicht die Art Hilfe, die er braucht! Wie soll er sich umdrehen und die Gegend betrachten, wenn ihm schwindlig ist!

Oben angelangt, verlangt es ihn nach einem stärkenden Schnäpschen. So nehmen sie erst einmal im Gastraum von »Stoba Roba« Platz und trinken einen Obstler. Felix trinkt sogar zwei, und dann vertraut er Julia an, daß er es noch immer nicht glauben kann, daß sie tatsächlich sicher auf den Skiern steht und daß sie hier die schwierige Abfahrt hinunter will und keine Angst hat. Er schlägt vor, wieder per Lift zu Tal zu schweben und erst einmal auf dem Idiotenhügel zu üben oder aber gemeinsam nach Schruns zu fahren und den beklagenswerten Herrn Vögele zu besuchen.

»So etwas könnte dir auch passieren, Julchen, solch ein Bänderriß oder Knochenbruch, untrainiert, wie du bist! Ich rate dir...«

Aber Julia ist nichts an seinem Rat gelegen.

»Gehen wir!« sagt sie. »Auf die Piste!«

Auf der Piste übt der Fünfer-Kurs, der, zu dem Felix gehört und auch die blonde Marianne. Ach, wie Felix sich doch über dieses Zusammentreffen nicht freut!

»Komm weiter, Julchen! Da drüben scheint es flacher zu sein. Hier ist es zu steil für Anfänger!«

Aber Julia fährt mitten hinein in den Fünfer-Kurs, wedelt der blonden Marianne vor der rosaroten Nase herum, schwingt und kurvt und macht Kapriolen, bis alle aufmerksam geworden sind und ihr zuschauen und auch so fahren können möchten wie sie. Felix sieht es von oben und ist bestürzt. Was er gestern noch leichten Sinnes hingenommen hat, heute kann er es nicht verkraften, daß nämlich Julia Ski fahren kann – besser als er. Er holt tief Luft und stößt sich ab. Aber er steht heute nicht gut auf den Brettern. Herrje, da liegt er schon vor dem versammelten Fünfer-Kurs! Er rappelt sich auf, so schnell er nur kann, und braust davon, immer hinter Julias blitzeblauem Skianzug her. Dabei übersieht er hier einen Buckel und dort eine Mulde und kommt zu Fall, einmal, zweimal ... Er bricht sich keinen Knochen. Er tut sich nicht einmal sonderlich weh, aber er wird immer ängstlicher. Als er nach dem dritten Sturz wieder steht, sieht er den blauen Skianzug nicht mehr. Aber er kennt ja den Weg durch den Wald. Diese Abfahrt ist er oft genug gefahren. Unten am Lift wird Julia warten. Er fährt also weiter, und wie das manchmal zu gehen pflegt, man weiß nicht wo, man weiß nicht wann, auf einmal ist man in die Irre geraten. So auch Felix. Natürlich wäre es klug, umzukehren und den Skispuren nach zurückzufahren. Aber das will Felix nicht. Irgendwie wird er schon runterkommen. Das tut er schneller als gedacht. Er rutscht mitsamt einem Schneebrett in eine Grube hinunter, die er da nicht vermutet hat und aus der er nicht herauskommt.

Da sitzt er nun im Loch und bräuchte dringend Hilfe. Leider kann er nicht rufen, weil ihn vor lauter Schreck und Graus eine wohltuende Ohnmacht überkommen hat. Als er daraus erwacht, bleibt ihm Zeit genug, seine Lage zu überdenken.

Friedel hat heute keine Freude an Kiki, seinem Dackel. Der hält die Nase am Boden, läuft kreuz und quer durch die Gegend und nicht hinter Friedel her, wie der es gerne sähe.

Papi und Mami sind weit zurückgeblieben. Friedel muß andauernd abbremsen und warten. Das paßt ihm gar nicht. Er hat vorhin, weit unten, Julias blitzeblauen Skianzug gesehen, und den würde er gerne einholen, aber mit Papi und

Mami im Schlepptau kann es niemals gelingen. Jetzt endlich biegt Papi um die Ecke. Mami schnauft hinterher.

»Kind!« ruft sie. »Fahr nicht so schnell! Du wirst dir noch was brechen!«

»Red nicht blöd heraus!« knurrt Papi. »Wegen Friedel brauchst du dir keine Sorgen zu machen! Der fährt um Klassen besser als du!«

Mami weiß das, und es macht ihr nicht das geringste aus. Im Gegenteil, sie ist stolz auf ihren Jungen. Aber Papi hat Schwierigkeiten. Vorhin ist er gestürzt, und das war hart für ihn in jeder Hinsicht.

Da stürmt der Dackel herbei und benimmt sich direkt hysterisch. Er springt an Friedel hoch und an Papi und Mami und rennt dann wieder in den Wald hinein.

»Er will uns auf etwas aufmerksam machen!« erklärt Papi. »Wenn Hunde sich so benehmen, dann wollen sie auf etwas aufmerksam machen. Wir müssen ihm folgen!«

Zwar hat Papi erst seit zwei Tagen einen Hund in der Familie, aber was will das schon besagen? Er kennt sich natürlich auch mit Hunden aus, wie ja mit allem im Leben!

Was Papi sagt, das geschieht. Also folgen sie dem Dackel durch dick und dünn und viel Schnee und finden schließlich wen? Richtig, sie finden Felix in der Grube!

Sie ist nicht sonderlich tief. Es müßte möglich sein, Felix da herauszuhieven, aber er sperrt sich. Er hat offenbar beschlossen, den Tod eines alten Eskimos zu sterben. Erfrieren will er. Lange kann der Tod nicht mehr auf sich warten lassen, denn es ist ihm bitterlich kalt, jeder Atemzug tut weh, und das Herz schmerzt unerträglich.

Papi rutscht hinunter, obgleich er Felix nicht sonderlich liebt, aber er ist der Stärkste und kann ihm am besten unter die Arme greifen.

»Für mich ist es kein Problem!« sagt er vorher zu seinen Lieben. »Ich stemme ihn hoch. Aber ihr müßt euch dann auch anstrengen und ihn raufziehen!«

Ja, das wollen sie nach besten Kräften tun, Mami, Friedel und sein Dackel. Papi ist also unten und macht sich an die Arbeit. Aber wenn jemand den Kopf hängen läßt und überhaupt alles, dann ist es schwer, ihm zu helfen, dann wiegt er hundert Zentner. Papi braucht seine ganze Kraft und Überredungskunst, um Felix auch nur auf die Beine zu bringen.

»Jetzt reißen Sie sich mal zusammen, Herr Bechstein! Verflixt noch mal! Man muß nur wollen, dann geht es! Los jetzt, hopp!«

»Lassen Sie mich liegen! Es dauert sowieso nicht mehr lange!«

»Unsinn! Denken Sie an Ihre Frau! An die Scherereien bei Ihrem Ableben!«

Papi ist sehr direkt. Aber das muß man sein, um Leute aus ihrer Lethargie zu wecken. Papi weiß das aus seiner Praxis. Hier jedoch versagt seine Zahnarztpsychologie und bewirkt das Gegenteil. Felix sinkt wieder in sich zusammen. Ja, Scherereien, das ist es, was er Julia bereiten will! Traurig soll sie sein! Tränen vergießen! Deshalb hat Papi keinen Erfolg. Fast wäre man versucht, den Drachen herbeizubitten, damit er durch sein Niesen ein Wunder bewirke und Felix nicht nur aus dem Loch, sondern gleich ins Hotel, Zimmer und Bett bugsiere... Auch Friedel hegt ähnliche Gedanken, sieht er doch seinen Papi unten in argen Nöten und hört er hier oben Mamis anhaltendes Klagegeschrei:

»Wilfried, denk an dein Kreuz!«

Aber Kiki, der kleine Dackel, will es alleine machen. Hat er nicht auch das Loch gefunden? Er wird das gute Werk vollenden. Also springt er in die Grube und macht Felix Beine. Wie? Er zeigt die Zähne, er knurrt! Felix will zwar sterben, aber von einem Hund gebissen werden will er nicht. Er sucht seine Beine in Sicherheit zu bringen vor den schnappenden Dackelkiefern. So klimmt er die Schneewände hinauf. Papi von unten schiebt kräftig nach, und oben pakken sie zu und ziehen. So tief ist das Loch ja nicht. Da liegt er schon oben im Schnee, und hinter ihm schwingt sich Papi über den Grabesrand. Der kleine Dackel fördert noch einen halben Ski zutage, dann sieht er seine Aufgabe als gelöst an, springt hoch, und erwartet Lob und Dankbarkeit. Aber so geht es Dackeln und kleinen Leuten, man übersieht sie und ihre Verdienste! Auf Papi prasselt Lob und Dank, nicht auf Kiki!

»Wilfried, du warst wunderbar!« ruft die Mami. »Wie du das wieder geschafft hast!«

Und Friedel, ja, Kikis Friedel stimmt auch mit ein.

»Toll, Papi! Große Klasse!«

»Ja, es war schon anstrengend, verflixt noch mal!« bestätigt der Papi. »Aber mit Kraft und guten Worten geht alles!«

Da beschließt der kleine Dackel, sich herauszuhalten und

fürderhin die anderen machen zu lassen. Lange hält er das allerdings nicht durch, denn bei Felixens Tempo und bei den langen Verschnaufpausen würde sein Freund Friedel langsam aber sicher erfrieren. Darum vergißt der treue Dackel allen Stolz und macht dem Menschen Beine, zeigt die Zähne, knurrt und kläfft, und siehe da, der Verunglückte beschleunigt seinen Schritt, auch wenn er dabei keucht und die Hände anklagend auf das Herz preßt.

Genauso wie gestern seinen Freund Kurtle, so fährt Georg Beißweng jetzt seinen Feind Felix nach Schruns ins Krankenhaus. Wie das? Auf der Suche nach Julia läuft er ihnen in den Weg, und weil er ein anständiger Mensch ist und Papi ganz erledigt und Mami des Autofahrens nicht kundig, so bleibt ihm nichts anderes übrig, als Samariterdienste zu leisten. Man kann nicht behaupten, daß er den verhaßten Nebenbuhler besonders zart anfaßt, aber er packt ihn in sein Auto ohne Murren, schiebt Friedel dazu, der Kurt Vögele besuchen will, läßt auch den Dackel ungehindert hineinspringen, wechselt die Stiefel und fährt nach Schruns. Er sagt allerdings: »O verreck!« dabei, aber nur leise.

Im Krankenhaus stellt sich heraus, daß Felix kein herzbrechendes Unglück widerfahren ist, daß er nicht einmal eingegipst werden muß, sondern so, wie er ist, zurück darf ins Hotel, woselbst er sich schonen sollte, um die Prellung auszuheilen. Das werde er übrigens von ganz alleine tun, meint der Arzt mit freundlichem Lächeln, weil ihm nämlich jede Bewegung Schmerzen bereiten würde. Aber, nur Mut, die Zeit heile alles, auch eine Rippenprellung, und die sei, wie gesagt, nicht gefährlich, nur äußerst schmerzhaft.

Das alles erfährt Felix, nachdem er eine Ewigkeit, mindestens aber eine Stunde, im Wartezimmer des Krankenhauses gesessen und mit seinem Leben abgeschlossen hatte. Den Spruch des Arztes vernimmt er mit ungläubigem Staunen, ja mit Erbitterung.

Nach der Behandlung muß er wieder im Wartezimmer Platz nehmen, denn Georg, Friedel und Kiki, sein Dackel, vermuten ihn im Operationssaal oder narkotisiert in einem Krankenzimmer und besuchen deshalb in aller Ruhe Freund Kurtle im Krankensaal Numero sechs.

Nachdem der Georg schon am Morgen bei ihm gewesen war und Zeitschriften nebst Schlafanzügen gebracht hatte, kann es der Kurtle fast nicht glauben, daß er jetzt schon wieder an seinem Bett auftaucht, das verrückte Bürschle an der einen Hand, den kleinen Dackel auf dem anderen Arm.

»Hund' dürfet hier net nei!« schreit er zornig. »Mensch, Schorsch, denk an die Flöh' ond Würm'!«

»Der hat keine Flöhe und Würmer!« ruft Friedel. »Der ist doch kein richtiger Dackel! Der ist ein Drache! Ich hab' es dir doch erklärt, Herr Vögele! Hast du das nicht verstanden?«

»Ja freilich!« Der Kurtle läßt sich resigniert in die Kissen fallen. »I woiß scho, daß des koi Dackel isch, aber die Schwestre, die wisset's net. Was moinsch, wie die den nausjaget, den Drache do, den kloine!«

»Jetzt reg di doch net uff, Kurtle!« Der Schorsch ist ehrlich besorgt. »Was schwätzsch denn da für en Bapp raus mit emme Drache ond so? Hasch a Tablettle kriegt zom Schlofe oder hasch ebbes drunke?«

»En Pfefferminztee hab' i drunke! Mensch, Schorsch, muß des sei, daß du daherkommsch mit dere ganze Bagasch? I hab' sottiche Schmerze! Ond no des Esse! Do könnsch grad heule! Hasch a Schnäpsle?«

»Ja freilich!« Georg Beißweng setzt den Dackel auf den Boden und holt einen Flachmann aus der Brusttasche.

»Kurtle, moinsch, daß dir des gut dut? I woiß net recht...«

»Ja freilich dut mir des gut! Dätsch du Pfefferminztee möge?«

»Noi, gwieß net!« Der Schorsch schüttelt sich und reicht Freund Kurtle den Flachmann.

Kurt Vögele nimmt einen Schluck und noch einen, korkt den Flachmann wieder zu und verstaut ihn unter seinem Kopfkissen.

Auch Friedel beschert dem Kranken etwas Schönes. Er legt einen Kaugummi auf Kurt Vögeles Gipsbein. Georg Beißweng ist gerührt.

»Bisch a brav's Bule!« meint er, und dann zu Kurt Vögele: »Nimm en no! Des isch a wahrer Sege, wenn a Schwester kommt! Mer schmeckt's* nämlich, Kurtle! Du hasch a richtge Fahn'!«

Die Worte des Freundes erinnern Kurt Vögele an ein wichtiges Utensil, das er schmerzlich vermißt.

* Der Schwabe sagt »schmecken« statt riechen.

»Hasch mer mei Zahbürscht' bracht, Schorsch?«

»O verreck, Kurtle, die hab' i vergesse! Woisch, wie i heimkomme ben, no hab' i glei de Herr Bechschtoi hierher fahre müsse. I ben nemme ens Zemmer komme.«

»Hab' i mir's doch denkt!« knurrt der Kurtle. »Jeder Scheureburzler isch wichtiger als i! Wie i mei Zäh' putze soll, des isch dir ganz egal! Immer denksch nur an die Bechschtois! Net amol so a gotzig's Zahbürschtle kasch brenge!«

Der Georg senkt beschämt den Kopf.

»O Kurtle, daß mer des wieder hat passiere müsse, des schabt mi gottsallmächtig! Aber morge kriegsch se, do kasch sicher sei!«

»Morge, morge!« murrt der Kurtle. »I ka net schlafe mit oputzte Zäh'!«

Friedel hat interessiert und schweigend gelauscht, jetzt aber muß er einen wichtigen Beitrag zur Unterhaltung leisten.

»Du, Herr Vögele, das kann man gut! Wenn Papi und Mami und Tante Gerda nicht da sind, dann putz' ich keine Zähne. Denk dir, Herr Vögele, das ist richtig schön!«

»Butzsaule!« knurrt der Kurtle, und mit einem Märtyrerblick zum Schorsch hinauf und mit leidender Stimme fügt er hinzu: »'s macht nix, Schorsch, wenn i mei Zäh' net putze ka! Wenn no dei Julia ihr Sach' hat, des isch natürlich wichtiger...«

So hadert er mit dem Freund, und währenddessen ist der kleine Dackel emsig an der Arbeit und zernagt unter dem Bett die Hausschuhe, die Georg Beißweng heute morgen nicht vergessen hat mitzubringen. So bleibt dem Kurtle nach dem Abschied der Besucher wenig Zeit, an die Zahnbürste und den Bänderriß und die Schmerzen zu denken. Schwester Mizzi entdeckt einen zerfetzten Pantoffel unter dem Bett, und anstatt loszutoben, muß Kurt Vögele so tun, als ob er von nichts wüßte und kein Hund im Zimmer gewesen wäre und also sein Pantoffel immer schon in diesem Zustand. Ach, ist das peinlich!

Georg, Friedel und sein Dackel essen noch ein Eis. Als sie schließlich wieder ins Krankenhaus kommen und nach dem Patienten Felix Bechstein fragen, da ist er nirgendwo verbucht, sondern sitzt im Wartezimmer, verlassen von aller Welt.

Friedel lutscht Daumen, und Georg kippt Obstler · Deftige Köstlichkeiten im Krankenhaus · Ein Monster auf dem Parkplatz · Zwei treue Freunde ...

Julia steht auf dem Parkplatz vor dem Hotel. Gerade ist Georg Beißwengs Auto dort eingebogen. Friedel und sein Dackel springen heraus. Jetzt öffnet sich die Fahrertür, und Georg erscheint. Er begibt sich nach hinten und streckt Felix seine Pranken entgegen. Wenn ihm Julias Ehemann auch herzlich zuwider ist, weh tun will er ihm nicht, jedenfalls nicht jetzt, wo der Bedauernswerte Schmerzen genug leidet. Felix quält sich aus dem Auto und sieht Julia stehen.

»Ach Julchen!«

Wahrhaftig, wenn er die Arme ohne Schmerzen hätte heben können, er wäre ihr um den Hals gefallen, so glücklich und erleichtert ist er. Jetzt wird alles gut. Sie wird ihn hegen und pflegen, bis er wieder gesund ist. Er wird ihr die ganze Geschichte erzählen, wie er in der Grube gelegen ist und nicht heraus konnte. Dann wird es ihr leid tun, daß sie ihm davongefahren ist.

Armer Felix, die Zeiten sind vorüber!

Julia bleibt ungerührt. Sie fragt nicht einmal, was geschehen ist. »Ich muß erst in den Skistall«, sagt sie, »und das Zeug abstellen. Georg, bist du so freundlich und bringst ihn in unser Zimmer?«

Dann dreht sie sich um und geht davon, Friedel und Kiki, den Dackel, im Schlepptau. Felix steht starr wie eine Salzsäule. Auch Georg muß schlucken. Nicht, daß er auf eheliche Zärtlichkeiten bedacht wäre, schon gar nicht zwischen diesen beiden, aber das da, einfach weggehen, nicht einmal fragen: »Tut 's weh?« Das ist wirklich ein starkes Stück! Das hätte er Julia nicht zugetraut.

»Auf geht's, Herr Bechschtoi!« ruft er besonders markig und munter. Er packt nicht zu, um ihn zu stützen, denn das alles tut dem Geprellten ja weh, er geht nur geduldig neben ihm her und treibt ihn mit Worten voran.

»So, jetzt habet mir's glei g'schafft! Jetzt ganget mer fei die Trepp' nauf! Jetzt sen's nur noch drei Schtufe, jetzt eine, ond jetzet könnet mir glei ens Bett neiliege! Da sen mir aber froh, gellet Se, Herr Bechschtoi?«

Die Tür zum Zimmer ist schon einladend geöffnet. Friedel hält sie weit auf. Der kleine Dackel springt vom Sessel, damit der Patient Platz nehmen kann. Im Badezimmer rauscht die Dusche.

»Ich komme gleich!« ruft Julia. »Macht es euch bequem!«

Als ob Felix es sich irgendwo bequem machen könnte! Er läßt sich vorsichtig und unter Stöhnen auf dem Sessel nieder. Gottlob, jetzt sitzt er. Georg und Friedel atmen auf und nehmen ihm gegenüber auf dem Bettrand Platz. Der kleine Dackel befolgt als einziger Julias Aufforderung. Er springt auf das Kopfkissen und macht es sich dort bequem. So warten sie, horchen auf die Geräusche im Badezimmer und denken alle vier das gleiche, daß nämlich alles gut sein wird, wenn Julia hereinkommt und sagt: »Armer Felix! Sei nicht traurig! Das schaffen wir schon, wir beide ...«

Sie kommt, im Bademantel und barfuß.

»Hallo, da seid ihr ja!« So stellt sie fest, geht zum Schrank und wühlt in den Fächern.

Felix kann sich nicht länger zurückhalten.

»Ich hatte einen Unfall!« sagt er vorwurfsvoll.

»Ja wirklich?« Sie dreht nicht einmal den Kopf. »Nun, du hast es ja überlebt. Du steckst nicht einmal in Gips, soweit ich das übersehe.«

Georg Beißweng ärgert sich. Alles, was recht ist, aber jetzt geht sie zu weit! So kann man nicht mit einem Menschen umspringen, der Schmerzen hat! Er begibt sich zu ihr hinüber.

»Den hat's arg verwischt!« flüstert er. »Den derfsch jetzt net so behandle, Julia! Der isch g'schafft g'nug!«

»Okay, in Ordnung!« Sie wirft die Wäsche auf das Bett und wendet sich Felix zu.

»Was befehlen der Herr? Kalte Umschläge? Warme Umschläge? Massage?«

»Dem tut doch alles weh!« schreit Friedel. »Der ist in ein Loch gefallen, und wenn wir ihn nicht hochgezogen hätten, Papi und Mami, mein Kiki und ich, dann wär' er nie mehr rausgekommen und erfroren. Stimmt es, Herr Bechstein?«

Felix nickt mit zusammengekniffenen Lippen.

Auch der kleine Dackel kläfft Zustimmung, hat er doch entscheidend mit beigetragen zum Erfolg der Bergung. Ohne ihn wäre nichts gelaufen! Er springt hinüber auf Felix' Schoß. Huh, wie der aufschreit! Entsetzlich! Der kleine Dackel flüchtet unter das Bett. Felix aber jammert weiter.

»Ich kriege keine Luft mehr! Oh, mein Herz!«

»Vielleicht könntest du dich ein bißchen zusammennehmen, Felix!« Julias Stimme klirrt vor Kälte. »Wir wissen es nun alle, wie sehr du leidest!«

Friedel rutscht vom Bettrand.

»Friedel muß zu Papi und Mami!«

Er kramt in seiner Hosentasche und fördert einen Kaugummi zutage. Diese Kostbarkeit legt er vorsichtig auf das Knie des Verletzten. Jetzt hat er nur noch einen, den drückt er in Georg Beißwengs Pranke. Dann trabt er davon.

»Und ich?« ruft Julia. »Krieg' ich nichts?«

Da kommt der Kleine zurück, legt den Kopf in den Nakken und schaut zu ihr hoch. Dann kollern zwei dicke Tränen aus seinen Augen, die Lippen zittern, er bricht in Schluchzen aus. Auch der kleine Dackel jault voller Verzweiflung.

»Komm, Bule, mir ganget!«

Georg Beißweng steckt den Kaugummi in die Tasche, hebt Friedel hoch und trägt ihn aus dem Zimmer. Bevor die Tür hinter ihnen zuklappt, schlüpft auch der Dackel hinaus.

Felix sieht zu, wie Julia sich vor den Spiegel setzt, wie sie die Haare bürstet und sich schminkt.

»Was ist mit dir? Du bist anders geworden!«

»Da hast du recht!« Sie sagt es in den Spiegel, und vom Spiegel liest es Felix wieder ab.

»Dir zuliebe bin ich so geworden!« Sie steht auf. »Jetzt weiß ich allerdings nicht mehr, ob es sich gelohnt hat.«

»Mir zuliebe hättest du dich nicht zu ändern brauchen!«

»Das glaube ich dir, Felix! Aufs Wort!«

»Du liebst mich nicht mehr!« Dies ist keine Frage. Es ist eine Feststellung. Felix erwartet keine Antwort. Er versinkt in tiefe Betrübnis.

Julia geht ins Badezimmer und stößt dort auf ihren Drachen.

»Es gibt Möglichkeiten, Ihr Lachen wiederzugewinnen«, sagt er. »Sind Sie daran interessiert?«

»Nicht sonderlich! Aber Sie können es mir gerne zurückbringen, wenn Sie wollen. Schließlich sind Sie ein allmächtiger Drache...«

»Leider nicht! Über Ihr Lachen zum Beispiel habe ich keine Macht.«

»Dann lassen wir es eben. Mir geht es nicht schlecht.«

»Aber den anderen geht es schlecht, wenn ich mir erlauben

darf, das zu bemerken. Der kleine Bursche, da sehen Sie, was er macht!«

Der Drache niest. Julia sieht Friedel in seinem Zimmer auf dem Bettrand sitzen und Daumen lutschen. Seine Beinchen baumeln kläglich ins Leere. Er schluchzt. Papi und Mami sind nicht zugegen.

Der Drache niest wieder.

Auch Georg Beißweng sitzt auf dem Bettrand. Er lutscht nicht am Daumen, er kippt Obstler. Einen nach dem anderen, schwupp, schon ist wieder einer unten.

Der Schauplatz wechselt. Julia muß mitansehen, wie Felix vorsichtig aufsteht, stocksteif und mit kleinen Schritten zum Bett schlurft und sich dort mühsam niederläßt. Er beißt die Zähne zusammen. Sein Gesicht ist grau, seine Nase spitz.

»Nehmen Sie diese Salbe!« sagt der Drache zu Julia. »Wenn Sie es übers Herz bringen, ihn damit einzureiben, dann wird er schlafen können.«

Er niest ein drittes Mal und ist verschwunden. Julia hält eine Dose in der Hand. Sie bringt es übers Herz, Felix beim Ausziehen zu helfen und die angeschlagenen Stellen einzusalben. Felix läßt es klaglos über sich ergehen. Er verspürt auch keine Lust mehr, zu erzählen, wie alles passiert ist und wie er hat leiden müssen. Kaum legt er sich zurück, da schläft er schon.

Nachdem Georg Beißweng mehrere Obstler gekippt hat, stellt er entschlossen, wenn auch leicht schwankend, die Flasche in den Schrank zurück. Er beschließt, dem Krankenhaus einen erneuten Besuch abzustatten, denn irgend etwas Sinnvolles muß er tun, um nicht vollends zu versumpfen. Freund Kurtle wenigstens wird ihn mit Freude und Zuneigung empfangen, besonders, wenn Georg die Zahnbürste mitbringt, nach der es den Kurtle so mächtig verlangt. Also holt Georg das Ding aus dem Badezimmer, steckt es in die Westentasche, stülpt Anorak und Kappe über und stampft hinaus zum Parkplatz. Dort angelangt, kann er den Autoschlüssel nicht finden, nicht in der rechten Hosentasche, wo er hingehört, und nicht in der linken, wo er nicht hingehört. Georg Beißweng kann es nicht fassen. Er ist ein ordentlicher Mensch. Also noch einmal die ganze Prozedur: Rechte Hosentasche, linke Hosentasche – nichts. Da öffnet sich die Autotür. Der eisgraue Skilehrer sitzt hinter dem Lenkrad.

»Sie müssen sich schon auf die andere Seite bemühen«, sagt er. »Ich fahre!«

Aber da kommt er beim Schorsch an den Rechten!

»Ha no!« schreit der. »Des wär' ja nomal schöner! Sie, was bildet Sie sich überhaupt ei? Mit meim Auto fahr' i, ond sonscht neamerd, verschtande!«

Kaum hat er diese kräftigen Worte gesprochen, da sitzt er schon auf dem Beifahrersitz neben dem Skilehrer und schlägt die Tür hinter sich zu.

»Wenn Sie die Güte haben wollten, den Gurt anzulegen ...«

Der Skilehrer sagt es höflich, aber bestimmt, läßt den Motor an und gibt Gas. Er fährt recht ordentlich, das muß Georg Beißweng zugeben. Trotzdem, es ist unerhört!

»Sie, wie kommet Sie zu dem Schlüssel?« fragt er streng.

»Er steckte«, antwortet der Skilehrer. »Sie haben leider vergessen, die Türen zu schließen. Man sollte sich derartige Nachlässigkeiten nicht gestatten! Ihr Auto hätte ohne weiteres ...«

Georg Beißweng winkt ab.

»'s isch scho recht! Sie brauchet nix meh schwätze. I mach' des sonscht net. 's war halt so viel los ...«

Eine Weile ist es still zwischen ihnen, dann fängt der Skilehrer wieder an.

»Bitte, fassen Sie es nicht als Bevormundung auf, verehrter Herr Beißweng, aber Sie riechen stark nach Alkohol. Haben Sie Kummer?«

»Noi, warum au!« Der Schorsch nimmt Friedels Kaugummi aus der Tasche und steckt ihn in den Mund.

»Es ist mir ein Bedürfnis, mit Ihnen über Frau Bechstein zu sprechen!«

Georg Beißweng fährt kerzengerade in die Höhe. Es ist ihm zwar auch ein Bedürfnis, über Julia zu sprechen, aber nicht mit diesem eisgrauen Wurzelsepp.

»I wüßt' net, was Sie mit mir über d' Frau Bechschtoi zu schwätze hättet!« So knurrt er und beißt heftig auf seinem Kaugummi herum.

»Zum Beispiel über ihre seltsame Veränderung!«

»I woiß net, was Se moinet.«

»Sie wissen ganz genau, was ich meine. Oder sollte es Ihnen tatsächlich nicht aufgefallen sein, wie sehr sie sich verändert hat?«

»Moinet Se vielleicht, daß se neuerdings Schi läuft?«

»Ja, das auch. Aber all das andere...«

»Se lacht nemme!« Georg Beißweng hat es nicht sagen wollen, es ist ihm einfach herausgerutscht.

»Sie haben es erfaßt!« Der Wurzelsepp nickt. »Daran hängt alles. Sie kann nicht mehr lachen. Sie hat ihr Lachen verkauft.«

Georg Beißweng ist mit einem Schlag nüchtern. Er sitzt ein Weilchen still und stumm, dann kommt ihm die Sprache wieder.

»Ka mer des?« fragt er. »Sei Lache verkaufe?«

»Sie hat es gekonnt.«

»Für was?«

»Für ihren Mann!«

»Für ihren Mann?« wiederholt der Georg und lehnt sich zurück. Der Eisgraue beginnt wieder zu sprechen und ruft dem Georg all die Erlebnisse von vorgestern auf »Stoba Roba« ins Gedächtnis zurück. Felix Bechstein am Tisch mit der schwarzen Schönen... Julias Ohnmacht... ihr Lachen in der Damentoilette... wie sie sich nachher benommen hat...

»Woher wisset Sie des?« fragt er. »Waret Sie dabei?«

»Nein!« spricht der Wurzelsepp. »Leider nicht! Sonst wäre es nicht passiert!«

»Ha no!« macht der Schorsch. Er neigt den Kopf, um zu überlegen, dann hebt er ihn und schaut den Skilehrer an. »Sie, wer sen Sie eigentlich, wenn i frage derf?«

»Wir sind angelangt.« Der Eisgraue tritt auf die Bremse. »Auch ich möchte dem lieben Patienten einen Besuch abstatten, vorausgesetzt, es ist Ihnen recht.«

»Ja freilich isch mir des recht!« brummt der Schorsch und klinkt den Gurt auf. »I ben mer bloß net sicher, ob der Kurtle net scho schloft... Wisset Se, 's isch arg schpät für a B'süchle... I glaub' fascht, die lasset ons nemme nei, die Schwestre...«

Aber der Skilehrer läßt sich nicht vergraulen. Er bleibt an Georgs Seite und schreitet neben ihm die Gänge entlang. Um sie herum scheuchen pflichteifrige Schwestern Besucher dem Ausgang zu. Sie aber wandeln ungehindert dahin, als seien sie unsichtbar.

Dem Kurtle geht es offenbar besser. Neben seinem Bett sitzt ein Gipsbeiniger, und zwischen ihnen liegt ein Spielbrett. Sie spielen Halma in Ermangelung anderer Lustbarkeiten.

Georg tritt als erster ein, um den Freund nicht unnötig zu erschrecken.

»Ha, so ebbes!« ruft der Kurtle gerührt. »Ja Schorsch, bisch du's? Scho wieder!«

»Du brauchsch doch dei Zahbürscht', no hab' i denkt, i will se der no glei brenge, daß d' se morge früh hasch ...«

Er legt die Zahnbürste auf den Nachttisch. Kurtles Blicke aber gehen zur Türe hin, zum eisgrauen, dem Kurtle so verhaßten, Skilehrer.

»Was dut denn der do? Noi, des ka net wahr sei!«

Wirklich, der Kurtle macht Anstalten, unter die Decke zu kriechen. Dabei kommt das Halmaspiel ins Rutschen und der Gipsbeinige auch, und hätte der greise Skilehrer nicht eingegriffen und kräftig geniest, sie hätten vieles auflesen müssen. So aber ist alles in bester Ordnung. Das Spiel steht auf dem Tisch, und der Gipsbeinige sitzt auf seinem Bett. Vor Kurtle aber liegt ein umfangreiches Paket, der Skilehrer hat es dorthin plaziert.

»Ich fühle mich in Ihrer Schuld, geehrter Herr Vögele!« So sagt er. »Deshalb habe ich mir gestattet, Ihnen eine kleine Aufmerksamkeit mitzubringen. Wenn Sie die Güte hätten, dieses Paket zu öffnen ...«

Aber der Kurtle ist weit entfernt von Güte und Milde. Er ärgert sich »granatemäßig« über den Schorsch! Dauernd schleppt der ihm irgendwelche Menschen und Hunde an. Warum kann er nicht alleine kommen? Gibt es nicht genug zu sagen von Freund zu Freund? Außerdem, man weiß es ja schon, geht ihm die gestelzte Redeweise des Eisgrauen unwahrscheinlich auf die Nerven.

Dem Skilehrer gegenüber reißt er sich zusammen, schließlich weiß er, was sich gehört.

»Hocket Se na!« brummt er unwirsch.

Aber beim Schorsch nimmt er kein Blatt vor den Mund, da läßt er seinem Ärger freien Lauf.

»Musch du mir die Zahbürscht' erscht jetzt brenge? Hättsch des net bälder do könne?«

Er greift nach der Zahnbürste, nimmt sie in Augenschein und hält sie entrüstet dem Schorsch unter die Nase.

»Da, die kasch glei wieder mitnehme. Ja moinsch denn du, i putz' mei Zäh' mit deiner Zahbürscht'? Ja, wo semmer denn?«

»Ha jetzt! Ha, so ebbes!« Georg betrachtet die Zahnbürste, schüttelt den Kopf und steckt sie wieder in die Westentasche. »Do hab' i tatsächlich die falsch verwischt. Verzeih no, Kurtle, des isch mer jetzt richtig arg!«

Kurt Vögele aber hört ihn nicht mehr. Er beugt den Kopf zu der »kleinen Aufmerksamkeit« hinunter, schnuppert und verdreht die Augen.

»Wie beim Backemetzger in Cannschtatt! O Schorsch, des waret no Zeite, wie mir do g'veschpert hen ...«

Beide Freunde arbeiten bereits daran, die Verpackung zu lösen. Ja, jetzt riecht es der Schorsch auch, und das Wasser im Mund läuft ihm dabei zusammen und die Säfte im Magen.

In dem Karton befindet sich ein schwäbisches Vesper, geschmackvoll angerichtet und frisch wie aus der Wurstküche: Leberwurst, Schwartemagen, Griebenwurst, Ripple und Bauernbrot, saure Gurken und eine Tube Senf mittelscharf.

»Des langt derweilsch!« haucht der Kurtle mit einem tiefen Seufzer der Glückseligkeit. »Woisch, was heut gebe hat, Schorsch?«

»Noi!«

»A Griesbreile! So a hungrigs G'fräß! I hab' drei Löffel voll gesse, no war i bedient!«

»Ond i hab' en Obschtdag g'macht!« ruft der Schorsch. »A halbes Fläschle hab' i verschluckt. Wie isch's, willsch's alloi esse?«

»Noi, gwieß net! Greif zu, Schorsch! Laß di net nöt'ge! Des langt übrig für zwoi!«

Ja, es reicht, es wird einfach nicht weniger. Der Gipsbeinige, welcher plötzlich einen starken Drang verspürt, seinen gesunden Fuß zu bewegen, humpelt am Bett vorbei und wirft einen hungrigen Blick auf das deftige Festmahl. Kurt Vögele, schon fast gesättigt, reicht ihm ein Leberwurstbrot, und als die beiden Freunde nun wirklich nichts mehr in sich hineinzwingen können, da trägt der Schorsch Essen aus. Begehrliche Hände strecken sich aus allen Betten.

»No net hudle!« Georg Beißweng tut seine Arbeit bedächtig und gewissenhaft. Jeder Leidensgenosse erhält ein gewichtiges Versucherle, und alle sind froh und schmatzen dankbar.

Die Stimmung im Krankenzimmer hebt sich. Dem Kurtle

wird endlich die gebührende Achtung und Verehrung zuteil. Man will sogar wissen, was er ist, außer vergipst, und was er kann, außer hinfallen. Was, haben sie richtig gehört? Ein Kirchenmusikdirektor ist er? Nein, das hätten sie jetzt nicht von ihm gedacht! So jung und schon so was!

Schließlich verabschiedet sich der Schorsch von dem Freund und von sämtlichen Mitpatienten. Kurt Vögele ist gerührt. Er bringt es sogar über sich, dem Skilehrer seinen »beschten Dank« abzustatten. Nachdem er dies getan hat, drückt ihm der Eisgraue eine zweite Aufmerksamkeit in die Hand. Es ist nur ein schmales Päckchen. Säuberlich in Folie und Plastik verschweißt, so, wie der pingelige Kurtle es liebt, kommt eine Zahnbürste zum Vorschein. Ein besonders formschönes, wenngleich fremdartiges Stück. Der schilfgrüne Griff ist schlangengleich gewunden, die Borsten schimmern in perlmuttenem Weiß.

»Ein neues Modell!« bemerkt der Skilehrer. »Wenn Sie es fleißig benützen, verehrter Herr Kirchenmusikdirektor, dann werden Sie reichen Gewinn daraus ziehen.«

Der Kurtle will sich schon wieder ärgern. Kann denn der Mensch nicht reden wie jeder andere auch? Dann aber reißt er sich zusammen und preßt ein »Dankschö!« hervor.

Trotz aller erwiesenen Wohltaten atmet er auf, als die Tür hinter den beiden Besuchern zufällt.

»Des war amol a nett's B'süchle!« sagt Georg Beißweng im Auto. »Wirklich, des hätt' i net denkt! Sie, des schwäbische Veschper, des war a gute Idee! Ond die Zahbürscht'! Ben i froh, daß endlich a Ruh isch damit!«

Dann fällt er in Schlaf, über alle Maßen satt und müde. Erst als das Auto in den Hotelparkplatz einbiegt, wacht er auf.

»Wir sind angelangt«, sagt der Eisgraue. »Ich wünsche eine angenehme Nachtruhe!«

Da erinnert sich Georg Beißweng an die Frage, die er schon einmal gestellt hat und die unbeantwortet geblieben ist.

»Sie, wer sen Sie eigentlich?«

»Haben Sie es immer noch nicht bemerkt?« Der Skilehrer stellt den Motor ab und steigt aus dem Auto. Auch der Schorsch steigt aus und klappt die Tür hinter sich zu, da hört er den Skilehrer sagen: »Ob Sie es glauben oder nicht, mein Bester, ich bin ein Drache!«

Was war das? Georg Beißweng hebt den Blick. Auf der anderen Seite des Autos steht ein Monster! Ein Drache mit spitzen Zähnen und hohem Schuppenkamm. Jetzt speit er sogar Feuer!

Jammerschtand! Ben i b'soffe, denkt der Schorsch. I seh' ja scho G'schpenster! Er torkelt davon, hinein ins Hotel, die Treppe hinauf.

Auf der obersten Stufe sitzt Friedel, barfuß und im Schlafanzug.

»Gut, daß du kommst, Herr Beißweng!« Er steht auf und legt seine kalte Hand in Georgs warme. »Ich will heute bei dir schlafen.«

»Des geht fei net, Bule! Was dädet denn dei Leut sage?«

»Die spielen Canasta! Die merken das gar nicht.«

»No kommsch halt amol mit nei! No könnet mer schwätze.«

Georg schließt die Tür auf und knipst das Licht an. Sein Blick fällt auf Kurt Vögeles Bett. Auf dem Bettrand sitzt der Skilehrer. Georg Beißweng stöhnt. Nein, er wird gewiß nie wieder so viel Obstler trinken!

»Hier ist Ihr Autoschlüssel!« sagt der Eisgraue und reicht den Schlüssel herüber. »Würden Sie die Güte haben, ihn in die rechte Hosentasche zu stecken?«

Georg nimmt den Schlüssel entgegen, geht mit Friedel um das Doppelbett herum und läßt sich auf seiner Seite nieder. Friedel nimmt er auf den Schoß und reibt ihm die kalten Füßchen. So sitzen sie schweigend und drehen sich gegenseitig den Rücken zu.

»Ich frage mich«, so läßt sich der Skilehrer schließlich vernehmen, »ob Sie bereit sind, etwas für Ihre Freundin zu riskieren?«

»Meinet Se d' Julia?«

»Eben dieselbe! Würden Sie versuchen, ihr Lachen zurückzugewinnen?«

»Ja!« rufen Friedel und Georg gemeinsam.

»Ich hatte eigentlich damit gerechnet!« sagt der Eisgraue. »Dann lassen Sie uns überlegen, wie wir es anfangen. Es wird nicht leicht sein.«

Nächtliche Verschwörung am Loch Ness · Der Birnbaum blüht, und Papi verschluckt ganze Sätze · »Immer nur lächeln« ...

Es ist Mitternacht und kalt ist es auch. Der Loch Ness liegt in vollkommener Stille. Plötzlich wird es lebendig an seinem Ufer. Ein Hund kläfft, und drei Gestalten rufen: »Pst!« Es sind offenbar Menschen, nämlich ein kleiner dünner, ein großer dicker und ein alter eisgrauer. Sie stehen dicht beieinander und flüstern, als hätten sie Böses im Sinn.

»Wenn Sie sich an unseren Plan halten«, so sagt der Eisgraue eben zu seinen Komplizen, »dann könnte es gelingen.«

Er niest, und alsbald sind die drei samt Hund verschwunden. Der Loch Ness liegt wieder in vollkommener Stille. Wo aber sind die drei Gestalten geblieben?

Sie befinden sich in einer Höhle unter dem See. Friedel kennt sie bereits und greift angstvoll nach Georg Beißwengs Hand. Aber da gibt es wahrhaftig nichts zum Fürchten! Auf dem grünen Plüschsofa sitzt eine schöne Dame mit schwarzen Locken und verführerischem Lächeln. Sie hat die wohlgeformten Beine übereinandergeschlagen und wippt kokett mit der Fußspitze.

Georg Beißweng schlägt sittsam die Augen nieder. Die Dame ist ihm bekannt vom Hotel her und vom Bergrestaurant »Stoba Roba«. Hat sie nicht mit einem einzigen Blick Freund Kurtle verhext, so daß ihm der Appetit vergangen ist? Und Feind Felix, wie war es mit dem? Den hatte sie um das letzte bißchen Verstand gebracht! Nein, Georg wird sich hüten! Kein Blick für Nessy! Die Schöne räkelt sich.

»Was verschafft mir die Ehre?« fragt sie.

»Mein Freund Georg hat ein Problem«, antwortet der Skilehrer. »Du könntest ihm möglicherweise helfen, teure Tante.«

»Worum handelt es sich?«

Georg tritt einen Schritt vor, den Blick noch immer züchtig gesenkt. Er holt tief Luft, und dann legt er los, so schnell, wie er sonst nicht zu sprechen pflegt.

»Entschuldiget Se no, Gnädigschte, daß mir Se schtöret, so

mitte en der Nacht! Aber wisset Se, i ben Tiefbauinscheniör ond i hock' jetzt grad an meiner Dokterarbeit: ›Die Entwicklung des Tunnelbaus unter Seen und Meeresarmen von der Antike bis zur Gegenwart‹. Könnet Se mer folge?«

»Ja, gewiß doch!« antwortet es vom Plüschsofa her mit ärgerlich zischender Stimme. »Was hat das mit mir zu tun?«

»No net hudle! Wisset Se, i hab' g'hört, Sie hättet hier unter dem See a richtigs Höhlesyschtem mit Gänge ond Tunnel, des gröschte in ganz Europa...«

»In der ganzen Welt, möchte ich meinen!« verbessert sie.

»Noi, Gnädigschte, noi! Des ka i fascht net glaube!«

»Wollen Sie einen Blick hineinwerfen?«

»Ja freilich, wenn's erlaubt isch!«

»Folgen Sie mir!«

»No ben i halt so frei!« Georg packt Friedels Hand fester und folgt dem Skilehrer und dessen Tante. Sie wandern durch Höhlen, Grotten und Tunnels. Georg geizt nicht mit Lob.

»Des isch ja phänomenal!« ruft er. »Des glaubt mir koi Mensch! Ond älles echt ond naturbelasse!«

Sie stehen in einer kleinen Felsengrotte. Georg bewundert die Schönheit der Tropfsteingebilde. Sein Blick wandert in die Höhe.

»Sie, was hängt denn da obe? Des isch aber nix echts, gellet Se?«

»Natürlich ist es echt! Und eigentlich sollten Sie es kennen, Herr Tiefbauingenieur!«

»Woher soll i des kenne, wenn i frage derf?«

»Ich weiß, was das ist!« kräht Friedel hinter Georgs Rükken hervor. »Mein Freund Peter hat auch so was! Das ist ein Glockenspiel! Wenn man es schüttelt, dann läutet es!«

»Glockenspiel! Lächerlich!« Die Schöne scheint schon wieder verärgert.

»Passen Sie gefälligst auf! Spitzen Sie die Ohren, dann werden Sie hören, was es ist!«

Sie schnippt mit den Fingern zur Decke hinauf, worauf Glöckchen läuten und Fanfaren schmettern. Der kleine Dackel sperrt das Maul auf und gähnt. Georg Beißweng klopft Friedel auf die Schulter.

»Hasch recht ghet, Bule! 's isch tatsächlich a Glockeschpiel! Letzt Johr beim Volksfescht hab' i so ebbes g'sehe.

Uff erer Drehorgel isch's g'stande, ond a Äffle isch danebe g'hockt...«

»Das ist mitnichten ein Glockenspiel!« Die Tante zischt wie eine Schlange. Ihre Stimme klingt richtig unangenehm. »Es ist das Lachen Ihrer Freundin. Ich dachte, Sie kennten es!«

»Ja freilich kennet mer des!« Georg Beißweng lächelt selig. »Aber des da obe... noi, des isch's net! Was moinsch denn du, Bule?«

Friedel schüttelt heftig den Kopf.

»Du verlogener, kleiner Bursche! Du weißt genau, was es ist! Du hast es sofort wiedererkannt!«

»Nein!« Friedels Stimme zittert zwar erheblich, aber man kann sie trotzdem verstehen. »Weil es nämlich so was gar nicht gibt! Weil man der Julia ihr Lachen nicht an der Decke aufhängen kann!«

»Des muß i au sage!« bestätigt Georg Beißweng. »So ebbes gibt's net, Gnädigschte! Gehet mer weiter, bitt' schö, wege meiner Dokterarbeit...«

»Neffe!« knirscht die Tante. »Wenn du die Freundlichkeit hättest, deine verehrte Julia herbeizuschaffen, dann könnte ich diesen beiden Dummköpfen beweisen, was da oben hängt!«

»Noi!« ruft Georg Beißweng. »Bloß des net! 's isch doch mitte in der Nacht, do derf mer die net schtöre. 's isch scho recht! Mir glaubet's ja!«

»Neffe, tu, was ich dir sage!«

Hatschi! Schon steht Julia bei ihnen, im Nachthemd zwar und mit geschlossenen Augen, aber sie ist es.

»Jetzt wollen wir einmal sehen, wer recht hat!« Oh, wie die Tante frohlockt! Jedermann muß es zugeben, daß sie recht hat! An der Decke hängt kein Glockenspiel mehr. Julia klappt den Mund zu und schluckt. Hatschi! Im gleichen Augenblick ist die Felsgrotte leer. Nur Nessy befindet sich noch dort und ist begreiflicherweise ärgerlich. So geht es, wenn man immer recht behalten muß.

Papi und Mami haben die Canastakarten zusammengepackt und bei den Mitspielern ihre Rechnung beglichen. Sie sind allerschlechtester Laune, denn sie haben verloren. Durch Mamis Schuld, wie Papi verkündet. Sie hat derart katastrophale Fehler gemacht, daß Papi sich noch jetzt an den Kopf greifen muß und sich fragen, wie ein denkender Mensch dergleichen Blödsinn fertigbringen kann. Mami verteidigt sich lautstark, und so streiten sie denn die Treppe hinauf, den Gang entlang, bis hinein in ihr Zimmer. An Friedel denken sie nicht, bis ihr Blick auf sein Bett fällt und sie bemerken müssen, daß es leer ist.

Sitzt er im Bad? Nein, dort sitzt er nicht! Liegt er unter dem Bett bei seinem Hund? Nein, dort liegt er auch nicht! Er ist mitsamt dem Dackel verschwunden. Wer denkt noch an Canasta? Papi und Mami nicht! Sie fegen durch die Gänge und suchen ihren Sohn und seinen Dackel an den unmöglichsten Stellen, nämlich im Heizraum und in der Sauna. Sie stehen sogar händeringend vor dem Schwimmbecken und befürchten das Schlimmste. Völlig gebrochen kehren sie in ihr Zimmer zurück. Was sehen sie? Friedel liegt im Bett und der Dackel darunter. Beide schlafen, der Dackel schnarcht sogar.

»Wie ist das möglich?« flüstert Papi.

»Ich weiß es auch nicht!« flüstert Mami zurück, und hätte Papi sie nicht festgehalten, sie hätte das Kind aus dem Schlaf gerissen und es ans Herz gedrückt.

»Laß ihn schlafen!« sagt er ungewohnt friedlich. »Schau nur, er lächelt im Traum. Na so was!«

Dann knipsen sie das Licht aus und gehen im Dunkeln zu Bett.

In Gaschurn läuten die Glocken. Es ist Sonntag! Die Sonne lacht! Der Himmel jubilieret.

Im Leben des Skiläufers aber gibt es keinen Feiertag und keinen Werktag. Man befindet sich schließlich im Urlaub. Ein Tag ist wie der andere: die Schlange am Lift, Berg rauf, Berg runter, hinfallen, aufstehen, Kaiserschmarrn oder Knödel... Wer käme auf die Idee, ein Festgewand anzulegen, oder gar in die Kirche zu gehen? Der Urlauber bestimmt nicht!

Aber, siehe da, die Natur hat sich festlich geschmückt!

Der alte Birnbaum vor dem Hotel blüht! Er blüht so überschwenglich und leuchtend weiß, daß der eine oder andere Skiläufer meint, es sei Schnee gefallen. Aber nein, die Hoffnung trügt, alle anderen Bäume sind kahl. Dabei wäre man für etwas Neuschnee dankbar gewesen, man fällt weicher. Papi tritt auf den Balkon hinaus. Mami schläft noch und

Friedel auch. Nur der kleine Dackel ist bereits putzmunter und steht neben Papi auf dem Balkon. Er kann dem blühenden Baum nichts abgewinnen, aber Papi ist überwältigt. Nein, so etwas, im Montafon, Mitte Februar! Es widerspricht allen Naturgesetzen. Papi wird diesen Baum fotografieren und die Bilder seinen Patienten zeigen. Da werden sie die Mäuler aufsperren und sprachlos sein, und Papi kann ungehindert in ihren Zähnen bohren. Er tritt ins Zimmer zurück, um seine Fotoausrüstung zu holen. Leise geht es nicht dabei zu, schließlich muß er die knarrende Schranktür öffnen und zwischen allerlei klirrendem, klapperndem Zeug herumkramen. Als er sich umdreht, sitzt Friedel im Bett und gähnt.

»Ja Friedel, Jungchen, bist du aufgewacht? Wo warst du denn heute nacht?«

»Erst beim Schorsch und dann im Bett!« antwortet Friedel wahrheitsgemäß. »Und wo wart ihr, Papi?«

»Wir? Das geht...« dich überhaupt nichts an, wollte Papi sagen, aber, o Wunder, er stockt und wandelt es um in: »Das geht manchmal länger, als man denkt, das Canastaspiel, meine ich... Und da bist du also zu Herrn Beißweng gegangen?«

»Ja. Weil ich nicht einschlafen konnte!«

»Warum bist du nicht runtergekommen?« fragt Papi. »Du wußtest doch, wo wir sind...«

»Zu euch runterkommen? Aber Papi...«

Mehr sagt Friedel nicht und Papi auch nicht.

Georg Beißweng steht ebenfalls auf seinem Balkon. Er sieht den blühenden Birnbaum und er hört Julias Lachen. Sehen kann er sie leider nicht, so sehr er auch den Hals reckt, aber er hört sie lachen, und das allein verhilft ihm schon zu den sonntäglichsten Gefühlen. Daß der Birnbaum blüht und die Sonne scheint, sind selbstverständliche Begleitumstände.

Er treibt seine Toilette voran und eilt hinunter in den Speisesaal. Dort sitzen die Bechsteins bereits an ihrem Tisch und trinken Kaffee. Julia streicht Butter auf ein Brötchen für Felix und träufelt Honig darauf, denn ach, er ist schwer angeschlagen. Eben erklärt er, daß ihm sogar das Essen Schwierigkeiten bereite.

»Jede Erschütterung ist qualvoll!« stöhnt er.

»Man sollte dich ganz und gar in Watte packen!« meint Julia und lacht. Aber Felix findet das ganz und gar nicht lächerlich, sondern sehr wünschenswert.

»Das würde mir guttun!« versichert er.

»Was würd' Ihne gut do?« Georg Beißweng erscheint auf der Bildfläche und möchte Näheres wissen. Felix beantwortet seine Frage nur mit einem gequälten Lächeln, obwohl er klar und deutlich formulieren könnte, was ihm gut, ja, was ihm am allerbesten tun würde. Wenn nämlich ein gewisser Georg Beißweng jetzt sofort und für alle Zeiten verschwinden würde, dahin, wo der Pfeffer wächst oder nach Degerloch oder weiß der Teufel wohin, nur weg. Das denkt Felix, spricht es aber nicht aus, denn er ist trotz großer Schmerzen noch immer ein höflicher Mensch.

»Setz dich her, Schorsch!« sagt Julia in die peinliche Pause. »Neben mir ist noch Platz. Aber Vorsicht, Vorsicht! Felix hat Schmerzen. Stoß ihn nicht und faß ihn nicht an!«

»I werd' mi hüte!« Georg Beißweng läßt seine Blicke liebevoll auf Julia ruhen. Sie würde er herzlich gern in die Arme schließen, aber auch hier wird er sich hüten. Also seufzt er nur und läßt sich vorsichtig nieder.

»Was machet mer heut?« fragt er.

»Je nun«, antwortet Felix mit schmerzlichem Lächeln. »Wir beide sind heute leider aus dem Verkehr gezogen, meine Frau und ich. In diesem Zustand kann ich unmöglich Ski fahren...«

»Aber ich könnte eigentlich...« Julia verstummt.

»Ja freilich könntesch du, Juliamädle! Du musch's jetzt treibe, sonscht verlernsch's wieder. 's macht dir doch au Schpaß, oder wie isch mer's?«

»Ja, schon, großen Spaß!« Julia holt tief Luft. »Du, Felix, ich würde so gern Ski laufen! Du könntest vielleicht spazierengehen oder lesen und es dir gemütlich machen...«

»Oh!« Felix stöhnt auf. »Oh, eben hat's mich wieder ganz durchzuckt! Eine ungeschickte Bewegung und der Schmerz wird unerträglich! Was hast du gesagt, Julchen? Ach so, jetzt weiß ich's wieder. Ja, wenn du unbedingt Ski laufen willst, bitte! Ich werde dich gewiß nicht halten... Irgendwie wird die Zeit schon vergehen. Es wäre natürlich netter, wenn wir gemeinsam etwas unternehmen würden. Nach Schruns fahren...«

»Des isch koi schlechte Idee!« meint Georg und hört auf,

in seiner Tasse zu rühren. »I muß eh zum Kurtle, do nehm' i euch mit. No könnet ihr a bißle romlaufe, ond hinterher fahret mer wieder heim. Isch des was?«

»Ja, das ist natürlich ...« Felix' Stimme klingt alles andere als begeistert. Zu dritt. Ja, was denkt dieser Bursche sich denn! Wie kommt er dazu, ihn einfach miteinzuschließen in das vertrauliche »Du«? Daß er Julia duzt, ist ärgerlich genug, er, Felix, will nichts damit zu tun haben! Einer weiteren Kundgebung seines Ärgers wird er enthoben, denn Papi, Mami, Friedel und sein Dackel betreten den Speiseraum. Eine glücklich vereinte Familie.

Friedel kommt gelaufen, schubst Georg beiseite, ruft: »Das ist mein Platz!« und klettert neben Julia auf die Bank. Schorsch muß auf einen Stuhl überwechseln. Daß dies alles nicht ohne Erschütterung geschieht, kann man sich vorstellen.

Felix stößt einen Jammerlaut aus: »Aua, paßt doch auf!«

Papi und Mami erkundigen sich nach dem werten Befinden. Ach, was macht Papi, der es als Arzt doch besser wissen müßte? Er ergreift Felix' Rechte und schüttelt sie herzhaft. Wie Felix leidet! Es ist unbeschreiblich!

»Ich habe eine Rippenprellung!« schreit er schließlich. Da läßt Papi endlich davon ab, die Hand zu schütteln und zu drücken. Er schüttelt nur noch den Kopf und drückt sein Mitgefühl aus, was eigentlich beides eher wohltuend und schmerzlindernd ist. Aber Felix hat endgültig genug! Er wendet sich Georg Beißweng zu.

»Unsere Wege werden sich leider trennen«, spricht er mit Bestimmtheit. »Sie fahren zu Ihrem Freund, und wir bleiben hier!«

»Der Birnbaum blüht!« ruft Papi in die gespannte Stimmung hinein. »Ein blühender Baum im Winter! Es ist ein absolutes Novum! Ein Wunder möchte ich fast sagen. So etwas muß man festhalten. Ich habe ihn fotografiert.«

Felix kann es nicht glauben, das mit dem blühenden Baum im Winter. Da will Papi es nun aber beweisen. Er ist doch nicht blöd! Alles muß mit raus. Papi besteht darauf. Dann stehen sie vor dem blühenden Baum. Friedel und sein Dackel wälzen sich im Schnee, und Papi läßt es geschehen.

»Schö!« sagt Georg Beißweng und hätte gern seinen Arm um Julia gelegt, aber neben ihr steht Felix, stocksteif und mit starrem Gesicht.

»Es wird ein Trick dabei sein!« So lautet sein Kommentar.

»Wir frühstücken jetzt und gehen dann zum Lift«, sagt Papi zu Julia. »Kommen Sie mit, Frau Bechstein?«

Sie scharrt mit dem Fuß im Schnee, sie holt tief Luft, dann hat sie's geschafft.

»In zehn Minuten bin ich fertig.« So spricht sie.

Felix traut seinen Ohren nicht. Was denn? Sie will gehen? Ohne ihn?

Im Zimmer, als sie sich den Anorak überzieht und die Mütze auf den Kopf stülpt, steht er stumm dabei.

»Ich bleib' nicht lange weg, Felix! Ganz bestimmt nicht! Und dann unternehmen wir etwas, ja?«

Sie gibt ihm einen Abschiedskuß, einen ganz vorsichtigen, damit er keine Erschütterung erleide. Erschüttert ist er trotzdem. Nein, er hätte es nicht für möglich gehalten, daß sie ihn allein läßt, so krank wie er ist!

Im Skistall trifft Julia auf Georg Beißweng. Da sitzt er auf der Bank, zieht seine Stiefel an und denkt nicht daran, zum Kurtle zu fahren. Gestern war er dreimal bei ihm! Man soll's nicht übertreiben!

So ziehen sie los, mit geschulterten Skiern und frohen Herzen. Papi, Mami und Friedel, Julia und Georg. Der kleine Dackel springt kläffend voran.

Felix sieht ihnen vom Balkon aus nach. Als Julia sich umdreht und zu ihm heraufwinkt, hebt er nicht einmal die Hand. Er lehnt am Geländer mit leidendem Gesicht und hofft von Herzen, daß Julia sich schlecht fühlen möge und daß es nicht schön werde, das Skifahren nicht und überhaupt das ganze Unternehmen.

Als die vergnügte Gesellschaft hinter der Wegbiegung verschwunden ist, geht Felix zurück ins Zimmer. Die Betten sind noch nicht gemacht. Gleich wird das Zimmermädchen kommen, und dann – was fängt er dann an? Soll er zusehen, wie die Dame staubsaugt, soll er sich von einer Ecke in die andere drängen lassen?

Nein, das nicht! Er wird einen Spaziergang machen. Lust hat er keine dazu, aber die frische Luft soll ja guttun.

Es ist schwierig und schmerzhaft, den Anorak anzuziehen, aber so pflegt es zu sein, wenn man eine Rippenprellung hat und eine Frau, die in Stunden der Not Ski läuft und ihren Mann allein läßt.

»Tapfer sein, Felix!« So ermahnt er sich selbst. »Immer nur lächeln!« Ach ja, dieses alte Liedchen, wie paßt es doch so vortrefflich zu seiner Situation ...

Wo sind die Handschuhe? Hat er genug Tempotaschentücher dabei? Ja, er hat! Dann steht dem Spaziergang nichts mehr im Weg.

Vertauschte Rollen · Eine Prinzessin im Wasserglas und Perlen in der Schublade · Zwei Dolchstöße in Georgs Herz …

Felix stapft durch das Dorf, über Felder, dem Wald zu. Mit Ingrimm muß er bemerken, wie schlecht hier für Spaziergänger gesorgt ist. Es gibt zwar freigeschaufelte Wege, aber wo enden sie? In Bauernhöfen! Zweimal ist er schon von wütenden Hofhunden empfangen worden. Nicht, daß er vor Hunden Angst hätte, du liebe Zeit, aber das Bellen geht ihm auf die Nerven, er ist schließlich hart angeschlagen. Nun hat er offenbar den richtigen Weg gefunden, durch die Felder in den Wald hinein. Von ferne hört er das Jauchzen der Skifahrer. Verdrossen wühlt er die Hände tiefer in die Taschen und stapft weiter. Er hätte nicht gedacht, daß Spazierengehen so langweilig sein würde. Außerdem strengt ihn das Gehen an. Sie haben sich wahrhaftig keine Mühe gegeben mit dem Schneeräumen! Der Weg durch den Wald wird immer schmaler, ein Trampelpfad, das ist alles. Die Pisten sind natürlich gewalzt. Julchen wird keine Schwierigkeiten haben, und dieser Schwabe auch nicht. Warum ist er übrigens nicht in Schruns? Felix hätte ihn lieber am Krankenbett seines Freundes gewußt als in Julchens Nähe! Wer weiß, wo dieser Pfad endet? Tief im Winterwald vermutlich und ganz gewiß nicht bei einem gemütlichen Gasthaus, wo Felix einen heißen Jagertee hätte trinken können. Wenn er hier vom Pfad abkommt, dann steckt er im Tiefschnee, und wenn er hinfiele, und sich den Fuß verstauchte, dann könnte er hier in aller Ruhe erfrieren. Kein Mensch würde ihn stören … Er führt ein Tempotaschentuch zur Nase.

»Schönen guten Morgen, der Herr!«

Felix fährt zusammen. Vor ihm steht der eisgraue Skilehrer. Aus dem Nichts ist er aufgetaucht mit seiner schwarzen Warze und der Sonnenbrille. Nun ja, Felix liebt ihn nicht sonderlich, aber Mensch ist Mensch. Man kann sich mit ihm unterhalten, seine traurige Geschichte erzählen. Das tut Felix denn auch in ungewohnter Beredsamkeit, und der Skilehrer hört ihm zu, nickt, sagt: »Na so was!« und: »Wer hätte das gedacht?«, und was man eben so sagt, um sein Interesse zu bekunden.

»Sie haben meiner Frau das Skifahren beigebracht!« ruft Felix schließlich, und es klingt sehr vorwurfsvoll.

»War das nicht Ihr ausdrücklicher Wunsch?«

»Doch natürlich war es mein Wunsch! Aber jetzt läßt sie mich allein! Jetzt fährt sie mir davon!«

»Da haben Sie recht!« meint der Skilehrer. »Verehrter Herr Bechstein, bemühen Sie sich! Sonst ist Ihre Gattin auf einmal verschwunden! Phütt, weg ist sie...«

Diese Worte treffen Felix ins Herz. Er geht in Gedanken versunken, und als er schließlich aufschaut, da ist der Skilehrer nicht mehr an seiner Seite. Dafür sieht er das Dorf vor sich liegen und bemerkt mit Erleichterung, daß er bereits auf dem Rückweg ist.

Julia kommt schneller als erwartet. Felix hört, wie sie unten lacht, und eilt auf den Balkon. Natürlich, Georg Beißweng ist wieder an ihrer Seite. Jetzt drückt sie ihm ihre Ski in den Arm, läuft zum blühenden Birnbaum und pflückt ein Zweiglein.

»Bring das deinem Freund mit, Georg. Ich lasse schön grüßen und wünsche gute Besserung, und er soll nicht schimpfen, weil du jetzt erst kommst...«

»Dank schö! I geb's em. Ond wenn er schimpft, no haut 's mi au net om. Woisch, i hab' en breite Buckel!«

Dann gehen sie in den Skistall, und Felix findet, daß es unverhältnismäßig lange dauert, bis sie die Treppe heraufkommen. Er hat nämlich auf die Uhr geschaut, spaßeshalber, und wieviel Zeit ist verflossen? Zehn Minuten! Wahrhaftig eine lange Zeit für einen lumpigen Schuhwechsel! Der Blick, mit dem er Julia empfängt, ist vorwurfsvoll. Leider ist sie wieder nicht allein. Muß denn dieser Mensch immer hinter oder neben oder vor ihr auftauchen?

»I wollt' bloß frage, wie's Ihne geht, Herr Bechschtoi. Dut's no weh, oder isch des Schlimmschte überschtande?«

»Es könnte besser sein.«

»No wünsch' i gute Besserung. I gang' zu meim Freund, dem geht's no a bißle schlechter! Der hat nämlich en Gips ond liegt em Krankehaus!«

»Das ist mir bekannt. Im Krankenhaus wird man wenigstens versorgt!«

»Sie brauchet gwieß net klage!« Georg kann nicht verhindern, daß seine Stimme sich zornig hebt. »Wisset Se, Herr

Bechschtoi, 's war arg schö drauße, ond mir wäret gern no länger bliebe, aber Ihr Fraule hat ja koi Ruh gebe ond hoim welle ...«

Er schluckt hinunter, was er sonst noch sagen wollte, nickt Julia zu und stampft aus dem Zimmer.

Endlich sind Julia und Felix allein, aber es will ihnen nicht gelingen, die Gelegenheit zu nutzen.

»Erzähl doch, wie's war!« drängt Felix. »Warum sagst du nichts?«

Nun könnte Julia schon einiges berichten, daß es schön war, herrlich, harmonisch ... Aber sie weiß aus eigener Erfahrung, wie wenig beglückend solche Schilderungen auf Daheimgebliebene wirken. Also kratzt sie an Negativem zusammen, was ihr nur einfällt. Daß sie zum Beispiel vor der ersten Abfahrt wieder Angst gehabt hat. Ihre Knie haben gezittert, und sie war drauf und dran, die Ski abzuschnallen und umzukehren ...

Soweit erzählt sie es ihrem Mann. Daß Georg sie in den Arm genommen hat und auf die Nasenspitze geküßt und gesagt: »Brauchsch koi Angscht habe, Juliamädle! Du kannsch fahre, besser als mir älle!« – das erzählt sie nicht. Nur, daß sie ihre Angst überwunden hat und losgefahren ist und daß es dann gut ging.

Sie geht ins Badezimmer, sieht dort im Spiegel ihren Drachen stehen, empfängt ein freundliches Lächeln für sich und eine Salbe zum Einreiben für Felix und kehrt ins Zimmer zurück.

O ja, diese Salbe tut Felix gut. Während Julias Hände sanft über seinen Rücken streichen, fühlt er, wie der Schmerz weicht. Da greift er nach Julias Hand und drückt einen Kuß darauf.

»O Julchen«, sagt er. »Ich bin so glücklich, daß du gekommen bist.«

Georg Beißweng dagegen ist nicht glücklich, als er nun im kalten Auto sitzt, um nach Schruns zu fahren. Der Kurtle wird sauer sein, weil er so spät kommt, und sicher hat er wieder irgend etwas vergessen. Gut, daß Julias blühender Zweig neben ihm liegt! An ihn klammert er sich, als er in Schruns aussteigt und das Krankenhaus betritt.

Sieh da, Kurt Vögele stößt einen Willkommensruf aus, den man bei aller Skepsis nur als freundlich verstehen kann, setzt sich im Bett auf und lächelt dem Freund entgegen. Ha, so ebbes! Georg tritt näher, zutiefst verunsichert. Er hat sich auf schlechte Laune und Vorwürfe eingestellt, und was ihm entgegenfließt, ist eitel Freude und Wohlwollen.

»Ben i froh, daß du kommsch, Schorsch, ond au no so früh am Tag! Hock di na!« Wahrhaftig, er hebt die Arme, als wolle er den Freund ans Herz drücken.

»Kurtle«, sagt der Schorsch, »jetzt werd' bloß net ironisch! Hasch ja recht, i ben spät dra, aber 's Wetter war so schö ...«

»Was schwätzsch denn raus, Schorsch! 's isch früh g'nug! Komm, hock di na, i muß der was verzähle ... du, i glaub', i schpinn'!«

Kurt Vögele verstummt, schüttelt den Kopf und schließt die Augen, dann setzt er zu neuer Rede an: »Geschtern obed war doch der Schilehrer da, woisch, der immer so g'schwolle rausschwätzt, der Herr Drache ...«

Georg Beißweng hört den Namen, und eine schreckliche Erinnerung fährt ihm durch den Kopf. Vor seinem inneren Auge erscheint der Hotelparkplatz im Mondenschein und hinter dem Auto ein Monster, ein leibhaftiger Drache ...

Kurt Vögele beugt sich vor, schaut ängstlich nach rechts und links und flüstert dann in des Freundes Ohr.

»Schorsch, i schtand' nämlich vor 'm Rätsel! Du musch mer helfe. Der Schilehrer, der hat doch geschtern a Veschper mitbracht ...« Georg nickt. »Ond bevor er gange isch, hat er mir a Zahbürscht' gebe. Gell, Schorsch, des schtimmt doch, ond des war a neue ...«

»Ja freilich schtimmt des, die war no in der Verpackung. Isch die am End verschwunde oder wie?«

»Noi, verschwunde isch se net. Dädsch se mir mol brenge! I muß der was zeige!«

Georg Beißweng erhebt sich gehorsam. Vor dem Spiegel über dem Waschbecken stehen acht Gläser. Aus jedem schaut eine Zahnbürste heraus. Schorsch braucht nicht lange zu suchen. Dem Kurtle seine ist unverkennbar – der gewundene schilfgrüne Griff, die schimmernden Borsten. Da steht sie wie eine Prinzessin zwischen lauter Marktweibern. Das denkt der Georg natürlich nicht, als er sie nun ergreift und zum Kurtle hinüberträgt. Er denkt, daß sie komisch aussieht, anders als andere Zahnbürsten.

»Zu was willsch se, Kurtle?«

»Zom Zähputze!« antwortet der, steckt die Schöne in den Mund und bürstet.

»Soll i dir a Wasser hole ond a Schüssel?«

»Noi! Zu was denn Wasser ond a Schüssel?« So spricht der Kurtle mit seltsam mümmelnder Stimme. Er winkt dem Freund, sich tiefer zu ihm herunterzubeugen, packt seine Pranke, und jetzt, was macht er? O pfui! Er spuckt in die arglos dargebotene Freundeshand.

»Gell«, flüstert er, »gell, do glotsch!«

»Ha, jetzt so ebbes!« stammelt der Schorsch und starrt auf die Bescherung in seiner Hand.

Kurtle flüstert weiter: »Erscht hab' i denkt, i häb' mir en Zah ausbroche oder a Plomb, aber no hab' i genau naguckt...«

»Mensch, Kurtle, des isch ja a Perle. Ond was für a schöne!«

»Ja, i hab's au scho denkt! Mach mol die Schublad' auf!«

Georg zieht die Nachttischschublade heraus. Auf Kurtles rotkariertem Taschentuch liegen zehn prachtvolle weiße Perlen. Schorsch legt seine dazu.

»Jetzt ka i gar nemme!« sagt er.

Nach einer Zeit des Schweigens fängt Kurt Vögele wieder an: »Emmer, wenn i mei Zäh' putz', no hab' i so a Perl in der Gosch!«

»Do könnsch grad!«

»Kasch mer's glaube, Schorsch, i däd am liebschte äll naslang Zäh' putze.«

»Noi, Kurtle, des derfsch net! Du bisch doch koi Auschter!«

Georg betrachtet die Zahnbürste mit Widerwillen. Dann trägt er sie zum Waschbecken, spült sie aus und bringt dem Kurtle ein Glas voll Wasser.

»Was soll i damit?«

»Gurgle!«

»Ins Bett nei? I muß net gurgle! Bring mir mei Zahbürscht '!«

»Willsch denn scho wieder Zäh' putze? O Kurtle, des ka net g'sund sei!«

»I will se hier bei mir habe!«

Der Schorsch seufzt, schüttelt den Kopf und holt die Zahnbürste. Er stellt sie in das Glas auf Kurtles Nachttisch. Damit es nicht gar so seltsam aussieht, steckt er Julias blühenden Zweig dazu.

»Was isch denn des?« fragt Kurt Vögele mißtrauisch.

»A Zweigle von der Julia. Sie läßt grüße.«

»Dank schö!« Der Kurtle druckst herum, er will offenbar noch etwas sagen, aber es fällt ihm schwer. Jetzt endlich ist er soweit: »Du, Schorsch, i trau' mi nemme, a Schnäpsle zum drenke. Was moinsch, verträgt sich der Obschtler mit dene Perle?«

»Des woiß i doch net! Drenk halt a Milch!«

Georg Beißweng holt den Flachmann aus der Schublade und steckt ihn in seine Tasche. Kurt Vögeles Gesicht verfinstert sich augenblicklich.

»Morge krieg' i en Gehgips«, knurrt er, »no kasch mi hole! Mit Schilaufe isch's nix meh für des Jahr. Mer sottet hoimfahre, Schorsch, was moinsch?«

Jetzt verfinstert sich auch Georgs Gesicht.

»Auf keinen Fall!« ruft er in hartem Hochdeutsch und so laut, daß die Gipskameraden in den Betten rundum erschrocken hochfahren, dann fügt er leise, aber bestimmt hinzu: »I bleib' do! Do gibt's nix, Kurtle!«

»Isch scho recht, Schorsch!« meint der beschwichtigend. »No bleibet mer halt do, bis dei Julia au fährt...«

Die Freunde blicken sich an, erst finster, dann zunehmend heller, und schließlich grinsen sie breit und verständnisvoll.

»Grüß d' Julia schö und seid brav mitnander!«

»I richt's aus!« Der Georg erhebt sich. »Also, Kurtle, no gang' i halt. Du, i ben no ganz aweg von dene Perle! Gell, Kurtle, übertreib's net! Des isch a ganz verhexte G'schicht'...«

»Pscht!« Der Kurtle legt den Finger an den Mund. »Pscht, Schorsch, des verträgt's Schnaufe net!«

Georg nickt dem Freund zu, den anderen sieben Zimmergenossen auch, und geht in Gedanken versunken zum Auto zurück.

Was soll er bloß von diesen Perlen halten? Wirklich, sie sind dem Kurtle zu gönnen. Er liegt im Gips, er kann nicht Ski laufen. Außerdem ist er Kirchenmusiker! Es geht ihm zwar ein wenig besser als den Kirchenmäusen, aber eben nur ein wenig. Georg Beißweng, als guter Freund und guter Verdiener, hat es längst bemerkt. Kürzlich hat ihn der Kurtle gefragt, ob er das Lied der Kirchenmusiker kenne? Nein, der Georg kannte es nicht, und so hat Kurt Vögele es ihm denn vorgesungen. Die sechste Strophe von Nummer 205 im Evangelischen Kirchengesangbuch: *Gott soll'n wir billig lo-*

ben ... Ein guter Witz! Der Georg hatte herzlich gelacht, aber Freund Kurtle fand es nicht so lustig.

Ja, einem Ingenieur geht es schon besser, was die finanzielle Seite anlangt ... Und in der Liebe? Arm's Kurtle! Er hat keine Julia! Georg hat eine, wenn auch nur im Herzen. Wirklich, das Glück ist ihm hold.

Georg Beißwong wirft sich ins Auto und gibt Gas.

So hold ist ihm das Glück nun auch wieder nicht. Das muß der Georg noch am gleichen Tag erfahren. Sie haben sich nach dem Abendessen im Salon niedergelassen. Nein, nicht etwa nur Julia und Georg in trauter Zweisamkeit, wie er sich das so sehr gewünscht hätte, nein, die ganze Gesellschaft ist dabei. Papi und Mami sitzen auf dem Sofa, Felix stocksteif auf einem harten Stuhl, denn harte Stühle, so hat er eben erklärt, sind im Augenblick die einzige Möglichkeit für ihn. Julia und Friedel haben sich in einen bequemen Sessel verkrochen, und Georg sitzt ihnen gegenüber, damit er sie im Auge hat.

Man ist vergnügt. Papi und Georg erzählen abwechselnd Zahnarzt- und Gogenwitze.* Nicht, daß sie keinen ernsthaften Gesprächsstoff hätten! Papi könnte von Zähnen erzählen, Georg von Tunnels und Felix von Brücken, denn so ist es nun auch wieder und hat sich ergeben, daß der eine Rivale nach oben baut und der andere nach unten. Über Brücken und Tunnels könnte man sich begegnen. Man tut's aber nicht, wenigstens nicht in diesem Fall. Man erzählt Witze und freut sich darauf, Julias Lachen zu hören und selber miteinzustimmen. In ein solches Lachen hinein spricht Felix die Worte:

»Julchen, ich habe es mir überlegt, morgen fahren wir nach Hause!«

Aha, jetzt ist es aus mit dem Gelächter! Jetzt klappen sie die Mäuler zu!

»Wie bitte?« fragt Julia. »Morgen? Aber Felix, wir wollten doch bis Freitag bleiben!«

»Mit einer Rippenprellung kann ich nicht Ski laufen. Außerdem sind die Ski kaputt. Weißt du nicht mehr, Julchen, wie du zu Hause rumgejammert hast und gesagt, vierzehn Tage sind zu lang?«

»Ja, ich weiß, aber da hab' ich noch nicht gewußt ...«, sie

* »Gogen« sind Tübinger Weingärtner mit einer besonders originellen und deftigen Sprache.

stockt, »da hab' ich noch nicht gewußt, daß ich Ski laufen kann und daß so nette Leute hier sind...«

»Aber, Herr Bechstein, das werden Sie doch nicht tun!« ruft Papi. »Was man sich vorgenommen hat, das muß man ausführen! Und wenn Sie zwei Wochen bleiben wollten, dann sollten Sie nicht vorher gehen!«

O weh, zum zweiten Mal an diesem Tag erhält Georg Beißweng einen Dolchstoß von hinten durch die Rippen direkt ins Herz. Zuerst von Freund Kurtle und jetzt von Feind Felix. Er ballt die Fäuste und lockert sie wieder. Es hat keinen Zweck, den Kerl niederzuschlagen, damit richtet er nichts aus. Diplomatie ist vonnöten. Er weiß schon, wie er ihn kriegt.

»Also, wenn Se mi fraget, Herr Bechschtoi«, er hat einen Kloß im Hals und muß sich räuspern. »Also, wenn Se mi fraget, i ka des verschtehe. Sie sen oifach gehändikept, koi Wunder, daß Se hoim wellet. Aber i hab' a Idee. Sie ganget, ond d' Julia bleibt. Freitags, wenn mir hoimfahret, mei Freund ond i, no brenget mer se mit. Mir fahret über Karlsruh', des isch koi Umweg.«

Felix ringt nach Luft. Das wird ja immer schöner! »Was meinst du dazu, Julchen?«

»Es wäre eine Möglichkeit!« meint sie.

An dieser Stelle erhebt sich Mami.

»Friedel muß ins Bett!« sagt sie. »Komm, Friedelchen, es ist allerhöchste Zeit, auch für deinen kleinen Dackel! Sieh nur, wie er gähnt!«

»Er hält net amol sei Pfötle vors Maul, Lompetierle!« So sagt Georg Beißweng und zwinkert Friedel dabei zu. Keine Sorge, heißt das, es wird schon alles gut! Ich bringe die Sache in Ordnung. Friedel hatte den Mund schon geöffnet zu wildem Protestgeschrei. Auch ihm ist der Schreck in die Glieder gefahren. Jetzt schmatzt er Julia einen Kuß auf die Wange und rutscht aus dem Sessel.

»Morgen ist auch noch ein Tag!« sagt Papi. »Da können wir das Problem weiter erörtern. Wegfahren ist keine Lösung, Herr Bechstein!«

Ja, das sagt Papi! Er ist eben ein begnadeter Psychologe. Auch Felix erhebt sich, und also muß Georg Beißweng sich wohl oder übel verabschieden. Ach, wie gern würde er Julia in die Arme nehmen oder in sein Zimmer, aber es geht ja nicht! Dieser Felix steht dazwischen, dieser leidige Zeitgenosse! Er ist ihr Ehemann und damit hat er sämtliche Rechte auf seiner Seite. Der arme Schorsch hat nur ein Herz voller Liebe, aber was hilft ihm das? Nichts!

»Gut's Nächtle!« sagt er zu Julia, und zu Felix: »Überschlafet Se's, Herr Bechschtoi. Mer sott nix überschtürze! Wenn Se hoimwellet, no dent Se's. Ihr Fraule isch bei mir in gute Händ'!«

»In gute Händ'!« Ja, das ist Felix klar! Das kann er sich an allen Fingern abzählen! Es ist eine Frechheit sondergleichen, Derartiges auch noch auszusprechen!

»Gute Nacht, Herr Beißweng«, sagt er kühl. »Komm, Julchen, wir gehen!«

Eine seltsame Fernsehsendung · »Dein ist mein Herz« · Kurt Vögele hat einen Gehgips und eine neue Flamme · Wettschwimmen ohne Sieger...

Es ist Rosenmontag. Felix aber fühlt sich nicht auf Rosen gebettet, sondern auf eitel Dornen. Den Plan mit der Heimfahrt hat er schon in der Nacht verworfen. Er muß bezweifeln, daß Julia mit ihm fährt! Ja, soweit ist es gekommen!

Das Frühstück wird ihm ans Bett serviert. Julia sitzt auf der Bettkante, gießt Kaffee ein, streicht Brötchen und ermahnt ihn, sich doch aufzuraffen und spazierenzugehen. Aber er winkt ab. Nein, daran ist nicht zu denken. Sein Befinden ist schlechter denn je. Nach dem Frühstück streicht sie ihm wohltuende Salbe auf den Rücken. Ja, Felix muß zugeben, sie erfüllt ihre Pflicht als Ehefrau. Sie küßt ihn sogar zum Abschied, wenn auch nur leicht auf die Stirn. Sie sagt: »Bald bin ich wieder da. Sei nicht traurig!«

Dann ist sie weg. Felix hört sie unten lachen und zieht sich die Decke über den Kopf.

Aber was hilft der schönste Weltschmerz, wenn kein Mensch daran interessiert ist? Auf Verständnis bei den Zimmermädchen kann Felix nicht hoffen, sie würden ihn möglicherweise sogar auslachen. Nein, er läßt sich nicht unterkriegen! Er geht an die frische Luft und wird etwas für seine Gesundheit tun, auch wenn er sich dabei den Tod holt! Also steht er unter Schmerzen auf und stampft eine Stunde später den altbekannten Weg über die Felder dem Wald zu. Auch der eisgraue Skilehrer scheint diese Route zu bevorzugen, jedenfalls taucht er heute wieder neben Felix auf, und der freut sich darüber. Dieser Skilehrer hat nämlich die Fähigkeit zuzuhören, eine Eigenschaft, die Felix bei anderen Menschen schmerzlich vermißt. Julia zum Beispiel... Er seufzt und erzählt dem Eisgrauen diese und jene Geschichte aus seinem Leben. Auf einmal hört er sich fragen: »Könnten Sie mir eventuell ein paar Privatstunden geben?«

»Ja!« antwortet der Skilehrer klipp und klar und ohne in seine geschraubte Redeweise zu verfallen. »Das ließe sich machen!«

Nun erst stürmen all die Schwierigkeiten auf Felix ein, die diesem Unternehmen im Wege stehen. Er kann sich ja kaum bewegen! Er hat keine Ski! Der Eisgraue winkt ab. Ski sind leicht zu beschaffen, und die Schmerzen, wie steht es mit denen? Felix muß zugeben, daß sie nicht mehr so unerträglich sind wie am Morgen.

»Gut«, meint der Skilehrer, »dann wollen wir uns gleich an die Arbeit machen. Sie müssen sich allerdings dazu entschließen, in jeder Hinsicht von vorne anzufangen.«

»Was?« schreit Felix, zu Recht empört. »Von vorne? Das ist völlig unnötig! Und was heißt überhaupt in jeder Hinsicht? Ich bin ein guter Skiläufer, schon seit Jahren ...«

»Und wo sind Sie gelandet, wenn ich fragen darf? Im Loch!«

»Das war ein Unfall. So etwas kann passieren! Ich bin nur an ein paar Tricks interessiert, kleine Korrekturen ... Vielleicht etwas mehr Eleganz in der Haltung, mehr Sicherheit ...«

»Nein!« Der Skilehrer schüttelt den grauen Kopf. »Das mache ich nicht! Entweder ganz und in jeder Hinsicht oder gar nicht!«

»Schade! Ich hätte gern etwas dazugelernt, aber unter diesen Umständen ... Nein, mein Lieber, verstehen Sie mich nicht falsch, aber dazu ist mir meine Zeit wirklich zu schade. Vielleicht im nächsten Jahr.«

»Wie Sie meinen!« Der Skilehrer verschwindet so plötzlich, wie er aufgetaucht ist, und Felix muß bemerken, daß er sich in fremder Gegend befindet. Auch das noch! Jetzt spürt er wieder seinen schmerzenden Rücken. Dieser Mensch hat ihn in die Irre geführt und dann alleingelassen. Gut, daß Felix auf nichts eingegangen ist. Mit dem Burschen stimmt etwas nicht. Felix hatte schon immer ein ungutes Gefühl in seiner Nähe. Er irrt im Winterwald herum, ärgert sich, leidet Schmerzen und weiß nicht, wie lange er dies tut, denn seine Uhr ist stehengeblieben. Das ist noch nie passiert! Endlich hat er den Waldrand erreicht und sieht das kleine Café vor sich liegen, das mit dem guten Apfelstrudel. Es ist leer. Kein Wunder, die Skifahrer sind noch auf den Pisten. Die Wanduhr zeigt kurz vor zwölf. Lange hat Felix also nicht herumirren müssen. Zu seinem Ärger bemerkt er, daß der Fernseher hinten in der Ecke angeschaltet ist. Wenn Felix etwas nicht leiden kann, dann ist es Fernsehen am hellichten Tag! Als ob es da nichts Besseres zu tun gäbe! Vor dem Bildschirm sitzt einsam und verlassen ein Mensch. Felix dreht ihm demonstrativ den Rücken zu und bestellt Apfelstrudel und Vanillesoße. So sitzt er, wartet und trommelt mit den Fingern einen Marsch auf die Tischplatte, damit er das Geschwätz aus dem Fernseher nicht hören muß. Aber Julias Lachen übertönt seine Trommelwirbel. Er läßt die Hände sinken und spitzt die Ohren. Wo ist sie? Im Nebenzimmer? Nein, sie lacht aus dem Fernseher in der Ecke. Felix stürmt an den Apparat und starrt in die Röhre. Ja, die Gegend kommt ihm bekannt vor. Natürlich, es ist die Gaststube von »Stoba Roba«! Sie sitzen um den runden Tisch, die ganze Clique, und Julia mitten unter ihnen. Felix sieht, wie sie lacht, und wie ihre Augen strahlen. Auf der einen Seite drückt sich der kleine Friedel an sie, und auf der anderen der dicke Schwabe. Jetzt legt er auch noch den Arm um sie. Felix hat selten eine so schlechte Sendung gesehen. Es wird ihm ganz übel dabei. So ist das also! Er befindet sich hier unten im Abseits, und seine Frau sitzt im Kreis ihrer Freunde, läßt sich nach Herzenslust drücken und filmen und ist noch glücklich dabei! Er zieht seinen Stuhl heran und setzt sich neben den anderen Zuschauer.

»Was ist das für ein Sender?«

»Vermutlich ein regionaler«, antwortet der, und Felix erkennt mit Schrecken den Lackaffen, den alternden Playboy, den Julia hier einmal aufgegabelt hatte und der ihr die Hand küßte. Felix erinnert sich nur ungern an diese peinliche Begegnung.

»Was wird denn da gesendet?« bohrt er weiter.

»Irgendein Heimatfilm. Eine Liebesgeschichte. Sehen Sie das nicht?«

Doch, Felix sieht es überdeutlich! Es sprüht ja direkt auf dem Bildschirm. Es knistert vor Spannung! Jetzt stehen die beiden auf, Julia und der Dicke, winken noch einmal zu den anderen zurück und gehen. Die Filmkamera folgt ihnen hinaus auf den dunklen Flur. Felix sieht rot und dann nichts mehr. Der Lackaffe, dieser dumme Mensch, hat den Ausschaltknopf gedrückt.

»Mann, sind Sie wahnsinnig!« schreit er. »Warum schalten Sie ab!«

»Weil man am hellichten Tag nicht fernsehen sollte!« antwortet der Fremde. »Da gibt es wirklich Besseres zu tun!« Er lächelt spöttisch und geht.

Felix schaltet den Apparat wieder ein, dreht an den Knöpfen und verstellt die Antenne. Umsonst, seinen Bemühungen ist kein Erfolg beschieden. Es rauscht und flimmert, zu mehr ist der Apparat nicht zu bewegen. Felix könnte weinen! Die Kellnerin stellt den Teller mit Apfelstrudel und Vanillesoße auf den Tisch.

»Guten Appetit!« sagt sie.

Aber Felix will nicht essen! Er will fernsehen, am hellichten Tag.

»Was ist mit dem Apparat?« faucht er. »Warum läuft er nicht?«

»Ja mei«, sagt die Kellnerin, »wann er nicht will, dann will er nicht!«

Felix probiert es noch ein Weilchen, dann gibt er es auf, sitzt da und starrt auf den leeren Bildschirm.

Der Apfelstrudel wird kalt und die Vanillesoße auch. Das hätte Felix früher nie geduldet.

Als Julia heimkehrt, ist das Zimmer leer und im ganzen Hotel kein Felix zu finden. Er hat sich offenbar doch zu einem längeren Spaziergang entschlossen, und darüber sollte man sich freuen, das meint jedenfalls Georg Beißweng.

»Woisch was, Juliamädle, jetzt fahret mir zwei zom Kurtle. Des hat kein Wert, hier romz'hocke ond z' warte ...«

Er hat recht. Hier im Hotel hat Julia schon oft genug auf Felix gewartet. Das waren keine beglückenden Stunden. Eine Autofahrt mit Georg ist weit verlockender, auch wenn am Ziel Kurt Vögele mit seinem Gipsbein winkt. Ach, wie gern öffnet Georg der Frau seines Herzens die Autotür! Wie genießt er es, daß sie neben ihm sitzt, das Armaturenbrett bewundert und in das Handschuhfach schaut, sich dann zurücklehnt und ruft: »Ist das einmal ein schönes Auto! Und so viel Platz! Hast du auch ein Radio und Kassetten, Georg?«

Ja freilich hat er ein Radio und Kassetten mehr als genug. Er wird ihr gleich zeigen, wo, aber vorher will er ihr noch den Gurt umlegen. Mit großer Umsicht tut er das, damit der Gurt auch richtig sitzt, nicht zu locker und nicht zu fest, da muß man schon Sorgfalt walten lassen. Dann fährt er so langsam aus dem Parkplatz heraus und die Straße hinunter, wie er das als guter Fahrer gerade noch verantworten kann. Warum soll er sich denn beeilen und die Fahrt verkürzen? Neben ihm schiebt Julia eine Kassette mit Schubertliedern in den Recorder. »Dein ist mein Herz und wird es e---wig bleiben ...« So singt Fritz Wunderlich, und Georg Beißweng stimmt ihm zu.

Er ist in diesem Urlaub schon unverhältnismäßig oft nach Schruns gefahren, und niemand kann behaupten, daß er es gern getan hätte. Heute aber wird er für all seine Mühsal reichlich belohnt. Was für eine Fahrt! Nur der Gedanke an Freund Kurtle mit seinem Zahnputztick und der leidigen Perlenspuckerei könnte ihm die Laune verderben. Darum legt er zur Ablenkung die Hand auf Julias Knie oder fährt ihr liebevoll durch die Haare oder tut sonst etwas, was den Kurtle mit all seinen Ticks in der Versenkung verschwinden läßt.

Aber irgendwann geht auch die schönste Fahrt zu Ende, und sie sind in Schruns. Mit Julia, einer großen Packung Pralinen und einem ganz schlechten Gefühl betritt Georg das Krankenhaus. Was wird Freund Kurtle jetzt wieder ausgebrütet haben?

Ei, wer kommt denn da den Gang entlang, hüftenschwingend und eine Spritze in der Hand? Es ist Schwester Mizzi, ein reizendes Geschöpf, von Ärzten und Patienten gleichermaßen umschwärmt. Hinter ihr her aber schwingt sich der Kurtle auf zwei Krücken und mit einem mächtigen Gipsbein. Er hält nicht an, als Julia und Georg nähertreten.

»Ganget scho nei!« ruft er, ohne übertriebene Freude zu heucheln. »I komm' glei!«

Dann verschwindet er hinter Schwester Mizzi im Stationszimmer und schlägt die Tür hinter sich zu. »Ha, so ebbes!« Georg Beißweng betrachtet nachdenklich die geschlossene Tür. »I glaub' fascht, den hat's verwischt! Was moinsch, Juliamädle?«

»Schon möglich. Er war ja richtig weggetreten.«

»Ha, so ebbes!« wiederholt der Georg. »Hättsch des denkt?«

Sie treten in den Krankensaal Nummer sechs, begrüßen die sieben Gipskameraden und stehen dann unschlüssig vor Kurtles leerem Bett.

»Der ist immer unterwegs«, erklärt sein Bettnachbar. »Der ist ständiger Begleiter von Schwester Mizzi!«

Die Sieben kichern hinter vorgehaltenen Händen und Gipsen.

»Seit er die Krücken hat, ist er hinter ihr her!«

Die Tür geht auf, und Kurtle erscheint, humpelt behende durch das Zimmer und läßt sich auf sein Bett fallen.

»So, send er da!« stellt er ohne Wärme fest und fügt hinzu: »Lang könnet er net bleibe. I muß der Schwester Mizzi ihre Kurve male.«

»Ah, so isch des! Der Schwester Mizzi ihre Kurve!« lacht der Georg. »Bisch z'friede mit dem Job?«

»Ihre Fieberkurven!« spricht Kurt Vögele deutlich und in Hochdeutsch. »Was du au immer denksch, Schorsch!«

Nun entdeckt er die Pralinenschachtel und nimmt sie gnädig entgegen.

»Dank' schö! Die kann i brauche!«

»So, isch's a Süße?« fragt der Schorsch und fährt mit scheinheiligem Lächeln fort: »Wie geht's denn au so mit deine Zäh'? Musch se immer no fleißig putze?«

»Noi!« knurrt der Kurtle. »Mei Bürscht' isch he!«

»Ha, jetzt so ebbes!« ruft der Schorsch voller Erleichterung. »Hasch se am End überschtrapaziert?«

»Dere sen d' Borschte ausg'falle!« erklärt der Kurtle unwirsch. »I ka koi Zäh' putze mit ere Bürscht' ohne Borschte!«

»Da hasch recht, Kurtle! Des ka mer freilich net!«

Oh, wie der Georg aufatmet! Diese seltsame Bürste hat ihm noch nie gefallen. Ordentliche Zahnbürsten produzieren keine Perlen!

»Da guck, Schorsch, die hat mer d' Schwester Mizzi bracht!«

Kurtles Gesicht verklärt sich. Sein Finger zeigt hinüber zum Waschbecken. Die grüne Prinzessin ist verschwunden. Aus Kurtles Zahnglas lugt eine brave Bürste in weiß und hellblau hervor, den Farben von Mizzis kleidsamer Schwesterntracht.

»Ja, ond was i no frage wollt', Kurtle...« Georg nimmt neben dem Freund auf dem Bettrand Platz, Julia sitzt etwas entfernter auf dem Gästestuhl. »Ja also, wie isch's denn mit dene... na, du woisch scho...«

»O Schorsch, 's isch nemme des!«

»Hasch no ebbes...«, Georg ringt nach dem richtigen Ausdruck, »hasch no ebbes... ausschpucke müsse?«

»Ha, scho a bißle!« Kurt Vögele zieht die Nachttischschublade auf und holt sein rotkariertes Taschentuch heraus. Es ist zu einem prallgefüllen Beutel geworden, oben mit einem Bändchen zugebunden.

»Wieviel sen's?«

»Hundert große ond a klois! Woisch, ohne Borschte isch bloß no a bitzig's Körnle rauskomme, i hätt's fascht verschluckt. Ond no war's aus mit dem Sege!«

»Ha, Kurtle, hondert Perle! Da kasch gwieß z'friede sei. Des langt a schö's Kettle für dei Schwester Mizzi!«

Der Kurtle packt den rotkarierten Zauber und verstaut ihn wieder in der Schublade.

»Von was ist eigentlich die Rede?« fragt Julia. »Fallen Ihnen die Zähne aus, Herr Vögele?«

»Noi, gwieß net!« Der Kurtle lacht über den ganzen Mund mit strahlend weißen Zähnen.

»Gell, Schorsch, do glotsch! Mer sott sich halt öfters sei Zäh' putze!«

Julias Frage bleibt unbeantwortet. Übrigens, von Kurt Vögeles baldigem Verlassen des Krankenhauses ist nicht mehr die Rede. Er sitzt fest an Schwester Mizzis Angel und zappelt da höchst vergnügt herum.

»Hasch ebbes zom Drenke, Schorsch?«

Ja natürlich hat Georg Beißweng etwas für den Notfall dabei! In der Brusttasche steckt der Flachmann. Aber als Kurtle die Flasche ansetzt und den Kopf zurücklegt, um einen ordentlichen Schluck zu tun, da betritt Schwester Mizzi das Zimmer, droht schalkhaft mit dem Finger und spricht: »Ei, ei, das wollen wir gar nicht mehr anfangen!«

Und siehe da, der Kurtle setzt die Flasche ab, ohne zu trinken und ohne zu murren.

»Ja, schlag' mi's Blechle!« ruft der Schorsch. »Kurtle, bisch du's oder bisch du's net?«

»I ben's, ond jetzt müsset er gange! I hab' koi Zeit meh! I muß schaffe! Dank schö für's B'süchle!«

So sind sie denn schnell und in Gnaden entlassen. Daß sie die gewonnene Zeit nutzen, darf man annehmen.

Erst mit einbrechender Dunkelheit kehren sie wieder ins Hotel zurück. Julia geht in ihr Zimmer, bewaffnet mit guten Vorsätzen und triftigen Gründen. Georg bleibt vor der Tür stehen.

»I wart' no a bißle«, meint er, »wenn's z' arg wird, komm' i ond werd' ihm was leuchte!«

Aber so sehr er die Ohren spitzt und den Kopf lauschend an das Schlüsselloch legt, drinnen werden keine Gläser zerschlagen und keine Pistolen abgefeuert. Schließlich öffnet sich die Tür, und Georg in Lauscherstellung fällt seiner Julia in die Arme.

»Er ist nicht da, aber sein Zeug liegt überall herum und sein Bademantel fehlt. Ob er in der Sauna ist oder im Schwimmbad?«

»Des werdet mer glei wisse! I gang' amol gucke!« In kürzester Zeit ist er wieder da.

»Hasch recht ghet. Er schwimmt. Juliamädle, i gang' au schwimme!«

Der Schorsch eilt davon. Er freut sich, denn schwimmen kann er schnell und ausdauernd. Jetzt wird man sehen, wer besser ist. Als Julia im Schwimmbad erscheint, ist bereits alles andere Volk aus dem Becken entflohen. Die Wogen schlagen hoch, es platscht und schwappt. Die beiden Rivalen liegen dicht beieinander. Sie schnellen in die Höhe, schnappen Luft und tauchen wieder unter. Soll Julia in diesen Hexenkessel steigen, soll sie versuchen, die beiden Kämpfer zur Vernunft zu bringen? Nein, sie ist doch nicht lebensmüde! Sie wird sich dort auf die Liege setzen und abwarten. Irgendwann muß einer aufgeben, Felix mit seiner Rippenprellung zum Beispiel. Sie sieht Georgs braune Haarbürste auftauchen, dann wieder Felix' blonden Schopf. Das Schwimmbad ist klein, sie sind dauernd am Wenden. Wie lange das noch so weitergehen wird, ist nicht abzusehen.

Die Rettung naht in Gestalt einer wohlbeleibten Dame, deren Fleischmassen eindrucksvoll aus dem roten Badeanzug quellen. Der Wirbel im Becken scheint ihr nicht die geringste Furcht einzuflößen, sie steigt majestätisch die Leiter hinunter, läßt sich ins Wasser gleiten und beginnt ihre Runden zu schwimmen, immer am Beckenrand entlang per Brust und mit weiten Armbewegungen. Drei Züge bringt sie hinter sich, dann rammt ihr Georg Beißweng den Kopf in die Weichteile und drückt sie an den Beckenrand. Sie hebt den Kopf und ist verwundert.

»Junger Mann«, blubbert sie, »was machen Sie da?«

Kaum hat sie diese Frage gestellt, so wird sie in die Höhe gehoben, denn Felix unter ihr versucht aufzutauchen.

»Aber, aber!« ruft sie, nun doch etwas aus der Ruhe gebracht. »Nicht so stürmisch, meine Herren!«

»Entschuldiget Se no!« keucht Georg Beißweng und wirft sich nach hinten. Felix hustet und spuckt Wasser und ist vorerst nicht fähig, eine Entschuldigung auszusprechen.

Aber die Dame erwartet auch keine. Sie bringt sich wieder in Positur und strampelt weiter.

Felix und Georg hängen am Beckenrand, und oben steht Julia und hat etwas zum Lachen. Jetzt stemmen sich die Herren hoch, springen aus dem Bassin, schütteln sich, und nun, was ist ihre erste gemeinsame Aktion? Sie packen Julia mit festem Griff, holen Schwung und lassen sie ins Becken fliegen mitsamt dem Bademantel. Dann stehen sie am Rand und haben nun ihrerseits etwas zum Lachen. Ist das die feine Art? Nein, sie ist es nicht! Das findet vor allem Julia. Diese Rüpel! Diese Flegel! Da stehen sie und lachen und finden es irrsinnig komisch, wie sie nach Luft schnappt und dann im tropfnassen Bademantel aus dem Wasser steigt und in der Kabine verschwindet. Georg Beißweng schaut ihr nach und rauft sich die stoppeligen Haare.

»Isch se jetzt sauer?« fragt er seinen Komplizen.

»Das können Sie annehmen!« antwortet Felix. »Gleich wird sie zurückkommen, um uns zu beschimpfen.«

Georg Beißweng atmet auf. »Do fällt mer a Schtoi vom Herze!« sagt er. »I woiß au net, worom i er den Bosse ado hab'. Des isch ganga wie der Witsch.«

Felix weiß schon, warum er Julia ins Wasser geworfen hat. Wegen dieser Fernsehgeschichte nämlich, auch wenn er weiß, daß es reine Einbildung war. Sie ist schuld daran, daß er am hellichten Tage fernsieht! Sie mit ihren Eskapaden!

»Ich geh' erst mal unter die heiße Dusche«, sagt er, und Georg Beißweng begleitet ihn.

Als sie zurückkehren, wartet Julia bereits auf sie. Ihr Gesicht ist zornrot, ihre Figur wohlgeformt und ihr Badeanzug blitzeblau.

»Ich denke, du hast eine Rippenprellung«, zischt sie in Felix' Richtung, »und kannst vor Schmerzen nicht aus den Augen gucken, du Heuchler!«

»Ich nehme mich eben zusammen«, antwortet Felix. »Ein stiller Mensch ist ruhig!«

»Pah!«

Dann wendet sie sich dem Georg zu.

»Kein Wunder, daß du nicht untergehst! Mit diesem Rettungsring um den Bauch!«

Felix lächelt seinem Rivalen zu.

»Was habe ich Ihnen gesagt? Ja, ich kenne meine Frau. Schließlich sind wir schon einige Jährchen verheiratet!«

Papi, Mami und Friedel mit einem Ball betreten das Schwimmbad. Ach, wie glücklich ist Friedel, Julia zu sehen, und auch sie wendet all ihre Liebe und Zärtlichkeit dem unschuldigen Kind zu.

Die dicke Dame erträgt Ballspiel und Sprünge vom Bekkenrand mit bemerkenswerter Geduld. Als sie ihr tägliches Schwimmpensum erledigt hat, ist sie allerdings erleichtert und empfiehlt sich gern.

Es ergibt sich, daß Georg Beißweng sein Abendessen am Tisch der Bechsteins einnimmt. Zwischen Suppe und Salat räuspert sich Felix und fragt, wie es denn so gewesen wäre, heute morgen beim Skilaufen?

Es wäre schön gewesen, meinen die beiden, nur zuviel Leute und eine lange Schlange am Lift...

Wo sie denn gegessen hätten?

»In ›Stoba Roba‹ natürlich!« sagt Julia. »Du kennst es doch. Es gibt dort erstklassigen Kaiserschmarrn und...«

Felix unterbricht sie.

»Kann es möglich sein, daß heute ein Filmteam dort oben war oder das österreichische Fernsehen?«

»Noi, gwieß net!« versichert Georg Beißweng. »Des hättet mir doch merke müsse. Oder isch dir ebbes ufg'falle, Juliamädle?«

»Nein, es war alles wie sonst. Noch ein bißchen voller vielleicht... Aber ein Filmteam? Wie kommst du darauf, Felix?«

»Ach, irgendwelche Leute haben davon gesprochen...«

»D' Leut schwätzet viel, wenn der Tag lang isch!« zitiert Georg aus seinem schwäbischen Weisheitsschatz.

Felix stochert in seinem Salat herum. Es ist absolut lächerlich, daß er überall Julia zu sehen meint, sogar im Fernsehen am hellichten Tag. Er hätte vielleicht doch mit dem Skilehrer gehen sollen, dann wäre er nicht auf so dumme Gedanken gekommen!

Julia faßt ihn am Arm.

»Felix, du hörst ja gar nicht zu!«

Da scheucht er die dummen Gedanken aus dem Kopf, steckt eine Gabel mit Salat in den Mund und vernimmt, daß Julia und Georg in Schruns waren beim kranken Kurt Vögele.

»Wie geht's ihm denn?« fragt er mäßig interessiert.

Julia lacht.

»Dem geht's gut! Er hat sich in eine Schwester verliebt.«

»So was soll's geben«, meint Felix, und zu Georg hingewandt, so als habe er ihm eine ungeheure Neuigkeit mitzuteilen: »Krankenschwestern sind hervorragende Ehefrauen, und wenn man alt und gebrechlich ist, pflegen sie einen ...«

»Ja, des hört mer allgemein«, sagt der Georg.

Was er aber noch nicht gehört hat, ist, daß morgen am Faschingsdienstag ein Kostümfest stattfinden soll. Mami hat es in den Hotelnachrichten gelesen und vom Hotelier höchstpersönlich bestätigt bekommen. Nun ruft sie es vom Nebentisch herüber. Sie möchte auch wisssen, was man anzuziehen gedenke. Aber wer weiß das schon auf Anhieb? Man hat ja noch eine Nacht Bedenkzeit.

Wer wird sich denn wegen Fastnachtsküchle aufregen? · Ein Astronautenanzug für den Herrn · Märchenprinzen in Gold und Silber · Lieber ein Teufel als gar nichts ...

Ja, solch ein Kostümfest, das erregt die Gemüter! Mami, zum Beispiel, kann an diesem Faschingsdienstag nicht Ski laufen. Sie muß ins Dorf gehen und nach Kostümen suchen. Wenn es nichts Passendes gibt, Mami rechnet damit, dann wird sie eben Stoffe einkaufen und etwas zurechtschneidern. Drei Leute hat sie einzukleiden, nämlich Papi, Friedel und sich selbst. Papi freilich, wie immer, knurrt und murrt und behauptet, Kostümfeste wären ein Mumpitz! Die Menschen sollten, verflixt noch mal, nichts anderes sein wollen, als was sie sind. Aber Mami kümmert sich nicht um sein Lamento. Sie nämlich würde es durchaus begrüßen, ihren lieben Wilfried einmal anders zu sehen, als er ist. Also wird sie sich Mühe geben, ihn zu verändern, wenigstens äußerlich.

Georg Beißweng berichtet beim Frühstück, daß er mit Freund Kurtle telefoniert habe und daß der Kurtle fest entschlossen sei, beim Kostümfest zu erscheinen, mitsamt Gipsbein und Schwester Mizzi. Georgs Züge sind düster verhängt.

»I muß en hole ond wieder hoimbrenge! Des schabt mi scho gottsallmächtig!«

Am meisten aber ärgert es ihn, daß er so leichtsinnig war, Freund Kurtle am Telefon von dem großen Ereignis zu erzählen. Wer konnte denn ahnen, daß sich der Kurtle so schnell entschließt und nicht davor zurückschreckt, mit einem Gipsbein zu tanzen? Jetzt hat er ihn und seine alberne Mizzi am Hals und wollte sich doch mit Haut und Haar und jeden Augenblick des Festes der Frau seines Herzens widmen! Ja, so isch's no au wieder!

Mami bleibt nach dem Frühstück allein zurück. Die anderen aber machen sich auf und marschieren zum Lift, um wenigstens den Vormittag zu nützen. Auch Felix ist dabei, denn vom Spazierengehen hat er nun wirklich genug.

Nein, was heute am Faschingsdienstag alles auf den Skiern steht! Papi kommt aus dem Kopfschütteln nicht heraus. Pappnasen mit Nachthemden und Clownshosen, Gespenster und Indianer, Hexen und Supermänner! Und allesamt sind sie beschwipst und fahren, daß dem Teufel graust!

In »Stoba Roba« gibt es zur Feier des Faschingsdienstags Schmalzgebackenes. Einmal etwas anderes als Kaiserschmarrn und Kartoffelknödel! Die Begeisterung ist groß. Georg Beißweng aber, nachdem er freudig in ein Küchlein gebissen, legt es seufzend auf den Teller zurück.

»Leut!« sagt er. »Kommet no amol nach Schtuegert! Mei Mutter backt Fasnetsküchle, die zergehet eim uff der Zong ond sen net so fett wie des Zeugs da! Woisch du, wie mer Fasnetsküchle backt, Juliamädle? Noi? Macht nix! Mei Mutter zeigt der's!«

»Das braucht dir seine Mutter nicht zu zeigen, Julia!« fährt Felix dazwischen. »Wenn wir Lust auf Fastnachtsküchle haben, dann holen wir sie beim Bäcker. So etwas macht man nicht selbst! Da stinkt ja das ganze Haus!«

Georg Beißweng taxiert seinen Rivalen mit finsterem Blick.

»Sie, Herr Bechschtoi, wenn mei Mutter Küchle backt, no stenkt's net, no duftet's! Sie dätet sich älle zeh Fenger abschlecke nach dene Fasnetsküchle!«

Da kämpft der Georg um die Fastnachtsküchle seiner Mutter und ereifert sich und hat schon einen ganz roten Kopf. Man möchte ihm die Hand beschwichtigend auf die Schulter legen und sagen: »Aber Georg, wer wird sich denn wegen Fastnachtsküchle aufregen?«

So könnte man sagen und damit zeigen, daß man nicht das geringste Gespür für Georg Beißwengs Seelenleben hat. Es geht ihm ja nicht um die Küchle! Er kämpft um die Frau, die er liebt!

»Mir ist schlecht!« klagt Friedel.

Derweil die anderen um Fastnachtsküchle stritten, hat er sie gegessen und eine Portion Pommes frites dazu. Julia führt ihn hinunter zur Damentoilette schlimmen Angedenkens, und der Dackel watschelt keuchend hinterher, denn man hat ihn reichlich, überreichlich, mit Kuchenspenden beglückt.

Als Herr und Hund wieder erscheinen, geht es ihnen besser. Man bricht auf und fährt hinunter, um Festvorbereitungen zu treffen.

Mami ist am Ende ihrer Kraft! Alles muß sie selber machen! Im Dorf hat es natürlich keine brauchbaren Kostüme gegeben. Wenn Mami nicht so viel Phantasie besäße und schneiderisches Geschick, ja dann wäre es um die Familie schlecht bestellt! So aber hat sie bereits alle drei Kostüme im Kopf und fast schon im Kasten. Sie selber geht als Fee, als Glücksfee, im weißen wallenden Nachthemd, ein paar Schleier kunstvoll darüber drapiert und ein tönernes Sparschweinchen im Arm. Schleier und Schwein hat sie im Dorf günstig erstanden.

Papi stellt sie sich als Teufel oder Satansbraten vor, in schwarzer Strumpfhose, schwarzem Pullover und einem roten Tuch zum Über-die-Schulter-Hängen. Daß sie im Souvenirladen einen feuerroten Schopf mit zwei Hörnern gefunden hat, ist der reine Glücksfall.

Als Papi und Friedel das Zimmer betreten, sitzt sie auf dem Bett und knüpft einen langen schwarzen Schwanz. Aber Papi spielt wieder einmal nicht mit. Es ist ein Kreuz mit ihm!

»Ich mach' mich doch nicht zu Kinderleins Spott!« knurrt er. »Als Teufel? Du bist wohl nicht recht bei Trost, Alice!«

»Ich dachte, es paßt!« bemerkt Mami. »Ich dachte, ein Teufel paßt zu dir! Wenn du keiner sein willst, dann mußt du dir selber was überlegen!« Mami ist so zornig, daß sie den schwarzen Schwanz vor Papis Füße wirft. Der schiebt ihn verächtlich zur Seite.

»Ich gehe, wie ich bin! Ich habe es nicht nötig, mich zu verkleiden!«

Mit Papi ist also nichts zu machen. Aber für Friedel ist Mami etwas ganz Wunderhübsches eingefallen. Sie hat seinen blauen Schlafanzug bereits mit reichlich Wattetupfen versehen – eine zeitraubende und nervtötende Arbeit. Er darf als Schneeflöckchen gehen. Aber was muß Mami erleben? Was ist der Dank für alle Mühe?

Friedel wehrt sich mit Händen und Füßen, vor allem aber mit Geschrei.

»Nein, Mami, nein! Das mach' ich nicht! Ich will kein Schneeflöckchen sein! Da bin ich zu groß dazu! Ich geh' zu Julia!«

Weg ist er, und Mami sitzt da mit hängenden Schultern und zwei Männern, die nichts anzuziehen haben, das heißt, sie hätten schon etwas, aber sie wollen es nicht! Die Arbeit eines ganzen Tages ist für die Katz'! Mami könnte an der glatten Wand hochgehen vor Wut!

Friedel findet Julia in seltsamer Verkleidung. Sie hat sich

ein Bettlaken umgehängt und einen Kissenbezug über den Kopf gestülpt.

»Friedel, bist du's? Gefall ich dir als Gespenst?«

»Nein! Du, Julia, ich soll als Schneeflöckchen gehen!«

»Als Schneeflöckchen? Scheußlich!«

»Wo ist denn dein Herr Bechstein?«

»Der badet.«

Julia und Friedel lassen sich auf das Bett fallen, starren zur Decke hinauf und überlegen. Ist es nicht ein Jammer? Da haben die beiden nun einen Drachen, der herbeizaubern kann, was das Herz begehrt, und was machen sie? Sie liegen auf dem Bett und zermartern sich die Köpfe, was sie anziehen sollen.

Aber der Drache erbarmt sich ihrer Not.

»Was darf's denn sein, meine Herrschaften?« fragt er vom Fenster her.

»Kostüme! Wir brauchen Kostüme!«

»Wie wäre es mit einem Astronautenanzug für den Herrn?«

»Ein Astronautenanzug?« Friedel schließt die Augen vor Entzücken. »O Mann, das wär' was!«

»Er hängt bereits drüben im Schrank!«

Peng! Schon fällt die Tür hinter Friedel zu. Kaum daß der kleine Dackel seinen Schwanz retten kann. »Was war denn das?« ruft Felix aus dem Badezimmer.

»Das war Friedel.« Julia setzt sich auf den Wannenrand. »Er wird heute abend als Astronaut auftreten.«

»Als Astronaut? Donnerwetter, das hätte ich seiner Mutter gar nicht zugetraut. Wie ist das übrigens mit uns beiden? Ich mag nicht auf das Fest!«

»Aber ich mag!«

»Früher wolltest du nie zu so was! Wirklich, du hast dich sehr verändert, Julia!«

Er stellt es fest, und sie nickt dazu. Felix taucht unter, dann taucht er wieder auf.

»Mir ist das richtig zuwider, diese Verkleiderei! Außerdem haben wir keine Kostüme!«

»Vielleicht fällt uns noch etwas ein.«

Sie streicht ihm über den nassen Schopf und geht zurück ins Zimmer.

»Wir haben reichlich Zeit!« sagt der Drache. »Nehmen Sie ein Bad und entspannen Sie sich!«

So liegt denn nach einer Weile Julia im Bad, während Felix auf dem Bett sitzt und nachdenkt.

»Wie würde Ihnen dieses Kostüm gefallen?«

Sieh da, der Skilehrer ist unbemerkt ins Zimmer getreten. Was dieser Bursche sich alles erlaubt! Er hält einen Bügel mit Kleidern in die Höhe.

Felix tritt näher, beschaut, betastet und läßt sich wieder auf dem Bettrand nieder.

»Kommt nicht in Frage! Ich gehe doch nicht als Märchenprinz unter die Leute!«

»Nicht? Warum?«

»Weil ich ein erwachsener Mensch bin! Und weil ich mich nicht lächerlich machen will! Darum!«

»Aber anprobieren könnten Sie es doch. Ganz unverbindlich ... bloß so zum Spaß!«

»Bitte, wenn es Ihnen Freude macht ... Aber nicht, daß Sie denken ...«

Felix greift nach den engen weißen Hosen, sie scheinen eigens für seine Beine gemacht. Die weite weiße Bluse, der goldbestickte Umhang ... Felix sieht sein Bild im Spiegel und hält den Atem an.

»Sapperlot!« sagt er, und Felix sagt nur selten »sapperlot«, dann nämlich, wenn ihm die Spucke wegbleibt vor Erstaunen.

»Da ist ja unwahrscheinlich!«

Er dreht und wendet sich und betrachtet seine werte Figur, soweit das eben möglich ist.

»Gibt es auch Schuhe dazu?«

»Natürlich gibt es die!«

Vor Felix stehen Stiefel aus weichem, weißem Leder, die Riemen scheinen aus purem Gold.

»Ich glaube nicht, daß sie passen!« sagt er noch, dann stecken seine Füße bereits darin und fühlen sich so wohl wie in den bequemsten Schlappen.

»Sapperlot!« ruft Felix zum zweiten Mal. »Jetzt fehlt nur noch die Krone. Es ist ja absolut lächerlich, aber eigentlich gehörte eine dazu ...«

»Da haben Sie recht!« bestätigt der Skilehrer und drückt Felix eine Krone aufs Haupt. Eine Märchenprinzkrone aus Gold und Silber und funkelnden Steinen.

»Sapperlot!« flüstert Felix zum dritten Mal. Dann schweigt er still und betrachtet sich mit Wohlgefallen. Mann, sieht er gut aus! So etwas von Schönheit!

»Hier wären noch Degen und Handschuhe!«

Felix nimmt sie schweigend entgegen. Dann räuspert er sich ausgiebig.

»Ja eigentlich ... Wenn ich mir 's so überlege ... Es mag ja kindisch sein ... Aber warum sollte ich nicht zu diesem Fest gehen? Das Kostüm sitzt doch recht ordentlich!«

»Das will ich meinen!« bestätigt der Skilehrer. »Es steht Ihnen ausgezeichnet. Da sitzt einfach alles! Sie werden damit den besten Eindruck machen!«

»Das muß ich Julia zeigen!« Mit einem Satz ist Felix an der Badezimmertür, aber der Skilehrer verstellt ihm den Weg.

»Was halten Sie von einer Überraschung? Sie wird entzückt sein! Sie wird in Ihre Arme fliegen!«

»Keine schlechte Idee!« Felix steht schon wieder vor dem Spiegel. Er kann sich nur schwer von seinem Anblick trennen.

»Aber wie soll ich es anstellen?«

»Nichts leichter als das! Unten im Schwimmbad sind Kabinen zum Umziehen ...«

»Hervorragend!«

»Felix, kannst du mal kommen?« ruft es aus dem Badezimmer.

»Ja, gleich!« schreit Felix zurück und dann im Flüsterton zum Skilehrer hin: »Was mache ich jetzt? Wo soll ich es aufheben?«

»Ich nehme es mit!« sagt der Skilehrer. »Im richtigen Augenblick wird es in der Umkleidekabine hängen!«

Felix sieht sein Kostüm nur ungern scheiden. Er hätte es gern in der Nähe behalten, es ab und zu angesehen und berührt und sich daran erfreut.

»Felix!« ruft es da wieder aus dem Bad. »Ich habe eine Idee! Du könntest doch als Seeräuber gehen! Eine schwarze Binde um das Auge, und mein rotes Halstuch um den Kopf geschlungen ... Na, wär' das was?«

Seeräuber! Felix lächelt mitleidig. Julchen wird sich wundern!

Georg Beißweng wühlt in seinem Schrank. Er muß ein Kostüm finden für heute abend. Die Idee, als Räuberhauptmann aufzutreten, hat er verworfen. Gemalte Stoppeln im Gesicht, zerrissenes Hemd, schmutzige Hose ... Nein, so kann er in Degerloch beim Fasching erscheinen und die

Mädle verschrecken, aber doch nicht hier! Hier ist Julia, und die will er keinesfalls erschrecken! Im Gegenteil, er will sie entzücken! Darum muß er sich etwas anderes einfallen lassen.

Was hängt denn da über dem Bügel? Das gehört aber ganz und gar nicht in seinen Schrank! Georg Beißweng holt den Bügel ans Tageslicht. Seine Augen werden groß und rund, seine Lippen formen ein beglücktes »Ha, jetzt so ebbes!« Sein Herz hüpft vor Entzücken. Dies ist offenbar ein Kostüm, und zwar eines in Schwarz und Silber. Da muß er doch gleich einmal ausprobieren, ob es paßt.

Die schwarzen engen Hosen rutschen auf seine Beine, als wären sie für dieselben geschneidert. Das schwarze Seidenhemd mit den weiten Ärmeln, der silberne Umhang mit dem hohen Kragen, sie fliegen nur so auf seinen Körper. Und da, ein silberner Gürtel! Natürlich wird er zu kurz sein. Georg kennt sein Bäuchlein. Aber nein, die Schließe paßt sogar in das zweite Loch. Georg sieht sich im Spiegel und kann einen Ausruf der Bewunderung nicht unterdrücken.

»Do könnsch grad!« ruft er und »hättsch des denkt?«

Er betrachtet sich von vorn, von der Seite und, so gut es geht, von hinten, und er findet sich schlank wie eine Tanne und schön wie Adonis. Was wird Julia sagen? Schön wird sie ihn finden, das ist mal klar! Ob zu dem Kostüm auch noch Schuhe gehören? Ja, da stehen sie! Schwarze Stiefel mit silbernen Riemen. Georg schlüpft hinein. Sie passen wie angegossen. Man spürt sie gar nicht vor lauter Weiche und Bequemlichkeit. Oh, wie trefflich wird er damit tanzen! Diese Stiefel an den Füßen und Julia in den Armen, das muß ein Stück vom Himmel sein! Georg überläuft es heiß vor kribbelnder Erwartung. Dann kehrt er auf die Erde zurück, denn etwas fehlt. Zu diesem Kostüm gehörte eine Krone, das wäre das Tüpfele aufs i! Schau an, auf dem Toilettentisch steht sie! Eine richtige Märchenprinzkrone aus Gold und Silber und funkelnden Steinen. Mei dicker Riebel, denkt Georg in plötzlichem Kleinmut, da isch se z'kloi, da paßt se net druff! Aber sie tut es doch, sitzt auf seinem Kopf wie angegossen und verschönt diesen unbeschreiblich. Auf dem Sessel liegen ein Degen und lange schwarze Stulpenhandschuhe.

Wenn er nur nicht den Kurtle abholen müßte samt seiner Mizzi! Jetzt könnte er hier in aller Ruhe vor dem Spiegel stehen und sich an sich freuen! Aber nein, er muß das Kostüm schnellstens ausziehen und in den Schrank hängen, und wenn er zurückkommt, dann ist es womöglich so geheimnisvoll verschwunden, wie es aufgetaucht ist. »Wie gewonnen, so zerronnen!«

Nein, darauf läßt sich Georg Beißweng nicht ein. Er nimmt es mit! Er behält es im Auge! So zieht er sich denn aus, packt all die Herrlichkeit in einen Koffer und sich selbst in warme Winterkleidung, legt den Koffer neben sich ins Auto und fährt zum hundertsten* Mal nach Schruns.

So hätten wir denn zwei Märchenprinzen in Gold und Silber und einen kleinen, aber glücklichen Astronauten im gelben Raumanzug. Papi ist entzückt von seinem Sohn und erst Mami! Die scheint ja völlig außer sich, gickert und gakkert um Friedel herum und fühlt sich als Glücksfee, die sie ja später auch sein will. Sie nämlich hat diesen Anzug im Schrank gefunden, noch ehe Friedel hereinstürmte und ihn aus ihren Händen riß. Vermutlich handelt es sich um eine Leihgabe oder eine Aufmerksamkeit der Hotelleitung für den jüngsten Skiläufer des »Schattenblicks«. Was es auch sei, es ist eigens für Friedel bestimmt, Anzug, Helm und Stiefel, alles sitzt wie angegossen.

Papi fühlt sich nun doch etwas underdressed.

»Gib die Perücke her, Alice!« brummt er. »Lieber ein Teufel als gar nichts!«

* Anmerkung der Autorin: »Hundert« ist etwas übertrieben, aber was Krankenbesuche anlangt und ihre Häufigkeit, so könnte man sich an Georg wahrhaftig ein Beispiel nehmen!

Zwei Schmetterlinge entpuppen sich · Hexensabbat im Speisesaal und Zweikampf im Zimmer · Ein goldener Schuh auf der Treppe und nächtliche Suchaktion...

Kurtles Gipsbein im Auto zu verfrachten ist schwieriger, als Georg Beißweng gedacht hat. Nicht nur, daß der Freund sich denkbar ungeschickt anstellt, nein, diese Schwester Mizzi, statt hilfreich zuzugreifen, steht sie Georg dauernd im Weg herum und kichert in einer Art, die er zutiefst verabscheut. Der Schweiß läuft ihm von der Stirn, so sehr muß er sich ärgern und plagen. Er will den Transfer möglichst schnell abwickeln, um dann in aller Ruhe und im stillen Kämmerlein zum Märchenprinzen zu werden.

»Hocket Se na!« schnauzt er die Schwester an.

Aber das ist ja eben die Schwierigkeit, Schwester Mizzi kann sich nicht setzen, weil dann ihr Schwänzchen zerdrückt wird! Schwester Mizzi geht als Häschen. In ihr dunkles Kraushaar hat sie statt dem Häubchen zwei braune Hasenöhrchen gesteckt, unter dem Näschen trägt sie ein niedliches Hasenbärtchen und am Po vermutlich ein reizendes Hasenschwänzchen, auf welches sie sich nicht setzen will. Georg kann das Schwänzchen nicht sehen, denn ein Mantel verbirgt es, er ist auch nicht begierig darauf. Er will nur, daß sie sich ins Auto begibt, kniend, stehend oder liegend, das ist ihm egal, schnell soll es gehen!

So liegt denn Kurtle mit seinem Gipsbein hinten und ärgert sich über die barsche Art des Freundes seiner Herzallerliebsten gegenüber. Vorne aber, im Sitz neben Georg, kniet rückwärts gerichtet das Mizzihäschen und kichert zu Kurtle hinüber.

Ach, was hat Georg für Mühe, den Gurt um ihren Rücken zu schlingen!

»Schtill halte, Schwester Mizzi! Sonscht könnet Se gucke, wie Se alloi z'recht kommet! I brech' mer doch net d' Fenger wege Ihrm Schwänzle!«

»Du bisch heut amol a garschtiger Denger!« mault der Kurtle. »Was hasch denn?«

»Was soll i habe? I pressier' hoim, weil i mi umziehe muß!«

»Was willsch aziehe?«

»Des wirsch sehe!«

»Sie könnten als Brummbär gehen!« Schwester Mizzi kichert, und der Kurtle lacht dazu wie nicht recht gescheit. Georg Beißweng tritt aufs Gas.

»Tu langsam, Schorsch!« So mahnt der Kurtle. »Sonscht brauchsch di am End gar nemme umziehe!«

Da nimmt sich Georg Beißweng zusammen, auch wenn ihm das Kichern der Schwester Mizzi unwahrscheinlich auf die Nerven geht, denn umziehen will er sich.

»Was hat denn dei Julia a?«

»Woher soll i des wisse?«

»Ha no, mer schwätzt halt!«

Dann verstummt Kurt Vögele. Er kennt den Freund und weiß, daß heute nicht gut Kirschenessen mit ihm ist. Da läßt man ihn am besten in Ruhe.

Um sieben Uhr beginnt das große Fest mit einem Galadiner. Um zehn vor sieben zieht Georg den Freund aus dem Auto, löst den Gurt um Schwester Mizzi und geleitet die beiden in das Hotel, wo er sie in der Eingangshalle zurückzulassen gedenkt.

»Die Tür zum Saal wird glei aufg'macht!« ruft er und läuft zurück, um den Koffer aus dem Auto zu holen. Jetzt schnell ins Zimmer! Aber der Schlüssel hängt nicht mehr am Schlüsselbord, und als der Georg die Treppen hinaufgelaufen ist und ins Zimmer stürmt, da stehen dort Gips und Häschen in inniger Umarmung, und der Kurtle streckt sein Gipsbein so weit in den Raum, als wäre er allein auf der Welt. Georg steigt darüber hinweg, um ins Bad zu kommen, aber da witscht Schwester Mizzi an ihm vorbei, kichert und zwitschert: »Da muß ich jetzt rein! Ich glaube, mein Schwänzchen sitzt nicht mehr richtig!«

»Ond i?« Georg sieht rot. Jetzt hat er das schönste Kostüm weit und breit und kann es nicht anziehen, weil man ihm keinen Platz dazu läßt. Da fällt ihm ein, unten im Schwimmbad gibt's Kabinen. Schon ist er draußen mit seinem Koffer und läuft die Treppen zum Schwimmbad hinunter. Heute badet natürlich niemand, still und im Dämmerlicht ruht das Becken. Trotzdem, eine Kabine ist besetzt. Georg verschwindet in der gegenüberliegenden und macht sich ans Werk. So entpuppt sich in der einen Kabine ein schwarzer und in der anderen ein weißer Schmetterling.

Noch sind sie glücklich, denn noch wissen sie nichts von dem Doppelgänger, aber jetzt, drei Minuten später, ist es vorbei mit dem Glück. Sie öffnen die Türen, sie treten aus den Kabinen. Hoch- und Tiefbauingenieur, Gatte und Liebhaber der gleichen Frau, ein Märchenprinzenpaar in Schwarz-Weiß! Was sagt Georg Beißweng soeben?

»O verreck!«

Was antwortet Felix Bechstein?

»Das ist die Höhe!«

Jetzt, wenn sie noch in der guten alten Zeit lebten und fechten könnten, dann würden sie eine Vorstellung geben, wie man sie gerne sieht.

»Zieht, mein Herr!« So würde der eine rufen, und der andere würde es tun. Und dann ging's los, immer am Rande des Schwimmbeckens entlang, durch die Kabinen in die Sauna, hoch auf die Pritschen und wieder hinunter, zurück in die Schwimmhalle, aufs Sprungbrett. Platsch, fällt der eine. Platsch, der andere hinterher, fechtend natürlich! Das Wasser spritzt, die Degen klirren. Jetzt schnellen sie hoch, federnd und fechtend am Beckenrand. Weiter geht der Kampf, die Treppen hinauf, ins Foyer. Die Menge der Gäste weicht schreiend zurück und bildet einen Kreis um die beiden edlen, aber ach, so nassen Prinzen. Schließlich hat es einen von ihnen erwischt. Sein Degen fällt klirrend zu Boden. Seine Stulpenhandschuhe pressen sich auf die Herzgegend. Sein Seidenhemd färbt sich rot. Röchelnd sinkt er Julia zu Füßen. Sie kniet nieder. Er stirbt in ihren Armen. Ergreifend! Rührend! Jetzt weiß sie endlich, wem von beiden ihr Herz gehört! Dem Toten natürlich, und der Lebende, der da mit blutigem Degen und Siegerlächeln steht, der wird es schwer haben! Von ihm will sie nichts mehr wissen! Rohling, der er ist!

Zum Glück können Georg und Felix nicht fechten! Also kehren wir zum Ausgangspunkt zurück, nämlich auf den engen Gang zwischen den Umkleidekabinen. Die beiden Prinzen stehen sich gegenüber. An Mordlust fehlt es nicht! Es wäre ihnen, weiß Gott, danach zumute, den Degen zu ziehen und den leidigen Rivalen zu durchbohren oder wenigstens schmerzhaft zu pieken, damit er für den Abend versorgt sei. Aber nein, das tun sie natürlich nicht! Schließlich sind sie zivisilierte Mitteleuropäer! Sie schießen nur mit bitterbösen Blicken. Dann ringt sich der Schorsch zu einem mürrischen: »So, sen Se au do?« durch, und Felix entgegnet: »Wie Sie sehen!«

Es verspricht ein beglückender Abend zu werden. Sie werden getrennt auftreten, böse Gesichter machen, mehr trinken, als ihnen guttut, und sich Julia gegenseitig aus den Armen reißen. Ja, so wird es vermutlich werden. Schade um das schöne Fest.

Der Drache sollte eingreifen, um den Abend zu retten! Wirklich, das ist er den beiden schuldig! Warum führt er sie an der Nase herum und gibt ihnen die gleichen Kostüme!

Vielleicht aber schaffen sie es auch alleine.

Tatsächlich, es bahnt sich etwas an! Georg Beißweng verzieht den Mund zu breitem Grinsen. Dann macht er einen Vorschlag.

»Sie, Herr Bechschtoi, mir zwei, mir könntet glatt als Zwilling gehe!«

Das leuchtet ein. Felix lächelt, noch etwas schief, aber doch. Er schlägt Georg auf die schwarz-silberne Schulter.

»Einverstanden! Das gibt einen Auftritt!«

Arm in Arm steigen sie die Treppe hinauf. Ein kleiner gelber Astronaut kommt ihnen entgegen, hinter sich einen Dackel mit gelber Schleife, an der er zornig zerrt.

»Schorsch, Herr Bechstein, wo wart ihr denn?« Friedels Stimme klingt vorwurfsvoll, dann aber verklärt sich sein Gesicht. »Mann, seid ihr schön!«

»Aber du erscht, Bule!« meint der schwarze Prinz, und der weiße nickt und sagt: »Astronaut Siegfried, gehst du zu der Kapelle und bestellst einen Tusch?«

O ja, das will Friedel gern tun! Bei der Gelegenheit können ihn alle sehen und fragen: »Was ist denn das für ein toller Astronaut?«

Die Kapelle spielt also einen Tusch, und jedermann horcht auf. Da öffnen sich die Flügeltüren, und zwei Prinzen treten herein, in Schwarz und Weiß, in Gold und Silber! Ein »Ah« des Entzückens geht durch den Speisesaal. Liebe Zeit, was gibt es denn sonst noch zu sehen? Pappnasen und Hütchen und jede Menge Räuber... Aber nun ist Glanz in die Hütte gekommen! Das Fest verspricht ein Jahrhundertereignis zu werden!

Die beiden Prinzen lassen sich lächelnd bestaunen. Sie drehen sich sogar im Kreis. Ihre Augen gehen suchend durch den Raum.

Eine fehlt...

Julia steht vor dem Spiegel und strahlt einer Märchenprinzessin entgegen. Einer Prinzessin in goldenem Gewand und goldenen Schuhen. Mit silbernem Schleier und funkelndem Krönchen im Haar.

So etwas von Schönheit und Liebreiz! Selbst der Drache hinter ihr nickt anerkennend.

Nun schreitet sie zur Tür hinaus und die Treppe hinunter. Das Volk unten jubelt und klatscht Beifall. Die beiden Prinzen sinken sogar in die Knie. Nun hat Julia immer davon geträumt, umworben und geliebt zu werden, und hat gemeint, es könnten gar nicht genug Menschen sein, die das tun, und jetzt knien zwei Prinzen vor ihr, in Weiß und Schwarz, in Gold und Silber, und sie muß erkennen, daß zwei zuviel sind.

Schon bei der Polonaise gibt es Schwierigkeiten. Man schreitet paarweise oder zu vieren oder zu achten, aber niemals zu dritt. Die beiden Prinzen, sonst erfahren in derlei Dingen, stehen rechts und links von der Dame ihres Herzens und denken nicht daran, zu weichen. Es bleibt Julia nichts anderes übrig, als sich von beiden zu trennen, ihre Hände ineinanderzulegen und den Astronauten zu beglücken, der da neben seinem Dackel steht und sich schon damit abgefunden hat, allein hinterherzutrotten.

So fängt es an, so geht es weiter. Zu dritt klappt es nicht mit dem Tanzen und überhaupt mit allem nicht, so sehr sich die drei auch bemühen. Das hätte der Drache wahrhaftig bedenken können!

Auch Kurt Vögele hat Schwierigkeiten, denn mit einem Gipsbein zu tanzen, ist schwer und gefährlich zugleich, selbst wenn das Mizzihäschen noch so geschickt darüber hinweg und darum herumspringt. Schließlich geben sie es auf und setzen sich an ihren Tisch, um Konversation zu machen. Auch Gespräche können verbinden und Freude bereiten. Kurt Vögele zum Beispiel redet gern, und am liebsten über Musik, denn da kennt er sich aus und kann mit den schönsten Anekdoten brillieren. Aber an Schwester Mizzi ist all seine Kenntnis und sein Witz verloren. Mit Musik hat sie nichts im Sinn, jedenfalls nicht mit der, die Kurt Vögele spielt und liebt. Er erzählt also von einem Orgelkonzert, das er kürzlich gegeben, mit größtem Erfolg versteht sich und auf allerhöchstem Niveau, Bach, Mozart, Reger...

»Du derfsch net meine, Mizzi, daß der Max Reger leicht zom Schpiele isch!«

»Was, den spielst du auf der Orgel?« fragt die Mizzi erstaunt und froh, daß sie endlich mitreden kann. »Ich denk', der hat 'ne band!«

»'Ne band? Was schwätztsch denn da für en Bapp raus, Mizzi. Zu dem seiner Zeit, do gab's no koi band!«

»Aber der lebt noch, Kurti! Den hab' ich doch gestern im Radio gehört.«

»Den Max Reger?«

»Ne du, der heißt Greger! Maxl Greger! Manchmal kommt er sogar im Fernsehen.«

Da klappt der Kurtle den Mund zu, obgleich ihn das schwer ankommt. Er wirft seine Perlen doch nicht vor die Säue! Auch Mizzi schweigt und nagt verdrossen an einer Salzstange. Nach einer Weile setzt der Kurtle zu neuer Rede an. Schließlich will er seine Angebetete ja unterhalten und ihr zeigen, wie witzig er ist. Außerdem hat er die begehrlichen Blicke der Männer rings umher wohl bemerkt. Sie gelten nicht ihm, sondern dem Mizzihäschen, und wenn er nicht etwas unternimmt, dann wird sie demnächst über das Parkett schweben ohne ihn.

Er lacht also kurz auf, als sei ihm gerade etwas Komisches eingefallen, und dann fragt er: »Kennsch du de kürzeschte Musikerwitz?«

Nein, Mizzihäschen schüttelt den Kopf, so daß die Hasenöhrchen possierlich auf und nieder wippen.

»Nein, kenn' ich nicht. Erzähl ihn!«

»Zwei Musiker gehet an ere Kneipe vorbei. Hoho!«

»Ja, und weiter?«

»Weiter? Der goht net weiter! Des war er! Sie gehet an ihr vorbei! Hoho! Isch des net obache komisch?«

»Sehr komisch! Haha!« Kein Lächeln erhellt Mizzis Gesicht. Doch jetzt strahlt sie auf. Endlich hat sie die Pointe verstanden! Aber wo strahlt sie denn hin? In die falsche Richtung tut sie es, einem Seeräuber zu, der herangeschlichen ist und sich nun vor ihr verneigt.

»Ist's gestattet?« fragt der blöde Mensch.

Was hilft's? Kurtle muß es ja gestatten, denn Mizzihäschen ist bereits aufgesprungen, bringt ihr Schwänzchen in Positur und hoppelt davon.

»Ich bin gleich wieder da!« ruft sie dem Kurtle noch zu.

Nun, sie ist zwar im Saal den ganzen Abend lang, Kurtle entdeckt ihre Hasenöhrchen hier und dort im Gewühl, kann auch ihr Kichern hören, aber an den Tisch kehrt sie nicht zurück. Nach dem Seeräuber folgt ein Zigeuner, dann ein Matrose und ein Teufel... Kurtle mag schon gar nicht mehr hinschauen. Er streckt sein Gipsbein in die Gegend und freut sich, als ausgerechnet Freund Schorsch darüberstolpert. Der hat ihn schließlich auf die saudumme Idee gebracht, mit Gipsbein und Schwester Mizzi auf das Kostümfest zu gehen.

»Paß halt uff, Schorsch!« schnauzt er. »Wenn der Gips he isch, no derfsch en zahle!«

Plötzlich springen die Flügeltüren auf. Ein kalter Windstoß fegt in den Festsaal und mit ihm eine wilde Horde Fastnachtsgeister. Hexen, krummbeinig und schiefgewachsen, mit hölzernen Kopfmasken, langen Nasen und Riesenzähnen im aufgerissenen Maul. Sie springen und tanzen und reiten auf Besen. Ein richtiger Mummenschanz, uraltes Brauchtum... Da hat das Festkomitee sich etwas einfallen lassen! Die Hotelgäste springen auf und weichen hinter die Tische zurück. Sie klatschen Beifall. Papi erklärt Mami, was es mit diesen Masken auf sich hat und wie alt sie sind, mindestens hundert Jahre.

»Sieh dir diese Hexe an, Alice!« Er zeigt auf ein besonders abstoßendes Exemplar. »Unter der Maske steckt natürlich ein Mann! Eine Frau könnte niemals solche Sprünge machen...«

Mehr kann er nicht sagen, denn die Gräßliche kommt doch tatsächlich näher und auf Papi zu, wackelt mit dem hölzernen Kopf, streckt die Arme aus und hat ihn offenbar als Tänzer erkoren. Nun, Papi ist kein Spielverderber. Er tanzt auch mit Hexen, wenn's sein muß.

Georg wird gleichfalls aufgefordert und Felix und Kurtle. Du lieber Himmel! Kurtle mit seinem Gipsbein, das kann doch nicht gutgehen! Da düst er auf einem Hexenbesen immer um den Kronleuchter herum! Er krallt sich an die Hexe und lacht verzerrt und sicher nicht mehr lange. Gleich wird er abstürzen, und zwei Gipsbeine sind ein hartes Schicksal.

Papi, nach alter Gewohnheit, faßt seine Tänzerin, so scheußlich sie auch ist, fest um die Mitte, und nun soll sie sich mal drehen und führen lassen, wie Papi das gerne sieht. Aber wer sich da führen läßt und wer sich dreht, das ist allein Papi. Er dreht sich schnell und immer schneller wie ein Kreisel, und daß es bös enden wird, kann man voraussehen.

Felix versucht, Konversation zu machen. Er möchte Genaueres über die Beschaffenheit der Maske hören. Aber ein Gespräch zu führen, ist in diesem Fall schwierig. Felix weiß nicht, was er von seiner Partnerin halten soll. Erst ist sie klein wie ein Zwerg, so daß er in die Hocke gehen muß und auf dem Boden hüpfen, dann wird sie groß und größer. Felix sieht sich genötigt, einen Spitzentanz zu vollführen, und schließlich zappelt er mit den Beinen in der Luft und muß sich umklammern lassen und in die Höhe ziehen.

Es ist ein überaus scheußliches Gefühl, auch seine Rippenprellung macht sich schmerzhaft bemerkbar. Was ist mit Georg? Hat er etwa auch Schwierigkeiten? Das kann man wohl sagen! Eine Hexe hat sich auf seinen Schultern niedergelassen. Sie schwingt den Besen. Sie treibt ihn an. Sie scheint hundert Zentner zu wiegen. Georg, der allzeit starke und belastbare, ihm zittern die Beine, er geht in die Knie...

So tanzen die Herren und haben keinen Spaß am Vergnügen und sinken hin und fallen um wie die Fliegen. Die Damen aber stehen starr wie Salzsäulen und lassen den Hexentanz an sich vorüberbrausen, bis endlich Kurt Vögele, am Ende seiner Kraft und in Verzweiflung, den Kronleuchter packt. Im gleichen Augenblick wird es stockdunkel im Saal. Ein Kurzschluß. Kurtle hätte damit rechnen müssen, denn welcher Kronleuchter reagiert freundlich auf eine solche Behandlung? Als die Kellner mit Kerzen kommen, ist der Mummenschanz verschwunden. Fort sind die Hexen.

Unter dem Kronleuchter sitzt Kurtle auf dem Boden, und Papi sitzt daneben und ist recht ärgerlich. »Sie sollten Ihr Gipsbein nicht einfach so in die Gegend strecken, Herr Vögele! Man fällt ja darüber...«

Die Herren kehren an ihre Tische zurück. Sie humpeln, sie taumeln und klappern mit den Augendeckeln.

Kurt Vögele will schleunigst ins Krankenhaus zurück. Zwar ist sein Gips unversehrt, was an ein Wunder grenzt, aber er ist des Treibens müde. Auch Schwester Mizzi drängt auf baldige Abfahrt. Sie hat am Aschermittwoch Dienst, da muß sie frisch sein. Das Hasenschwänzchen ist schon lange nicht mehr an seinem Platz. Irgendwo auf dem Tanzparkett liegt es, zerdrückt und zertreten. Deshalb kann Schwester Mizzi sitzen, wie es sich gehört, und Georg, der arme, hat keine zusätzliche Last mit ihr. Es fordert genug Kraft und Überredung, den von Hexen und Wein berauschten Kurtle samt Gipsbein im Auto unterzubringen. Auch Georg ist des Fahrens eigentlich nicht mehr mächtig. Trotzdem reißt er die Fahrertür auf, um sich hinter das Lenkrad zu werfen. Zum Glück ist der Platz schon besetzt. Der eisgraue Skilehrer läßt den Motor an.

»Sie haben Wichtigeres zu tun, verehrter Prinz!« sagt er. »Den Autoschlüssel lege ich in Ihr Fach.«

Dann kurvt er aus dem Parkplatz heraus. Georg Beißweng läuft die Treppe hinauf ins Hotel. Was glänzt denn da? Es ist ein Schuh, ein goldener Schuh, zierlich und klein. Georg hebt ihn auf und drückt ihn ans Herz. Und wenn er kein Füßchen findet, das in diesen Schuh paßt, dann bleibt er ledig!

Felix sitzt noch immer am Tisch und löscht seinen Durst.

»Diese Hexen«, sagt er, »also die waren schon originell, aber zum Schluß haben sie es übertrieben. Meinst du nicht auch, Julchen?«

Julia meint gar nichts, und Felix blickt auf. Ihr Platz ist leer. Nun ja, sie wird sich ein bißchen frisch machen, deshalb braucht Felix sich nicht aufzuregen. Aber was muß er bemerken? Dieser Herr Beißweng ist ja auch verschwunden. Nun regt sich Felix allerdings doch auf! Er erhebt sich, um den Saal zu überschauen. Es sind nicht mehr viel Gäste hier, der Hexensabbat hat sie hinausgefegt. Fünf, sechs Paare tanzen noch. Oh, wie müde ist Felix und wie gerne würde er jetzt ins Bett gehen! Aber was muß er tun? Seine Frau suchen! Im Zimmer kann sie nicht sein, denn er hat den Schlüssel in der Tasche, aber wo ist sie sonst? Er sucht hier, er sucht dort und er findet sie nicht! Kein Wunder! Er weiß, wo sie steckt! Die ganze Zeit spukt es ihm schon im Kopf herum und macht ihn ganz krank. Er wird sie in flagranti erwischen! Schon steht er vor dem Zimmer der beiden Schwaben, reißt die Tür auf und stürmt hinein. Auf den ersten Blick scheint alles leer, nur die Nachttischlampe brennt, und aus dem Badezimmer hört er Geräusche. Felix ist noch nie in fremde Badezimmer eingedrungen, aber heute hat er offenbar alle Hemmungen verloren. Im Badezimmer hält Georg Beißweng den Kopf unter den Wasserhahn.

»Wo haben Sie meine Frau?« schreit Felix und erschrickt selber vor dem hysterischen Klang seiner Stimme.

Georg hebt den tropfenden Kopf.

»I hab' se net!« sagt er. »Leider!«

»Das werden wir gleich sehen!« Felix spricht es mit Entschlossenheit, und dann, ja, man sollte es nicht glauben, dann fängt er an, das Zimmer zu durchsuchen, schaut unter die Betten, geht auf den Balkon, reißt den Schrank auf... Georg Beißweng lehnt an der Badezimmertür und schaut zu.

»D' Nachttischschublad'«, sagt er, »die dürfet Se net vergesse. Do hab' i se nämlich neig'stopft.«

Dieser Frechling! Dieser widerwärtige Bursche! Ihn auch noch zu verhöhnen! Felix senkt den Kopf und tut endlich das, was er schon lange tun wollte, aber als vornehmer Mensch nicht tun konnte. Er geht auf Georg los, und der kommt ihm freudig und mit geballten Fäusten entgegen. Ihm ist auch schon lange danach. So kämpfen sie denn. Was der eine an Kraft voraus hat, macht der andere durch Wendigkeit wett. Sie ringen, fallen auf den Boden und balgen sich dort wie Schulbuben. Wirklich, man muß schamrot die Augen schließen, hinaus auf den Gang treten und die Tür hinter sich zuziehen.

Endlich verstummt das Kampfgetöse. Welcher Anblick bietet sich dem entsetzten Auge? Zwei Tote auf dem Teppichboden oder nur einer? Sind sie schwer verwundet oder leicht verletzt? Nichts von alledem. Georg Beißweng betrachtet einen langen Riß in seinem Seidenhemd. Felix Bechstein macht Fingerübungen.

»Wenn ich ihn bewegen kann, ist er wohl nicht gebrochen?« So fragt er.

»Noi, gwieß net! Des dätet Se merke!« antwortet Georg Beißweng. »Aber mei schös Hemedle hent Se verrisse. Do, gucket Se no!« Er wirft einen düsteren Blick auf Felix Bechstein.

»Er schwillt an!« vermeldet der und hält seinen Ringfinger in die Höhe.

»Haltet Se 'n onters kalte Wasser ond ziehet Se de Reng aus, nachher geht's nemme!«

»Das möchte Ihnen so passen!« knurrt Felix, aber er zieht den Ehering doch vom Finger und läßt ihn in die Tasche gleiten.

So reden sie, schämen sich ein bißchen und kühlen ihre Wunden, bis ihnen beiden die gleiche Frage durch den Kopf schießt.

»Wo ist Julia?«

Georg zieht den Anorak über das zerrissene Seidenhemd.

»Kommet Se!« sagt er und geht voraus.

Aber so emsig sie auch suchen, Julia bleibt verschwunden und mit ihr der kleine Astronaut und der Dackel. Teufel und Glücksfee ziehen wehklagend durchs Hotel. Wer hat ihre beiden Lieben gestohlen?

»Im Hotel sind sie nicht!« erklärt Felix. »Wir haben es vom Keller bis zum Speicher durchkämmt.«

»Dann müssen wir systematisch vorgehen«, meint Papi. »Wo haben sich die beiden früher aufgehalten, als sie noch nicht Ski gelaufen sind, Herr Bechstein?«

»Woher soll ich das wissen?« fragt Felix zurück.

»Nun, Sie sind immerhin der Ehemann!«

»Und Sie sind der Vater! Meine Frau und Ihr Sohn waren doch immer zusammen. Hat der Kleine nichts erzählt?«

Nein, Papi und Mami schütteln die Köpfe. Er hat bloß dummes Zeug dahergeredet, nichts Konkretes, an das man sich halten könnte …

»Des Schühle!« ruft plötzlich Georg Beißweng und schlägt sich an den Kopf. »I hab' ihr Schühle g'funde, drauße uff der Trepp'! Auf geht's, mer ganget!«

Er steuert dem Ausgang zu. Aber Papi und Mami wollen es erst noch im Hotel versuchen. Schon einmal war ihr Friedel verschwunden, und dann lag er nachher friedlich im Bett. Außerdem würde er nie und nimmer fortgehen, ohne sie zu fragen, noch dazu mitten in der Nacht. Nein, das ist unmöglich! So gut kennen sie ihn nun wirklich.

Felix und Georg marschieren den Weg durch die Felder in den Wald hinein. Zum Glück steht der Mond am Himmel und leuchtet ihnen. Felix findet diesen nächtlichen Ausflug absolut idiotisch! Aber dieser Schwabe ist ja stur wie ein Panzer und zieht los, als ob er alles ganz genau wüßte. Dabei hat er nicht die leiseste Ahnung von Julia! Sie würde niemals nachts allein in den Wald gehen! Da fürchtet sie sich zu Tode, selbst wenn ein Dackel und ein kleiner Junge an ihrer Seite sind. Er faßt Georg am Arm.

»Herr Beißweng«, sagt er. »Lassen Sie uns zurückgehen! Es ist Blödsinn, im Wald nach ihr zu suchen!«

»Noi, des isch koi Blödsinn!« Georg eilt weiter. »Mir waret nämlich scho mal hier! Julia, der Kloi ond i!«

»So? Wann denn?« fragt Felix.

»Als Sie fremdgange sen, Herr Bechschtoi!«

»Was meinen Sie mit ›fremdgange‹?«

»Herr Bechschtoi«, Georgs Stimme zittert vor Zorn, »jetzt verzählet Se mir bloß net, daß Se des nemme wisset!«

»Was soll ich denn wissen? Ich habe keine Ahnung! Wo soll das gewesen sein?«

»Uff ›Stoba Roba‹ mit dem Weib do, mit dere schwarze Hex'!«

Es riecht nach Veilchen mitten im verschneiten Wald. Beide Herren heben schnuppernd die Nasen.

»Do isch se g'wese!« ruft Georg. »'s ka net lang her sei!«

Auch Felix erinnert sich, und plötzlich wird ihm alles klar.

»Ach so, Sie meinen Marianne!« ruft er erleichtert. »Aber ich bitte Sie, das ist ja lächerlich.«

»Noi, des war net lächerlich! Des war a ganz böse G'schicht'! I glaub', Herr Bechschtoi, Sie lebet uff'm Mond! Was wisset Sie denn überhaupt?«

Felix hat schon den Mund geöffnet, um diesem frechen Menschen tüchtig Bescheid zu geben, aber er rutscht aus, und während er wieder auf die Füße zu kommen versucht, denkt er: Ja, was weiß ich denn eigentlich? Ich weiß nicht einmal, wo Julia die ganze Zeit war und was sie gemacht hat. So geht er schließlich hinter Georg her, ohne ihm tüchtig Bescheid zu geben.

Sie kommen auf eine Lichtung und meinen, im Mondlicht Gras und Blumen zu sehen, mitten im Schnee.

Eine Fata Morgana, denkt Felix.

»Do semmer richtig!« sagt Georg. »Do waret se!«

Er stapft zielstrebig weiter, und plötzlich sehen sie das Café vor sich liegen, das kleine mit dem guten Apfelstrudel. Georg beschleunigt seinen Schritt.

»Do isch se!« spricht er mit Bestimmtheit.

»Nein! Da doch nicht!« ruft Felix.

Aber Georg läuft schon die Treppe hinauf und reißt die Tür auf. Da sitzt sie am Tisch in der Ecke, das Krönchen schief auf dem Kopf. Neben ihr ißt der kleine Astronaut Apfelstrudel.

»Was fällt dir ein, Julchen!« ruft Felix. »Du kannst doch nicht einfach so weglaufen!«

»Doch, ich kann!« sagt Julia.

Da hat der Georg sie schon hochgezogen und an seine breite Brust gedrückt.

»Oh, Kataschtrophemädle!« seufzt er. »Woisch was, jetzt hätt' i au Luscht uff en Äpfelstrudel!«

Um Felix kümmert sich kein Mensch. Er steht allein und verlassen und bräuchte dringend einen Drachen. Vielleicht steht schon einer hinter seinem Rücken. Aber ob Felix auf den Gedanken kommt, sich umzudrehen? Man kann es nur hoffen.

Raubgierige Frauen und Perlen der Dichtkunst · Schwaben brauchen nicht viele Worte · Friedel nimmt Abschied · »Trotz dem alten Drachen!« . . .

Friedel freut sich: Er darf mit dem Schorsch nach Schruns fahren und Kurt Vögele abholen. Georg hofft nämlich, daß der cholerische Freund sich zusammennehmen werde beim Anblick des unschuldigen Kindes.

Er sollte schon am Vormittag kommen, und nun ist es Nachmittag geworden, später Nachmittag. Hat Georg eine triftige Entschuldigung? Nein, die hat er nicht! Alles, was er vorbringen könnte, würde den Kurtle nur noch mehr ärgern. Daß er nämlich die Zeit vergessen hat, im Schnee und mit Julia zusammen, und daß er sich überhaupt nicht danach sehnt, den Kurtle mit seinem Gemaule um sich zu haben. In Schruns ersteht er in großer Eile einen Blumenstrauß für Schwester Mizzi, nicht etwa aus Liebe zu ihr, nein, nur um den Kurtle milde zu stimmen. Um sechs Uhr biegt er in den Parkplatz des Krankenhauses ein, packt Blumen, Kind und Hundeleine und hastet zum Eingangstor.

»Hunde und Kinder sind nicht erlaubt!« ruft der Portier, aber da sind die drei schon um die Ecke und stürmen die Treppe hinauf.

Kurt Vögele sitzt am Tisch und spielt wieder einmal Halma. Dies ist zwar kein großes, aber das einzige Vergnügen hier im Krankenhaus, wenn Schwester Mizzi Dienst hat. Er hebt den Kopf und mustert den Freund mit grämlichen Blicken.

»So, lebsch du au no? I hab' scho denkt, di hätt's verrisse!«

Georg aber hat beschlossen, sich nicht zu ärgern und freundlich gelassen zu bleiben.

»Bisch fertig, Kurtle?« fragt er heiter. »No könnet mir glei fahre!«

»Ja, wo semmer denn?« fährt da der Kurtle hoch. »Ja, moinsch du, i könnt' mei Sach' alloi packe mit dem Gipsbei da?«

»Seit wann packsch du mit de Füß?«

Es sollte ein kleiner Scherz sein und zur Entladung der Atmosphäre dienen, aber nein, es ist der Tropfen, der Kurtles Leidenskelch zum Überfließen bringt.

»Ja, wie hemmer's denn?« So donnert er los. »Läsch mi da

hocke, wo i scho heut morge hätt' naus dürfe, ond no kommsch ond riskiersch a große Gosch ond bringsch den kloine Depp mit, den wo i net verputze ka, ond des Hundeviehch, des wo mir mei Latsche verbisse hat...«

Soviel der Kurtle auch auf dem Herzen hat, irgendwann muß er Luft schöpfen, und das tut er just in dem Augenblick, in welchem Schwester Mizzi eintritt, weißblau und adrett. Georg Beißweng zieht das Papier von den Blumen, doch bevor er sie überreichen kann, hat Kurt Vögele sie geschnappt und in Schwester Mizzis Arm gedrückt.

»Für di, mei Mizzikätzle!«

Ach, wie sie so holdselig lächelt! Wer kann da starr und verbissen bleiben? Nicht einmal der Kurtle! Seine verkrampften Züge lockern sich, werden milde, und siehe, er lächelt! Die Krise scheint überwunden, sehr zum Leidwesen sämtlicher Zimmergenossen. Sie haben die schwäbischen Auseinandersetzungen von Herzen genossen.

Georg Beißweng nutzt die Gunst des Augenblicks. »Schwester Mizzi, wo isch dem Kurtle sei Sach'? I will's oipacke!«

Schwester Mizzi muß erst einmal mit wiegenden Hüften um den Georg herumgehen. Sie wirft einen strengen Blick auf Friedel und einen noch viel strengeren auf den Dackel, dann endlich bequemt sie sich, Kurtles Koffer aus dem Schrank zu holen. Friedel und sein Dackel fliehen eilig und klettern auf Kurtles leeres Bett. Dort kriechen sie unter die Decke und stecken nur die Köpfe heraus, um zu beobachten, wie Schwester Mizzi Kurtles Sachen herbeiträgt und in den Koffer packt.

»Los, Schorsch, mach du des!« ruft der Kurtle zornig. »Mit dir ben i no lang g'nug zamme! Gang her, Mizzi, schwätzet mer no a bißle!«

Sie kommt, setzt sich vor ihn auf den Tisch, läßt die Beine baumeln und zieht ein Notizbuch aus der Kitteltasche. »Du mußt mir noch deine Adresse geben, damit ich dich besuchen kann!«

»Da wird sich d' Margret aber freue!« bemerkt Georg Beißweng und holt die schöne neue Zahnbürste aus Kurtles Glas.

»Wer ist Margret?« Schwester Mizzis Stimme klingt ausgesprochen schrill.

»Sei Bäsle!« antwortet der Georg. »Des führt em de Haushalt!«

Kurt Vögele wirft seinem Freund einen Blick zu, der die Gipsleute rundum erschauern läßt.

»Schorsch, was ist ein Bäsle?« fragt Friedel vom Bett her, und auch Schwester Mizzi wartet gespannt auf die Antwort.

»A ganz arg lieb's Mädle. So wie d' Julia!«

»Da kannst du aber froh sein, Herr Vögele!«

Kurt Vögele ist weit davon entfernt, froh zu sein. Er kocht. Jetzt verpatzt ihm dieser Schuft auch noch den Abschied von der Mizzi. Aber es kommt noch schlimmer.

»Kurtle, wie isch's, sollet die Perle au in de Koffer?« So fragt der Schorsch und zieht die Nachttischschublade auf.

»Perlen?« Schwester Mizzi springt behende vom Tisch auf den festen Boden. »Was für Perlen?«

Ist das die feine Art? Ist das wahre Freundschaft?

Man kann es verstehen, daß der Schorsch den Freund an seine alte Liebe erinnert, Margret, zu Unrecht »Bäsle« genannt, die daheim in Degerloch hoffend seiner harrt. Wie aber ist es zu erklären, daß er vor Schwester Mizzis Ohren von den Perlen spricht? Weiß er nicht, was alle Männer wissen, daß nämlich Frauen scharf sind auf Schmuck und kleidsam-teure Sachen, und daß sie dieselben aus den armen Männern herauspressen, wann immer sie Beute wittern? Nein, das ist nicht nett von dem sonst so netten Schwaben! Man muß jedoch zu seiner Ehrenrettung hinzufügen, daß der Schorsch, kaum hat er die Perlen erwähnt und sieht Schwester Mizzi raubgierig näherschleichen, zutiefst erschrickt und sich fragt, welch böser Geist über ihn gekommen ist. Der Kurtle kann schließlich mit seinen Perlen machen, was er will! Und wenn er durch sie zu einem bescheidenen Wohlstand gelangt, dann soll er sich die Oboe davon kaufen, die ihm schon lange ins Auge sticht, oder ein größeres Auto, oder gar, Wunder gibt es immer wieder, die Margret heimführen.

Jetzt steht Schwester Mizzi erwartungsvoll vor dem Nachttisch. Auch Kurtle ist herbeigehumpelt, Herz und Kopf voller Kummer und Zorn. Seine Perlen! Seine hart erputzten Perlen!

So groß ist die Liebe zu Schwester Mizzi nun auch wieder nicht, daß sie mit Perlen geschmückt werden müßte!

Zwar hat Georg die Schublade schnell zugeschoben, aber was hilft es, er muß sie wieder aufziehen. Schwester Mizzi hilft nach Kräften.

In der Schublade befindet sich ein Durcheinander von unnützen, billigen Dingen. Ein rotkarierter, prallgefüllter Beutel, liebevoll zugebunden mit einem roten Bändchen – Friedel vermutet Gummibärle darin, aber er wird sich hüten zu betteln –, Taschentücher, Pfefferminz und Tabletten, Kamm und Bürste, aber gewiß keine Schmuckschatulle, kein hübsch eingebundenes Kästchen aus dem Juwelierladen! Halt, was liegt da zwischen all dem Kram und sieht schön aus? Es ist ein Büchlein mit rotem Ledereinband und Goldschnitt. Wirklich entzückend! Etwas für Liebhaber! ›Perlen der Dichtkunst‹ steht darauf, schön verschnörkelt, in goldenen Lettern. Kurt Vögele nimmt es und legt es in Mizzikätzleins Pfötchen. »Für di!« sagt er und fügt hinzu, damit sie es genau weiß: »Zom Lese!«

Schwester Mizzis Freude über solche Perlen hält sich in Grenzen. Sie hat schon ein Buch. Kurt Vögele aber und Georg Beißweng atmen erleichtert auf. Dann greift Georg mit beiden Händen in die Schublade und schaufelt all die unnützen Dinge in den Koffer hinein.

»Gummibärle sind gut!« sagt Friedel laut und deutlich zu seinem Dackel, als der rotkarierte Beutel im Koffer verschwindet. Aber niemand reagiert auf den zarten Wink. Nein, der Schorsch, pfui über ihn, schiebt den Beutel sogar noch unter Herrn Vögeles Schlafanzug. Das hätte Friedel nicht von ihm gedacht! Er schlägt die Decke zurück, hüpft vom Bett und verabschiedet sich mit seinem Dackel von all den Leuten in Gips. Dabei regnet es Schokolade und Kaugummi auf ihn herab, so daß er die Gummibärle verschmerzen kann. Georg begnügt sich mit einer Verbeugung vor Schwester Mizzi und einem: »Adele! Machet 's gut!« für alle und trägt den Koffer hinaus. Kaum hat er ihn im Auto verstaut, da humpelt schon Freund Kurtle über den Platz, mit zwei Krücken, aber ohne Schwester Mizzi. Georg hält ihm schweigend die Autotür auf, läßt auch noch Friedel und seinen Dackel einsteigen und schiebt sich dann vorsichtig hinter das Lenkrad und neben den Freund. Er fährt so sanft, daß es schon fast bedrückend auf die Mitfahrer wirkt. Nun schiebt er eine Kassette in den Recorder. Sie enthält die Bachschen Orgelchoräle, gespielt von Kurt Vögele an der Orgel der Stiftskirche zu Stuttgart. In der zweiten Hälfte von ›Es ist das Heil uns kommen her‹ räuspert er sich und spricht die Worte: »Nix für ogut, Kurtle!«

»Isch scho recht, Schorsch»!«

Damit ist die Freundschaft gekittet.

Schwaben brauchen nicht viele Worte.

Der Abschiedstag ist gekommen, die Koffer gepackt, die Autos beladen. Friedel nimmt Abschied. Er legt die Arme um Mami. Papi sagt: »Kopf hoch, Friedel!«

Aber Friedels Kopf ist schon oben. Er freut sich, daß er bei Julia bleiben darf. Papi und Mami sind eines Trostes viel bedürftiger.

»In einer Woche hole ich dich ab!« sagt Papi und strafft die Schultern.

Ja, Friedel und sein Dackel dürfen mit Julia und Felix nach Karlsruhe fahren. Papi hat es sich abringen lassen, und Mami, was bleibt ihr anderes übrig, hat zugestimmt. Jetzt fahren die beiden allein nach Kassel. Friedel winkt ihnen nach. Soll er weinen? Aber sein Dackel kläfft und springt an ihm hoch, Julia hält die Autotür auf, und Felix ruft: »Einsteigen, junger Mann, und du auch, Dackel! Los, los!«

Nun kommt der Schorsch daher. Er hebt Friedel hoch und küßt ihn so herzlich, daß man sich fragen muß, wem diese Umarmung eigentlich gilt. Dann steckt er Friedel eine dicke Tüte in die Anoraktasche, eine Tüte mit Gummibärle, wie Friedel zu Recht vermutet.

»Von Degerloch nach Karlsruhe, des isch a Katzeschprung!« sagt der Georg. »I komm' bald, gell, Juliamädle, ond no sehet mer weiter...«

Ach, Felix weiß wohl, daß dieser Abschied zwischen Julia und Georg kein Abschied fürs Leben ist. Er wird ihn früher wiedersehen, als ihm lieb ist. Zwar halten Urlaubsbekanntschaften dem Alltag nur selten stand, das weiß Felix und hat darauf gehofft, aber in diesem, in seinem speziellen Fall... Felix seufzt und läßt den Motor an. Dann fährt er aus dem Parkplatz heraus und biegt in die Straße ein. Georg steht und winkt. Und läge ihm das Herz nicht so schwer in der Brust, er würde glauben, Julia hätte es mit sich genommen.

»He du, Schorsch, wie isch mer's? Willsch du do Wurzle schlage?« So schreit der Kurtle vom Hoteleingang herüber. »Hilf mer die Trepp' nunter, oder soll i nahagle?«

»Noi, gwieß net!«

Georg Beißweng holt sein Taschentuch aus der Hosentasche und putzt sich die Nase. Dann stampft er die Treppe hinauf, um wieder einmal die Last des Freundes auf sich zu laden.

Julia sitzt hinten bei Friedel und dem Dackel, um nah zu sein, falls je das große Heimweh über sie kommen sollte. Vorerst ist aber noch keine Gefahr. Die beiden sind in allerbester Stimmung, schreien und bellen im Duett und hopsen so vergnügt auf ihren Sitzen herum, daß es Felix sicher ganz fürchterlich auf die Nerven geht. Schon tritt er auf die Bremse, blinkt und biegt scharf nach links ein. Sie stehen auf dem Parkplatz des kleinen Cafés mit dem guten Apfelstrudel.

»Was ist denn, Felix?«

»Ich bin gleich wieder da!« Er springt aus dem Auto und läuft die Treppe hinauf.

»Vielleicht muß er pinkeln!« meint Friedel hoffnungsvoll, aber Julia glaubt nicht daran. Ach nein, er ist sauer, und wenn er zurückkommt, wird es Ärger geben. Sieh da, schon taucht er wieder auf und trägt ein Päckchen in der Hand.

»Hast du was eingekauft, Herr Bechstein?« fragt Friedel.

»Ja, ein paar Stücke Apfelstrudel. Vielleicht habt ihr Lust drauf...«

»Na so was!« sagt Julia. »Und deshalb hast du angehalten, Felix?«

»Jemand hat mir gewinkt. Habt ihr nichts gesehen?«

»Nein, haben wir nicht! Wer war 's denn?«

»Ob ihr's glaubt oder nicht, es war ein Drache!«

»Wir glauben dir's ja, Herr Bechstein!« sagt Friedel. »Meinst du, wir sollen den Apfelstrudel jetzt gleich essen oder wann?«

Den Weg nach Schruns kennt Georg mittlerweile im Schlaf. Das ist gut. So kann er seinen Gedanken nachhängen und sie vorausschicken zum roten Peugeot des Felix Bechstein.

Wenn nur der Kurtle nicht so grausig vergnügt wäre! Er läßt die Kassette mit den Orgelchorälen laufen, schlägt mit dem Gipsbein den Takt dazu, und geht dem Georg ganz ungeheuer auf die Nerven. Jetzt ist ›Vom Himmel hoch‹ an der Reihe, ein Choral, den der Georg zwar schätzt, aber an Weihnachten und nicht im Februar. Freund Kurtle dreht am Knopf. Er kann es nicht laut genug haben. Georg Beißweng beschließt wieder einmal, sich nicht zu ärgern. Das kann nur bös enden!

Da kreischt der Kurtle auf und bremst mit dem Gipsbein, daß es nur so eine Art hat und ein Unglück geschehen wäre, hätte er eine Bremse in Reichweite gehabt.

»Ahalte!« schreit er. »Ahalte!«

Freund Schorsch denkt nicht daran.

»Was isch?« fragt er mürrisch. »Was hasch denn?«

»O Schorsch, da hockt ebbes uff der Schtraß'! A grauslichs Viehch!«

»No nix narrets, Kurtle! Wo wird denn do a Viehch hokke! Jetzt guck amol genau na! Was isch? Siehsch no ebbes?«

Kurt Vögele hebt den Kopf und starrt angstvoll durch die Scheibe.

»Noi, jetzt isch's verschwunde! Heilig's Blechle, hab' i mi verschreckt!«

Mit zitternden Fingern stellt er den Kassettenrecorder ab und lehnt sich zurück.

»Mensch, Kurtle, du hasch ja en richtige Dadderich!« stellt der Schorsch fest und stößt dem Kurtle freundschaftlich in die Seite. »Komm, reg di ab! Mir hen geschtern obed z' gut g'lade!«

Kurt Vögele schließt die Augen. Er bewegt die Lippen. Was murmelt er?

»Trotz dem alten Drachen!
Trotz dem Todesrachen!
Trotz der Furcht dazu!
Zürne Welt und springe!
Ich steh hier und singe
In gar sichrer Ruh...«

An dieser Stelle hält er inne und weiß nicht weiter. Auch Kirchenmusiker haben ihre Schwierigkeiten mit den Gesangbuchliedern, besonders, wenn es sich um dritte, vierte oder fünfte Strophen handelt.

Eine Zeitlang fahren sie schweigend. Es geht an Schruns vorbei und über die Brücke. Endlich ist Kurt Vögele wieder des Wortes mächtig.

»Schorsch!« sagt er. »Schorsch, en sotte Urlaub hab' i no nie erlebt!«

»Da magsch recht habe, Kurtle! I au net!«

Eine allerletzte Anmerkung der Verfasserin

Sie möchten wissen, wie's weitergeht, lieber Leser, und Sie finden, daß zu viele Fragen unbeantwortet bleiben?

Was wird zum Beispiel aus Julia? Kehrt sie zu ihrem Mann zurück oder wendet sie sich dem Georg zu?

Was geschieht mit den kostbaren Geschenken des Drachen? Nimmt Julia sie etwa nach Karlsruhe mit? Verliert dort die Salbe im Schminkdöschen ihre Wunderkraft und die Perlenkette Schönheit und Wert?

Wie wird es dem kleinen Drachen in Kassel gefallen?

Kann es Friedel gelingen, die schwierigen Eltern zu brauchbaren Menschen zu erziehen?

Was fängt Kurt Vögele mit seinen Perlen an? Kauft er eine Oboe oder heiratet er die Margret?

Fragen über Fragen! Die schwierigsten aber stehen noch aus. Man wagt sie kaum zu nennen, und während ich sie niederschreibe, schaue ich mich verstohlen um.

Ist da wer?

Nein! Also, frisch gewagt!

Gibt es Drachen, und wie stellt man es an, ihnen zu begegnen?

Soll man sich eine solche Begegnung überhaupt wünschen? Ist das nicht gefährlich?

Ich muß Ihnen gestehen, lieber Leser, ich weiß keine Antwort auf all diese Fragen.

Aber vielleicht finden Sie eine?

Amei-Angelika Müller im dtv

Foto: Studio Kleiber

Pfarrers Kinder, Müllers Vieh
Memoiren einer unvollkommenen Pfarrfrau

Sie ist ein Morgenmuffel, Kochen ist nicht ihre Stärke, und auch sonst entspricht sie nicht dem Ideal einer Pfarrfrau. Sie wollte auch alles andere werden, nur das nicht. Doch sie lernte einen Theologiestudenten kennen – und lieben.
dtv 1759 / dtv großdruck 25011

In seinem Garten freudevoll...
Durchs Gartenjahr mit Wilhelm Busch

Jeder glaubt Wilhelm Busch zu kennen, doch eine Seite des berühmten Zeichners, Dichters und Philosophen ist weniger bekannt: Er war ein großer Naturfreund und Hobbygärtner. Amei-Angelika Müller hat diesen »anderen« Wilhelm Busch aufgespürt in seinen Briefen, Gedichten und Zeichnungen, in denen er von Gärtners Freud und Leid erzählt, das menschliche Leben mit dem Ablauf der Jahreszeiten vergleicht und Tiere und Pflanzen beobachtet.
dtv 10883

Ich und du, Müllers Kuh
Die unvollkommene Pfarrfrau in der Stadt

Nach sieben Jahren in der ländlichen Pfarrei folgt Amei-Angelika Müller ihrem Mann auf eine Pfarrstelle in der Stadt. Neue Erlebnisse und Erfahrungen warten auf die »unvollkommene Pfarrfrau«, von denen sie mit viel Selbstironie und gekonnter Situationskomik erzählt.
dtv 10968

Sieben auf einen Streich

Eine herzerfrischend fröhliche, witzige und humorvolle Familiegeschichte: Sieben Geschwister nebst Anhang, insgesamt siebzehn Personen, darunter nicht weniger als drei Pfarrer, versammeln sich zu einem Familientreffen im Harz. Vergnügliche Einblicke in eine ganz und gar unmögliche Familie...
dtv 11204

Veilchen im Winter

Was macht eine junge Frau, die sich von ihrem skibegeisterten Ehemann zum gemeinsamen Winterurlaub überreden läßt, obwohl sie selbst völlig unsportlich ist und den Winter zutiefst verabscheut? Sie würde nach wenigen Tagen enttäuscht und zornig abreisen – wäre da nicht eine gleichgesinnte Seele in Gestalt eines kleinen Jungen.
dtv 11309

Una Troy im dtv

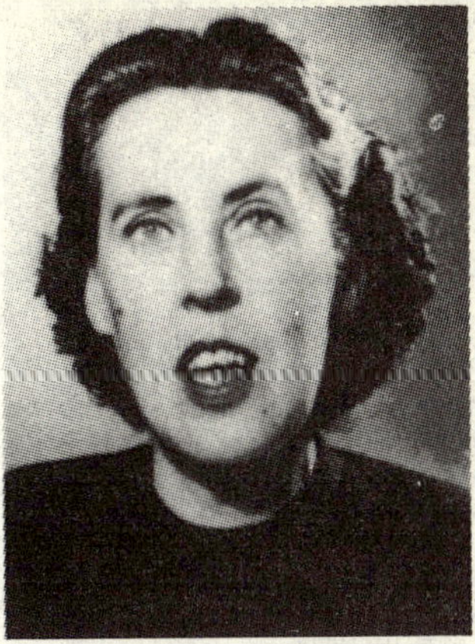

Mutter macht Geschichten

Eine jung gebliebene Witwe, die es satt hat, sich von ihren drei erwachsenen Kindern bevormunden zu lassen, entschwindet eines Tages samt Hund von England nach Irland, um sich als Barfrau zu verdingen und dabei ihre Menschenkenntnis ungemein zu erweitern. dtv 1286 / großdruck 25003

Die Pforte zum Himmelreich

Zwei recht unkonventionelle Ordensschwestern im Kampf mit der Äbtissin des Klosters. dtv 10405

Ein Sack voll Gold

Eine heitere Familien- und Liebesgeschichte vor dem Hintergrund eines konservativen, von patriachalischen Traditionen beherrschten irischen Dorfes. dtv 10619 / großdruck 25002

Trau schau wem

Als Ellen O'Sullivan den armseligen Hof ihrer Eltern für viel Geld verkaufen kann, wollen ihre klugen und erfolgreichen Geschwister, die sich bisher nicht für sie interessiert haben, ihr plötzlich vorschreiben, wie sie ihr Leben einrichten soll ... dtv 10867

Kitty zeigt die Krallen

Ein heiterer Roman über eine seit zweiundzwanzig Jahren glücklich verheiratete Frau, die den Kampf mit einer attraktiven Nebenbuhlerin aufnimmt. dtv 10898

Stechginster

Acht Ruhe suchende Weihnachtsurlauber in einem romantischen Gästehaus werden von sechs fanatischen Jugendlichen in einen ungewöhnlichen Kriminalfall verwickelt. dtv 10989

Das Schloß, das keiner wollte

Ein adeliger Verwandter hinterläßt einer eher bescheiden lebenden Lehrerfamilie ein Schloß. dtv 11057

Eine nette kleine Familie

Die allseits beliebte Lehrerin Miss Meade will Ordnung in die Verhältnisse einer »netten kleinen Familie« bringen, die durch die Ankunft eines fünften Kindes in ihren Grundfesten erschüttert wird ... dtv 11150

Läuft doch prima, Frau Doktor

Ann Morgan ist nicht nur Ärztin aus Leidenschaft, sondern auch verantwortlich für ihre beiden jüngeren Geschwister, die ihr diese Aufgabe in keiner Weise erleichtern. dtv 11214

Isabella Nadolny im dtv

Ein Baum wächst übers Dach

Ein Sommerhaus an einem der oberbayrischen Seen zu besitzen – wer würde nicht davon träumen? Für die Familie der jungen Isabella wurde dieser Traum in den dreißiger Jahren wahr. Doch wer hätte zum Zeitpunkt der Planung und des Baus daran gedacht, daß dieses kleine Holzhäuschen, »das so unvollkommen war und so liebenswert wie alle Träume, deren Erfüllung man sich anders vorgestellt hat«, eines Tages eine schicksalhafte Rolle im Leben seiner Besitzer spielen würde? dtv 1531

Seehamer Tagebuch

Heiter-ironisch erzählt die Autorin in diesem unkonventionellen Tagebuch vom Einzug des ersten Fernsehers in die ländliche Idylle des Seehamer Holzhäuschen, von einer Mittelmeerkreuzfahrt, von Putzfrauen und Handwerkern. Erinnerungen an den Vater werden lebendig, an frühere Festlichkeiten, an das erste Auto, an den Erwerb des Führerscheins, an Haustiere, an viele kleine Begebenheiten und Erlebnisse. dtv 1665

Vergangen wie ein Rauch
Geschichte einer Familie

Als einfacher Handwerker aus dem Rheinland ist er einst zu Fuß nach Rußland gewandert und hat es dort zum Tuchfabrikanten gebracht, in dessen Haus Großfürsten und Handelsherren, der deutsche Kaiser und der russische Zar zu Gast waren: Napoleon Peltzer, der Urgroßvater des Kindes, das ahnungslos die Portraits und Fotographien betrachtet, die in der Wohnung in München hängen. »Vergangen wie ein Rauch« sind die Zeiten, doch die Erinnerungen der Noch-Lebenden sind wach, und das Kind lauscht ihren Erzählungen. – Eine anderthalb Jahrhunderte umfassende Familiengeschichte. dtv 10133

Durch fremde Fenster
Bilder und Begegnungen

Treffsicher und liebevoll schildert Isabella Nadolny Menschen, denen sie begegnete und die sie bewundert. »Alltägliche Leute? Sie sind alle etwas Besonderes, denn sie haben ihre Merkwürdigkeiten und ihre Schicksale – man braucht nur hinzuschauen und hinzuhören, so wie es Isabella Nadolny mit Anmut und Empfindsamkeit hier tut.« (Frankfurter Allgemeine Zeitung) dtv 11159

Erich Kästner im dtv

Doktor Erich Kästners Lyrische Hausapotheke
dtv 11001

Bei Durchsicht meiner Bücher
Gedichte
dtv 11002

Herz auf Taille · Gedichte
dtv 11003

Lärm im Spiegel · Gedichte
dtv 11004

Ein Mann gibt Auskunft
»Linke Melancholie« nannte Walter Benjamin diese Verse.
dtv 11005

Fabian
Die Geschichte eines Moralisten
Berlin 1930. Ein arbeitsloser Reklamefachmann erlebt den Niedergang der Republik.
dtv 11006

Gesang zwischen den Stühlen
Gedichte
dtv 11007

Drei Männer im Schnee
Ein vergnügliches »Märchen für Erwachsene«, das durch seine Verfilmung weltberühmt wurde.
dtv 11008

Die verschwundene Miniatur
Die nicht ganz ernstgemeinte Kriminalgeschichte um einen Schlachtermeister im Urlaub.
dtv 11009/großdruck 25034

Foto: Süddeutscher Verlag

Der kleine Grenzverkehr
Die Salzburger Festspiele lieferten den Stoff für diese heitere Liebesgeschichte.
dtv 11010

Der tägliche Kram
Chansons und Prosa 1945–1948
dtv 11011

Die kleine Freiheit
Chansons und Prosa 1949–1952
dtv 11012

Kurz und bündig · Epigramme
dtv 11013

Die 13 Monate · Gedichte
dtv 11014

Notabene 45
Tagebuchnotizen aus dem letzten Kriegsjahr. dtv 11016